더블 버드

버드 스미스 / 안덕희 옮김

한국 독자 여러분들께

야자수 나무 아래에서 여러분께 편지를 씁니다. 산비탈 멀리까지 붉은 꽃이 피어 있고 카우보이모자를 쓴 선인장도 보이네요. 보통 때라면 저는 철근과 유리로 둘러싸인 미국 동부에 있었을 겁니다. 지금 제가 미국 서부 바닷가에서 휴가를 보내고 있는 건 한국에 이 책이 계약된 덕분입니다.

이 소설집을 쓸 때 저는 뉴욕 시 173번가에 살았습니다. 저의 아파트는 조지 워싱턴 다리 근처에 있었지만 밖으로 보이는 것은 다리나 강이 아니었습니다. 건너편 건물의 벽과 거기 나 있는 창문이었습니다. 창문 속 사람들은 자주 텔레비전을 시청했지만 제게 그 화면은 보이지 않았습니다. 가려진 화면을 상상하며 저는 소설을 썼습니다. 꿈, 판타지, 악몽, 근심, 농담 같은 이야기 말입니다.

저는 발전소 건설 현장의 용접공이자 수리공으로 일했습니다. 원유를 걸러 휘발유로 만드는 거대한 장비를 분해하는 것이 저의 임무였지요. 위험하고 지저분한 작업이었습니다. 휴식 시간에 저는 연마용 비누로 손을 문질러 닦은 다음, 엄지손가락으로 휴대폰을 터치하며 초고를 썼습니다. 일과가 끝나면 고속도로를 달려 서둘러 집으로 돌아갔습니다. 사방에서 소음이 들리는 분홍색 방에 처박혀 늦게까지 글을 다듬었죠. 이렇게 쓴 소설들은 대부분 미국의 인디 잡지와 인쇄물, 웹 사이트를 통해 먼저 발표된 다음 여러 권의 책으로 출판되었습니다.

『더블버드』는 2018년에 발간된 책입니다. 영어로 "새를 던지다 throwing somebody the bird"라는 말은 '가운데 손가락을 들어 올린다'라는 뜻입니다. 심한 욕설이지요. "새를 두 마리 던진다 putting up double birds"라고 하면 양쪽 손가락을 들어 올리는 것이고요. 하지만 저는, 정말 앙심을 품고 '새를 던지는' 사람을 본 적이 없습니다. 이건 친구들 사이의 얼빠진, 사랑스럽기까지 한 농담이에요. 누군가 그런 행동을 하면 웃어넘기고 마는 거죠. 이 소설집 『더블 버드』의 이야기들도 그렇게 받아들여지기를 바랍니다. 사악해 보이지만 무해한, 친구 간의 애정 어린 농담처럼요.

저의 소설들이 한국에서 새로운 생명력을 얻게 되어 기쁩니다. 깊은 애정으로 작품을 번역해주신 안덕희 님께 감사합니다. 무엇보다도, 시간을 내어 이 책을 읽어주시는 모든 분께 감사드립니다.

새로운 친구 여러분께 깊은 존경을 전하며
2022년 3월 27일,
캘리포니아 샌디에이고에서 버드 스미스 드림

그랜덤 가족을 기억하며

차례

1부

데이트 앱에서 한 여자를 만난다. 첫 데이트는 기분 좋게 흘러간다. 우리는 심장을 갈라 펼쳐 놓은 것 같은 빨간 부스에 마주 앉는다. 시원한 음료를 홀짝거리며 데이트용 미소를 주고받는다.

그녀가 말한다. "나한테 호랑이 피가 있어."

"뭐? 무슨 말이야? 어디 있다는 거야?"

"내 몸 안에 흐른다구."

"미친 건 나도 마찬가지야. 돌을 삼킨 적도 있지. 소화에 도움이 되라고."

"펠리컨처럼 말이지." 그녀는 고개를 끄덕이며 이해한다는 듯 말한다.

재키. 그녀의 이름은 재키다. 머리에 젤을 발라 넘긴 재키.

나는 씩 웃는다. 내 치아 사이사이에 시금치가 끼어 있지만 (나중에 거울을 보고서야 알았다) 그녀는 아무 말도 하지 않는다. 흠, 괜찮은 여자 같다. 나는 얼음을 넣은 차를 휘젓는다. 진탕 마시고 취하면 좋을 텐데. 광장 뒤 그늘에 세워 놓은 내 픽업트럭 뒷자리에서 콘돔도 없이 뒹굴 수 있다면.

하지만 둘 다 재활 중이다. 우연히 그렇게 됐다. 세상일이란 늘 이 모양이다.

"돌을 먹었어? 날카로운 빨간 돌? 방파제 돌처럼 푸른 거? 강가의 조약돌?"

"이러지 마. 그냥 해 본 말이야. 돌을 왜 삼켜."

그녀는 자세를 고쳐 앉는다.

"왜 사실이 아닌 얘기를 해?"

"네가 먼저 시작했잖아."

"난 정말 호랑이 피가 흘러."

"진짜라 이거지. 나 참."

"보여줄 수도 있어."

우리는 정신이 말짱하다. 나는 자동차 보험증과 차 등록증과 운전면허증까지도 가지고 있고 여기는 미국이고 나는 이 여자가 정말 좋다. 돈을 내지 않고 식당에서 나온 건 그녀에게 좋은 인상을 주고 싶어서다. 우리는 커뮤니티 칼리지의 과학 실험실에 몰래 들어간다.

경비원에게 들키지 않기 위해 어둠 속에서 작업한다. 휴대폰 LED 불빛에 의지하면서. 그녀는 플러그를 벽에 꽂는다.

현미경이 반짝인다.

"첫 데이트부터 이러지는 않는데."

"멋있는데 왜." 나는 말한다.

"칼로 그어 봐. 부드럽게."

그녀가 나를 좋아하길 바란다. 그래서 망설이지 않고 메스를 들어 그녀의 팔뚝을 긋는다. 그녀는 작은 유리 슬라이드에 핏방울을 받아 현미경 아래로 밀어 넣는다. 이 방의 유일한 빛 속으로.

"이제 봐도 돼."

나는 몸을 숙여 들여다본다.

흠. 이것 봐라. 활기 넘치는 백혈구나 생명을 지키는 혈장, 부르르 떠는 붉은 점액 같은 것이 없다.

정말 호랑이들이 있다.

벵골 호랑이 같다. 느린 동작으로 슬라이드 위를 뛰어다니고 있다. 호랑이들은 서로 뒤쫓으며 장난친다. 어떤 녀석들은 크게 하품을 하고 드러눕는다. 이미 잠든 놈들도 있다. 호랑이들이 그녀의 피

속에 우글거린다. 호랑이 바다. 튀어 오르고 뒹굴고 공격하고 덮치고 싸우고 서로 뛰어넘고 자기 꼬리와 발을 핥는다.

굉장했다. 그녀는 굉장했다. 적어도 그 한 가지 면에서는.

하지만 우리는 오래가지 않았다.

한 번 더 만났을 뿐이다.

롤러스케이트장에 갔다.

나는 그녀에게 특별한 인상을 주지 못했던 게 분명하다.

미지의 세계로부터 마법을 불러오지 못했다.

어두운 방을 빛나게 할 수 없었다. 경비원이 복도를 어슬렁거리던 그 밤에 빛나던 실험실처럼.

끝없는 협곡을 향해 날아오르기 직전의 새들처럼 돌을 게워 낼 수는 없었다.

반짝 반짝 반짝

여자는 휴대폰 속 체리와 다이아몬드 그림을 톡톡 두드렸다. 무릎으로 운전대를 돌리며 시내를 지나는 중이었다. 화면이 반짝거리고 효과음이 났다. 이겼다. 고개를 들었을 때 낙타색 재킷을 입은 남자가 찻길에 들어서는 중이었다. 그를 치고 나서야 여자는 브레이크를 밟았다.

남자는 공중에 붕 떴다가 꽃집 앞의 헌 상자와 조화 더미 위에 떨어졌다. 그는 피를 흘리며 쌕쌕거렸다.

놀란 여자는 기어를 당기는 것마저 잊고 차에서 뛰어내려 남자에게 달려갔다. 그녀의 차는 보닛이 꺼지고 앞 유리가 깨진 채 언덕 아래 안개 낀 바다를 향해 굴러갔다. 목격자는 아무도 없었다. 여자는 남자 옆에 쭈그리고 앉았다.

"제가 큰 실수를 했네요!"

남자가 상처 난 얼굴을 돌렸다. 어디서 본 듯한 밝은 파란색 눈. 그러나 피가 가득한 입은 낯설었다.

여자는 울지 않았다. 하지만 남자가 말했다. "울지 마세요. 괜찮습니다. 저도 지난주에 제 차로 사람을 쳤어요. 심지어 차를 세우지도 않았어요. 그냥 갔죠."

"정말 정말 죄송해요."

남자는 자기 코트로 입을 닦고 말했다.

"저도 죄송합니다. 휴대폰이 날아갔는데 좀 가져다주시겠어요?" 그가 보도를 가리키자 여자는 달리기 시합에서 총성을 들은 사람처럼 벌떡 일어섰다. 죽어 가는 자의 마지막 소원. 짧고 덧없는 인생에 대한 트윗이나 마지막 셀카를 올리려는 걸 거야. 천국에 가려는 희망을 품고 기도문을 리트윗할 수도 있겠지.

휴대폰 스크린에 금이 가 있었다. 여자는 휴대폰을 남자에게 건네주며 또 사과했다. 하지만 그는 이렇게 말했을 뿐이다. "제가 멍청한 놈이죠. 잘 보고 다녔어야 하는데."

남자는 휴대폰을 받아 들고 자기 아이에게 보낼 문자를 마저 썼다.

"구급차를 부를게요…" 여자가 말했다.

"됐어요."

그는 곤혹스러운 듯 얼굴을 붉혔다.

"구급차는 안돼요. 건강보험도 없어서 돈이 너무 많이 들어요."

"이해해요. 저도 건강보험이 없어요."

"저 좀 일으켜 주세요. 부끄럽네요."

여자는 벌써 푸르스름해진 그의 손을 잡았다.

피가 멎지 않았다. 주로 몸통에서 흘러나오는 피였다. 여자가 그를 일으켜 앉히자 남자는 상처를 조화로 틀어막자고 했다. 기막힌 아이디어였다. 그들은 플라스틱 장미 한 다발과 아이비 조화들을 상처에 쑤셔 넣었다. 여자는 그의 몸뚱이를 에어 캡 비닐로 둘러싼 다음 근처 쓰레기통에서 노끈을 찾아내어 선물 포장처럼 꽁꽁 묶었다. 그는 말했다. "이제 됐어요. 진짜 괜찮아요. 만나서 반가웠어요. 묘지로 가는 길이 어딥니까? 이제 죽으러 가겠습니다."

"저 위쪽이에요."

여자는 눈을 가늘게 뜨고 태양 너머를 바라보며 동네의 가파른 오르막을 가리켰다.

남자는 웃었다.

"저는 평생 오르막을 싫어했어요. 이제 와서 거길 뭐 하러 가겠어요?"

그는 그녀와 악수를 했다. 몸을 살짝 굽혀 인사도 했다.

"아니, 아니, 씨발, 제가 데려다 드린다구요, 씨발?"

그들은 자리에서 일어났다. 여자가 뒤돌아보자 차가 없었다. 그녀는 허둥지둥 언덕길을 달려 내려갔다. 길 양쪽에 주차된 크라이슬러, 도요타, 혼다, 심지어 이탈리아 깃발을 휘날리고 있는 마세라티에도 충돌한 흔적이 보였다. 그녀의 차는 핀볼처럼 차들과 부딪히며 곤두박질치다가 결국 주차 미터기를 들이박고 나서야 멈춘 게 분명했다. 미터기가 국수 가락처럼 꼬인 채 완전히 뒤로 휘어 있었다.

태양이 구름 뒤에서 모습을 드러냈다. 한낮의 빛이 환히 비추자 그림자들은 순식간에 사라졌다. 순간의 빛 속에 두 명의 보통 사람이 박제된 것 같았다. 여자의 얼굴에 땀이 흘러내렸다. 죽어 가는 남자도 느릿느릿 길을 내려왔다. 힘없는 몸이 덜덜 떨렸고 외투 자락은 붉게 물들어 있었지만 그는 아주 침착했다. 그녀가 그를 향해 외쳤다.

"거기서 기다려요, 아주 고집불통이네요! 제가 그쪽으로 간다구요! 다 괜찮아질 거라니까요."

여자는 차를 후진시켰다. 차가 언덕을 올라가자 후드에 박힌 주차 미터기는 시멘트에서 뽑혀 질질 끌려왔다. 불꽃이 일었다. 주차 미터기 바닥이 아스팔트에 완전히 갈린 다음에야 불꽃이 멈췄다. 그때부터 모든 것이 괜찮아졌다. 정상이 되었다.

그들은 피해를 입힌 것에 죄책감을 느꼈다. 두 사람은 쪽지를 써서 차 하나하나에 끼우기 시작했다. 남자의 소유였던 검은 세단은 제외되었다. 그 차는 너무 심하게 부서져 엠블렘마저 떨어져 나갔다. 남자는 위 주머니에 가지고 다니던 수첩을 찢어 메모를 썼다. 여자는 자기 차의 선바이저에 끼워 두었던 연보라색 포스트잇을 꺼내 사과문을 남겼다. 어떤 차에는 남자가, 나머지에는 여자가 연락처를 남겼다. 와이퍼나 조수석 쪽 창문, 혹은 주유구 마개에 쪽지를 끼운 둔 다음, 그들은 차를 타고 떠났다.

"사실은 장례식장에 가는 것 말고도 할 일이 좀 있었는데. 도와줄 수 있어요?"

남자가 말했다.

"뭐든지 말하라니까요."

"방해가 되고 싶지는 않아서요."

남자는 갑자기 머리를 시트에 기댔다. 숨을 멈춘 듯 했다. 여자는 운전을 하면서 그를 흔들었다.

"이봐요! 이봐요! 이봐요!"

남자가 몸을 떨고 깨어났다. 그는 팔을 뻗어 라디오를 튼 다음 라디오 소리보다 크게 외쳤다.

"오후 계획이 뭐예요?"

여자가 라디오 소리를 줄였다.

"면접에 가는 길이었어요. 지각할 것 같아요." 그녀는 시계를 가리키며 말을 이었다.

"상관없어요. 병원 먼저 가야죠."

"저는 병원엔 안 갑니다. 은행에나 데려다 주세요. 월급 먼저 입금하려고요. 그 후에 당신 면접에 갑시다. 추천인이 필요하면 내 번호를 써도 돼요."

"지금부터 이 주일 후에나 연락이 올 텐데요. 당신은 그때쯤 없을 거 아녜요."

남자가 웃었다.

"전화기를 갖고 있다가 직접 받으면 되잖아요. 저인 척 하면서."

그는 그녀에게 자신의 전화기를 건넸다.

"너무 친절하시네요. 이 전화 얼마예요? 어떻게든 보상해 드리고 싶어요. 당신 재산이나, 뭐든… 아이들 문제라든지…"

"그건 통화료만 내면 되는 전화기예요. 고마워 할 것 없어요. 당신은 참 착한 사람이군요. 유산에 대해서 할 말이 있는데… 참을성이 있으신 편인가요? 내일 밤에 티볼 시합에 가 줄 수 있나요? 우리 아이가 티볼 시합을 하거든요. 저는 그때쯤이면…. 부탁드려도 될까요?"

"물론이에요! 저도 티볼을 좋아해요. 책임지고 가지요. 아이들이 절 티볼 아줌마라고 부르면 되겠네요. 어때요?"

"아이에게 선크림을 꼭 발라 주세요."

여자는 고개를 끄덕였다.

남자는 드라이브 스루로 가고 싶어 하지 않았다. 그래서 여자는 그를 부축해서 은행에 들어갔다. 그는 이미 걸을 수 없었고 장기들은 하나하나 기능을 잃어 갔다. 여자는 그가 입금표를 써서 은행원에게 넘기는 것을 도왔다. 꽃무늬 와이셔츠를 입은 은행원이 그들에게 생수 세 병과 막대 사탕 한 움큼을 쥐어 주었다.

그들은 우체국에 가서 부활절 카드를 몇 장 보냈다. 봉투들 중 하나가 유독 피로 번들거렸다. 그 봉투가 완전히 갈색으로 변한 것을 보고 우체국 직원은 우표 값을 받지 않았다. 이건 무료로 드릴게요, 손님.

여자가 면접을 보러 갈 때도 남자는 차 안에 남기를 거부했다. 여자는 트렁크에서 두 장의 비치 타월을 꺼내 에어 캡 포장지와 노끈과 조화가 뒤엉켜 엉망이 된 그의 몸을 감쌌다. 냄새가 나기 시작했다. 그는 스페어타이어 옆에 처박혀 있던 방향제를 뿌리자고 했다.

여자는 결국 면접에 늦었다. 하지만 죽어 가는 사람을 돌보며 간 것 치고 결과는 꽤 성공적이었다. 그녀는 채용될 것 같았다. 미래의 보스는 그녀에게 자녀가 있는지 물었다. 너무 사적인 질문이라고 생각하면서도 여자는 자신이 의학적으로 아이를 가질 수 없다고 돌려 말했다. 남자는 얼굴을 찌푸렸다. 마치 그게 유일한 단점이라는 듯. 하지만 그녀가 담배를 피우지 않는다고 말했을 때, 그리고 세상을 많이 둘러 볼 필요를 못 느낀다고, 그래서 휴가가 별로 필요 없다고 했을 때 그는 기분 좋게 고개를 끄덕였다. 좋아요. 당신 이름 옆에 금색으로 별표를 두 개 쳐 놓지. 잘했어요. 반짝 반짝.

여자는 추천인 기입란에 은행 입금표에서 봤던 죽어 가는 남자의 이름을 적었다. 그의 휴대폰 번호도 썼다. 이 세상에 친구가 있다는 게 좋았다. 기댈 수 있는 누군가가.

로비로 돌아가니 남자는 죽어 있었다. 비서는 눈치 채지 못했다. 하지만 지각한 지원자가 서둘러 들어오다가 그를 보고 소동을 피웠다. 그렇게 하면 점수를 만회할 수 있을 거라고 생각하는 듯 했다. 하지만 여자는 시체를 끌고 차로 갔다. 그녀는 언덕을 운전해 내려가며 흐느꼈다. 화창한 오후였으나 갈 곳이 없었다.

피 묻은 책들이 죽은 남자의 코트 아래에 떨어져 있었다. 여자는 그의 발 아래로 손을 뻗어 책들을 주웠다. 도서관에서 빌린 책이라면 남자 대신 반환할 생각이었다. 블랙홀에 대한 책. 가라앉은 잠수함에 숨겨진 나치의 금괴를 훔치는 보물 사냥꾼 다이버들에 관한 소설. 돌연변이 핵탄두 문어에 대한 책. 얼마나 터무니없는 이야기들인지. 그녀는 차들이 달리는 길 한가운데로 책들을 던져 버렸다.

콘솔 박스 위에 놓아둔 죽은 남자의 휴대폰이 울리기 시작했다. 그녀가 전화를 받았다.

"여보세요?"

"안녕하세요. 무료 휴가에 당첨되어서 전화 드리는데요…"

여자는 비명을 질렀다. 비명은 흐느낌으로 변해 주체할 수 없는 눈물로 흘러내렸다.

"괜찮으세요?" 텔레마케터가 물었다.

"아 세상에, 정말 미안하지만… 그쪽이 찾는 사람은 죽어 버렸어요. 지금 내 눈 앞에 있는데… 이 세상 고통에서 벗어나 내 차 안에 있어요."

텔레마케터는 말을 더듬었다.

"차 안에, 차에 있다고요? 전화 받는 분은 누구시죠?"

"내가 그 사람을 치었어요. 치어 죽였어요. 미안해 죽겠어요!"

"고객님, 제발 그만하세요!"

차들은 그녀 앞에서 우회하여 바다 쪽으로 내려갔다.

"제가 그 사람을 치었다니까요…"

"벌써 말씀하셨어요, 알겠어요. 고객님은 수신 거부 목록에 올려 드릴게요. 잘 알아들었어요."

"하지만 저는…" 그녀는 할 말이 없었다. 텔레마케터는 무료 휴가에 대해 조금 더 횡설수설했다.

아이들이 축구를 하고 있는 공원 옆을 지날 때 여자의 차는 빨간 신호를 받아 멈춰 섰다. 그 옆에 경찰차가 멈춰 섰다. 운전석의 경찰이 그녀의 차를 바라보았다. 사방이 부서지고 후드에 주차 미터기가 박혀 있고 조수석에 시체를 실은 차 안에서 한 여자가 통화 중이었다.

경찰은 차창을 내리고 몸을 내밀었다. 흥분한 그의 모습은 벅스 버니 만화의 황소 같았다. 얼굴이 붉어지고 콧구멍은 김을 뿜었다.

그녀가 전화를 끊었다.

경찰은 소년처럼 미소 지었다. 눈빛도 친절해졌다. 그는 여자에게 양쪽 엄지를 들어 보였다. 경찰은 양옆을 두 번 살핀 다음 빨간 불이 켜진 사거리를 질주했다.

그녀의 차 주위로 다른 차들이 밀려왔지만 여자는 꼼짝하지 않았다. 그녀는 양손으로 죽은 남자의 이마 위 머리카락을 쓸어 넘겼다.

그녀는 차를 돌려 다시 언덕길을 올랐다. 바다에서 멀어져 묘지로 향하는 길이었다. 차가 덜덜거렸기 때문에 끝까지 갈 수 있을지 확신할 수 없었다. 하지만 최상급 보험사에 등록되어 있었으므로 견인 서비스를 이용해서라도 묘지까지 갈 작정이었다.

여자는 사람을 매장하는데 얼마나 드는지 몰랐다. 신용카드로 내면 되겠지. 면접 본 곳에 취직이 될 거고 부업도 하면 되고 세금 환급도 곧 받을 것이다.

묘지 주차장에 도착했을 때 죽은 남자의 전화가 다시 울렸다. 그의 아이가 보낸 문자였다. 아이는 학교에 있었고 데리러 올 사람이 필요하다고 했다. 여자는 죽은 남자의 아이에게 문자를 했다. 사랑한다. 곧 갈께. 조금만 기다려. 그늘 밑에서 기다려.

조개껍데기가 말을 걸었다. 온갖 좋은 말은 다 했다. 경비원을 부르지는 말아 줘, 헤헤헤. 껍질에는 오렌지색과 흰색이 섞여 있었다. 기운이 나게 하는 녀석이었다.

어느 새벽, 내가 식탁 앞에서 몸을 숙이자 조개껍데기는 일장연설을 했다. "오늘은 중요한 날이잖아. 넌 잘해낼 거야."

"중요한 날이라니? 난 청소부야."

"아, 그런 직업은 그만 둬."

"그래. 하지만 난 이 분야 일을 꽤 잘하는 것 같은데."

"걸레질은 네가 최고긴 해."

"고마워."

"하지만 안주하지 마. 이력서를 업그레이드하라고."

"그럴게."

나는 녀석에게 약속했다.

"난 너의 잠재력을 봤거든. 네 꿈도 보고. 알고 있었니? 네 꿈들은 내 껍데기 안에서 영화처럼 깜빡거려. 어젯밤엔 굉장했다구."

조개껍데기는 자기를 억제하며 부드러운 소리를 내려 애썼지만 그의 목소리는 날카로웠다.

"기억이 안나. 무슨 꿈이었는데?"

"굉장히 아름다웠어. 너의 현실은 형편없지만 너의 꿈들은 아주 아름답지. 그래서 내가 널 사랑하는 거야."

나는 커피를 홀짝거렸다. 나는 칭찬에 익숙하지 않다. 하지만 퇴근후 집에 돌아와 대화 상대가 필요하면 이 녀석에게 의지할 수 있을거라고 생각했다. 조개껍데기는 바다와 파도, 갈매기 소리를 흉내

냈다. 내가 그런 소리를 냈다면 장난으로 치부되었을 것이다.

"너 이름이 뭐니?" 나는 물었다.

"모르는 게 좋을 걸." 녀석이 말했다.

그래서 우리는 그 문제를 더 건드리지 않았다.

화요일마다 퀴즈의 밤을 열었다. 나는 퀴즈의 밤이 좋았다. 거의 항상 내가 이겼기 때문이다. 조개껍데기가 계속 질문을 던졌고 나는 항상 정답을 맞혔다.

"1814년에 스페인을 침략한 사람은?"

"나폴레옹."

"사람 몸에서 제일 강한 근육?"

"혀."

"달까지의 거리를 말해 봐."

"지금?"

나는 벽돌 사이에 난 작은 창문을 통해 밖을 바라보았다. 금빛 달걀이 둥실 떠 있었다. 오래 전, 우리 행성에 화성만큼 거대한 운석이 충돌하며 생긴 것이다.

"대답 기다리고 있다…"

"멀어. 달은 멀다고."

"618630 킬로미터야." 조개껍데기가 대답했다. "하지만 '멀다'는 말도 정답으로 쳐주지."

내가 언제 그 조개껍데기를 발견했는지 모르겠다. 어느 날 문득 내 손에 있었다. 언제부터 녀석을 데리고 다녔는지도 기억이 안 난다. 나는 양손을 모아 둥그렇게 만든 다음 그 안에 녀석을 담아 데리고 다녔다. 조개껍데기는 여행 가이드처럼 풍경을 대해 평하곤 했다.

"멋진 잔디밭이야. 관리 잘 했네."

"저 구름 좀 봐. 아름답다."

"저 우편함 좀 살펴봐. 불쌍한 조개껍데기들이 붙어 있어. 발이 묶인 거야. 하아! 정말 악마 같은 사람들이야."

내가 운전을 할 때면 녀석은 차 계기판 위 찍찍이에 자리 잡고 방향을 지시했다.

"여기서 좌회전, 여기서 좌회전. 좋아. 400미터 직진해서 우회전하면 바로 바다야."

"오, 운전 잘 하는데!"

그는 내 주머니에 들어가는 것을 좋아하지 않았다. 거기에 넣어 두면 나를 피가 날 정도로 찔러 댔다. 녀석을 탓할 수 없었다. 자기보다 못한 존재에게 휘둘리면 견디기 힘든 법이다. 하지만 나는 손이 필요했기 때문에 우리는 타협했다. 나는 녀석을 목에 두르기 시작했다. 각도에 따라 색이 바뀌는 커다란 부적처럼.

사람들은 내가 신비주의자라고 생각했다.

청소를 하는 동안 나는 사람들의 이상한 표정을 감수해야 했다.

마트에서 카트를 밀고 다니면 녀석은 내가 한 번도 구입할 생각조차 하지 않은 것들을 사게 했다. 신선한 쑥, 비트, 히말라야 산 분홍색 천연 바다 소금, 미나리.

인생은 진화한다. 짙은 안개에 낮이 파묻혀 어둠이 길어졌다. 죄책감은 바로 이럴 때 시작된다.

"우리 이제 가야 해." 조개껍데기는 매일 밤 나를 깨우면서 말했다.

그러면 나는 침대 탁자 위에 놓여 있는 녀석을 알람시계의 일시 중지 버튼처럼 눌러 댔다.

"그만 해! 가방 싸. 가자."

"어딜 가?" 나는 묻곤 했다.

"어딘지 알잖아."

"바다로 돌아가자고?"

"그 말 네가 했어. 내가 아니라."

"난 바다에 가면 죽어."

"바다에 가도 넌 죽지 않아. 잘 살 거라고. 너는 거기에서 왔잖아. 나는 네가 아주 작은 아기일 때 모습도 기억하는 걸."

"쉬잇. 제발."

"그때 넌 아주 작았어." 조개껍데기는 말했다.

"너는 내 안에 딱 맞는 크기였어. 어떤 놈의 이빨도 깨뜨릴 수 없는 내 품 안에 안겨서 안전하고 따뜻했지. 그 때 우리는 바다의 바닥 저 아래, 제일 밑바닥에서 잘 지냈다구. 함께 다시 돌아가자."

"아니. 나는 절대 돌아가지 않아. 모든 게 달라졌어."

"너는 내 안에 들어가기엔 너무 커졌지." 조개껍데기가 말했다.

"이제 나는 여기에 살지만 다시는 널 떠나지 않을게." 나는 말했다.

하지만 녀석은 울음을 그치지 않았다. 내가 예전에 살았다는 녀석의 몸 안에 울음소리가 메아리쳤다.

"넌 기억이 안 날 거야. 그때 너는 아직 뇌가 없었어. 그냥 신경 조직일 뿐이었지."

나는 조개껍데기를 부엌으로 들고 가 유리로 된 케이크 덮개로 덮어 버렸다. 녀석의 소리를 듣고 싶지 않았다. 그리고는 오리털 베개를 머리에 뒤집어쓰고 잤다. 그는 노래를 멈추지 않았다.

비극은 지난 화요일에 일어났다. 우리는 심한 말다툼 중이었다. 녀석은 내가 산꼭대기로 이사 갈 거라는 것을 알게 됐다. 말도 안 돼. 나는 차를 몰고 바닷가 쪽으로 향했다. 조개껍데기는 공기에서 소금기를 감지하고 곧 일어날 일을 예감했던 것 같다. 그는 점점 더 절박해졌다. 몸을 흔들고 비명을 지르고 내게 야유를 퍼부었다.

서로 소리를 지르며 사거리를 달리다가 우리는 빨간불을

무시하고 달려온 쓰레기차에 치었다. 내 양쪽 다리는 산산조각
났다. 팔은 여섯 군데가 부러졌다. 두개골은 쓰레기통에 던져지기
직전의 수박처럼 멍이 들었다. 조개껍데기는 부서져 먼지가 되었다.
얼룩덜룩한 가루들이 바람을 타고 멀리 날아갔다.

어젯밤, 병동이 조용해지고 약기운이 몰려왔을 때 나는 녀석의
목소리를 들었다.

"베네수엘라 수도가 어디지?"

나는 그 말을 무시하려고 했다.

"베네수엘라의 수도가 어디냐고." 목소리가 더 커졌다.

"카라카스." 나는 대답했다.

"지금도 잘 맞추는구나. 넌 정말 똑똑해." 야간 담당 간호사가
들여다보았다.

"무슨 일이야?"

"뭐가요?" 나는 말했다.

"너 방금 소리 지르지 않았어?"

나는 말했다. "아니요, 아니요, 헤헤헤. 전 괜찮아요."

내 개를 압류하겠다는 편지가 왔다.

체납된 학자금 대출금 대신 개라도 가져가겠다는 것이었다. 그 편지가 나를 당신들의 사회에서 몰아냈다.

전화를 받지 않으려고 나는 아주 조심했다. 누군가가 집 앞에 왔을 때는 숨을 죽였다. 문 두드리는 소리에 우리는 집 안쪽으로 숨었다. 하지만 개가 낮게 그르렁거리기 시작했다. 나는 개의 목 뒤에 손을 댔다. 모진 주인이라면 목줄을 채웠을 그 부분 말이다. 나는 말했다.

"쉬이… 이잇"

녀석의 털이 반들반들 빛났다. 여행, 아니 탈출을 대비해서 아보카도와 계란을 먹인 덕분이었다. 털을 어루만지니 기분이 좋아졌다. 두려울 것이 없었다. 녀석을 훔쳐 가려는 도둑들을 막다가 죽을 뻔한 적이 있다. 나는 두들겨 맞고 꽁꽁 언 땅 위에 방치되었다. 하지만 결국 다 잘 됐다. 녀석을 되찾았으니까. 지나칠 정도로 충직한 이 녀석을.

현관의 그림자는 손을 말아 유리창에 대고 집 안을 들여다보려 했다. 하지만 전기가 나간 지 오래였다. 내가 터뜨린 폭탄 때문에 지하실 바닥에 넓고 깊은 땅굴이 생긴 후 줄곧 그랬다.

"안에 괜찮으세요?" 개가 그르렁거렸다. 그 사람은 가 버렸다.

내 차는 그들이 벌써 견인해 갔다. 그건 상관없었다. 내가 가려고 하는 곳에는 차가 필요 없으니까.

지구 속이 텅 비었다는 걸 아는가? 한 번이라도 들어 본 적이 있나? 발 밑 지구 안은 텅 비어 있고 원하면 거기서 살 수도 있다. 들어갈 수 있는 통로는 많지만 대부분 아주 좁다. 저 아래는 살기도 좋고 생활비도 덜 든다. 자동차, 자동차 보험, 휘발유, 윤활유 교환 같은 것도 필요 없다. 인터넷에서 이런 정보까지 얻을 수 있다는 건 정말 놀라운 일이다.

개가 다시 으르렁거리기 시작했다. 나는 개를 조용히 시키면서 더 안쪽으로 데리고 갔다.

이번에는 뒷문을 두드리는 소리가 났다. 나는 벽 뒤에 숨어서 훔쳐보았다. 문에 달린 유리창 너머 밝은 세상에 또 다른 그림자가 서 있었다.

나는 개에게 속삭였다. "온갖 지식을 사들이고 그걸 다른 누군가에게 팔려고 한 건 실수였어. 그렇게 전달되는 건 저주거든. 다른 사람을 저주하면 자기는 그 저주에서 풀려나지?"

휴대폰 빛을 손전등처럼 비추며 우리는 지하실로 가는 문을 열고 지하 세계로의 모험을 시작했다.

폭탄 구덩이 입구에 내 여행 가방이 놓여 있었다. 생존 장비와 육포, 검은콩, 저온 살균 우유, 인스턴트 커피, 무화과 바와 해바라기 씨, 물 30리터.

나는 성능 좋은 바퀴가 달린 여행 가방에 이 모든 걸 쑤셔 넣어 두었다.

지하실에 터뜨렸던 폭탄은 아가사에 가는 통로를 뚫지 못했다. 나는 드릴로 바위를 뚫으며 2미터는 더 나아가야 했다. 그러자 마침내 지하 세계로 가는 터널 중 하나로 들어갈 수 있었다.

나는 지하 통로에 여행 가방을 던져 넣은 다음 뛰어내렸다. 휘파람을 불자 개도 나를 믿고 뛰어내렸다. 나는 터치다운하듯 개를 받아 냈다. 그 녀석은 내가 가는 곳은 어디든 따라올 것이다. 나는 전원을 눌러 손전등을 켰다. 우리가 들어선 터널은 천연 동굴 같았다. 천장으로부터 나무뿌리들이 뻗어 있고 물방울은 뚝뚝 떨어지고 동굴 특유의 악취도 나고 여기저기서 자갈이 굴러 내렸다. 덜컹거리는 차 소리가 멀리서 들려왔다.

휴대폰 배터리의 수명이 1퍼센트만 남아 신호가 거의 사라졌을 때, 나는 멈춰서 남동생에게 짧은 이메일을 보냈다.

동생아

우리 집에 폭탄을 터뜨려서 폭탄 구덩이 속으로 들어왔어. 추수감사절에는 너희 집에 못 가겠구나. 미셸에게 미안하다고 전해 줘. 필요하면 구덩이 안에 떨어진 드릴을 가져도 좋아. 폭탄 구덩이는 2미터는 된단다. 드릴을 꺼내서 철물 가게에 가져가면 보증금을 받을 수 있을 거야. 보증금은 100달러야. 사랑한다. 따라오지는 마라.

너의 형이

휴대폰을 주머니에 넣으려고 할 때 벨이 울렸다. 데이트 앱에서 만난 사람이 보낸 문자였다. 우린 세 번 만났지만 섹스는 하지 않았다. 솔직히 서로 별 감흥이 없었던 거다. 사랑 때문에 문명 세계에 매이는 사람들도 있겠지만 나는 그런 사랑을 갖지 못했으니 산들바람처럼 세계를 떠날 수 있었다.

여자: 안녕, 나 식당이야. 너도 도착했어?

나: 미안해! 만나기로 한 것 깜빡했어! 사실 나는 오늘 밤에 땅을 뚫고 내려가고 있는 중이라….

여자: 그게 무슨 말이야?

나: 이사 가는 중. 직업을 바꿔 보려고.

여자: 왜?

나: 음, 겸임 교수 노릇에 진력이 나서. 글쓰기 따위 가르치고 싶지 않아…. 지하 세계를 탐험해 보기로 했어. 진짜야.

여자: 장난해?

나: 그래서 한동안은 아마 데이트 못할 거야. 하지만 네가 싫어서 그런 건 아니야.

여자: 개새끼.

다시 답 문자를 보내려 했지만 벌써 차단되어 있었다. 그 여자에게 말해 주고 싶었다. 세상은 아무 의심도 하지 않지만, 깊은 땅 속에 도마뱀 인간, 유에프오, 도시들이 숨어 있다고. 내가 거부하는 건 그 여자 뿐 아니라 그 여자가 알고 있는 세상 전부를 거부하는 것임을 알려서 위로하고 싶었다.

첫째 날, 우리는 아래로 걸어갔다. 진흙투성이 벽은 양쪽 어깨가 끼일 정도로 좁을 때도 있었다. 어느 순간 나는 밀실 공포증에 압도되어 몸을 옆으로 돌려야 했다. 전원이 꺼진 휴대폰을 주머니에서 꺼내 진흙 속에 밀어 넣었다. 그것은 빨려 들어가는 소리를 내며 사라졌다. 나는 마음이 놓여 미소 지었다. 그날 좀 더 늦은 시간에는 지갑과 자동차 열쇠와 집 열쇠마저 던져 버렸다. 샘물이 썩은 계란과 슬픔의 냄새를 풍기며 보글거렸다. 기분이 더 좋아졌다. 마음이 가벼웠다. 영웅이 된 것 같았다. 그 밤은 추웠다. 손전등 빛이 닿지 않는 곳은 칠흑 같이 어두웠다. 나는 양털 담요로 몸을 둘둘 말고 주황색과 노란색 곰팡이가 핀 석순 아래 누웠다. 개도 내 옆에 누웠다. 시간은 손목시계 안에만 존재했다. 초침이 째깍거리는 소리를 들으며 나는 위안을 느꼈다. 이제 나는 인류의 역사를 잊을 것이다. 내가 가려고 하는 곳에서는 역사가 바깥

세계에서만큼 중요하지 않기 때문이었다.

그날 밤 나는 꿈을 꾸었다. 집이 트레일러에 실려 은행으로 옮겨졌고 은행이 집을 먹었다. 은행원들이 몰려나와 집을 조각낸 다음 웃으며 그것을 먹어 댔다. 눈이 멀 것 같은 태양빛 아래에서 그들은 점점 뚱뚱해졌다. 그들이 내 소유물을 전부 먹어 치우자 꿈속의 나는 점점 더 기분이 좋아졌다.

그들은 집의 벽을 다 뜯어먹은 다음 안으로 들어가 내가 읽은 책들을 먹기 시작했다. 책이 한 권씩 먹힐 때마다 내 마음이 깨끗해졌다. 그다음 그들은 내 옷과 앨범, 벽난로 위에 있던 부모님의 뼛가루까지 먹어 치웠다. 나는 기분이 또 좋아졌다. 마주치는 것마다 먹어 치우던 은행원들은 침실까지 들어와 탁자 위에 산더미같이 쌓여 있던, 어차피 내가 지불할 생각이 없었던 고지서 더미도 깨끗이 먹었다. 수표책과 온갖 비밀번호가 적힌 공책도 먹었다. 벽의 달력도 먹었다. 그들은 나를 모든 것에서부터 완전히 해방시켰다. 잠에서 깼을 때 나는 너무 행복했다.

나는 개를 깨워, 손전등 빛을 비춰 주며 크래커와 캔에 들어 있는 닭고기와 마지막으로 남은 당근을 먹였다.

우리는 계속 걸었다. 길은 구불거리며 내려가는 경사로였다. 어떤 계단에는 끌로 새긴 자국이 선명했다. 분명히 사람이 만들어 놓은 계단이었다. 그날 어느 땐가, 벽에 분홍색 스프레이로 그린 낙서를 발견했다. '그림자가 아닌 다른 것이 보인다는 사람들, 제정신인가?'

더 위쪽에 이런 낙서가 보였다. '왔다 감. 8/2/83.' 그 밑에 이런 것도 보였다. '머니도 왔다 감. 9/19/01.' 여기저기 보이는 쓰레기를 제외하면 그 낙서는 미국인이 왔었다는 유일한 흔적이었다. 가끔 그려져 있는 나치의 상징 스와스티카 그림을 미국인이 그린 게 아니라면 말이다. 미국인들도 가끔 그런 짓을 한다는 말을 듣긴 했다.

그날 늦은 시간에, 우리는 엄청나게 큰 물웅덩이와 마주쳤다. 수면에서 김이 피어오르고 상쾌해 보이는 웅덩이였다. 그러나 나는 웅덩이에 달려드는 개를 막았고 나도 들어가지 않았다. 어떤 사람이 옐로스톤 국립공원의 온천에 들어갔다가 목숨을 잃는 동시에 몸까지 녹아 버렸다는 뉴스를 얼마 전에 봤기 때문이다.

물에 들어가는 대신, 나는 슈퍼마켓에서 사서 가방에 달아 두었던 물병의 물을 손바닥에 부어 개에게 먹였다.

나는 말했다. "내 생각엔 말이야, 뭘 알면 사람이 압박을 받을 뿐이야. 많이 알수록 심하게 짓눌리게 돼. 지식이 많으면 목숨은 구할지 몰라도 동시에 비참해진다고."

개가 나를 올려다보았다. 문득, 아는 게 단어 두세 개 뿐이라면 사는 게 얼마나 즐거울까 싶었다.

"너, 개미가 자기 몸보다 열 배 넘는 무게를 옮길 수 있다는 거 아니? 개미는 딱 개미 수준의 지능을 갖고 있대. 아주 똑똑하지는 못하단 얘기야. 그래도 걔네들은 잘만 지내. 아주 무거운 것을 옮기는 능력도 있으니. 개미들은 행복하지. 곤충으로서 충만하게 삶을 살기 위해 필요한 건 다 가지고 있으니까. 나는 새 운동화를 살 돈도 없는데 말이야. 얼마 전에 밑창을 풀로 붙였으니 한동안 걷는 데는 문제없겠지만."

말도 못 하는 개에게 장광설을 늘어놓은 다음, 나도 며칠 동안 침묵했다. 그러기로 맹세라도 한 것처럼. 마치 그 맹세의 힘으로 여행을 하는 것처럼.

뒤틀리고 금이 간 바위들로 만들어진 거대한 홀이 나타났다. 우리는 몇 시간 동안 그 복도를 걸어 점점 더 깊은 땅 속으로 내려갔다. 자연이 만들어 낸 이 텅 빈 원형극장에는 나의 발자국 소리와 개의 헐떡이는 소리만 메아리쳤다.

지구 속이 비었다니 말도 안 된다고 하는 사람들도 있다. 나는 그런 사람들을 잘 안다. 온라인 게시판에 늘 그런 사람들이 있다. 나는 항상 그들과 논쟁을 했다. 하지만 그들과, 아니 그들의 무지와 싸우면서 세상을 직접 연구한 후, 나는 인간의 좁은 지적 범위를 넘어서는 것들이 얼마나 많은 지 깨달았다. 새로운 사실을 알려주겠다는 링크가 있다면 나는 기꺼이 클릭한다. 북극의 거대한 구멍이 찍힌 위성사진. 공군 출신 비행기 조종사가 그 북극 구멍 중 하나로 직접 날아 들어갔다. 그는 지하 세계에서 광활한 산맥과 강들, 보랏빛 바다, 도시들을 목격했다. 그 풍경은 지금까지 그가 공중에서 내려다보았던 어떤 것과도 달랐다고 했다. 한 가지 지식은 다른 지식으로 이어지고 또 다른 지식으로 연결된다….

아가사 대륙에 대해 처음 알게 된 것은 온라인에서 발견한 영상 덕분이었다. 우주비행사가 무중력 상태에서 물방울을 가지고 놀고 있었다. 지구 자체는 거의 75퍼센트가 물로 되어 있으니까 물방울은 사실 125퍼센트 완벽한 지구의 재현이다.

그 우주비행사는 태양 주위를 도는 지구를 정확히 재현하도록 고안된 장치를 가지고 있었다. 물방울이 '궤도'에 걸려 있었다. 아, 저것 좀 보라. 얼마나 아름다운지. 공전하던 물방울 내부에 생긴 공기 방울이 물방울 한가운데로 밀려갔다. 구체가 축을 기준으로 돌면서 안쪽에 텅 빈 공간이 생긴 것이다. 다음 장면에서 우주비행사는, 지구가 어떻게 녹은 용암으로 형성될 수 있는지, 그러고 나서 용암이 어떻게 굳는지, 그리고 그 지구가 우주에서 빙빙 돌 때 그 가운데 공기 방울이 어떻게 형성되었는지 보여 주었다. 그는 공기 방울을 아가사라고 불렀다. 과학이란 너무 근사하지 않은가!

비행사가 물방울에 점점이 떨어뜨린 작은 나뭇잎 조각으로 대륙을 비유했던 장면은 구태여 설명하지 않겠다. 다만 그 장면은 내가 지구에서의 삶에 대해 생각할 때 느끼는 감정을 정확하게 요약한다.

땅 위에서 산다는 것은 젖은 낙엽 더미 위에 누워 끔찍한 냄새를 맡고 있는 것과 비슷하다.

세 번째 날이 되자 공기가 뜨거워지기 시작했다. 세상사를 책에서 배우는 멍청이들은 지구 중심에 용암이 녹아 있어서 뜨거워진 거라고 할 것이다. 하지만 그렇지 않다. 사실은 지구 한가운데 떠 있는 태양 때문이다. 나는 그 파란 태양을 향해서 개를 데리고 걸어가고 있는 중이다.

네 번째 날이 되자 나는 이 개의 이름이 에녹이라는 걸 당신에게 밝힐 수 있을 정도로 마음이 편해졌다. 이 녀석은 암컷으로, 온순하고 다정하지만 별로 똑똑하지는 않다. 하지만 후각과 방향감각은 나무랄 데가 없다. 터널에 갈림길이 나올 때마다 나는 기꺼이 에녹에게 선택권을 주었다.

다섯 번째 밤, 그날도 길 위에서 쉬고 있었다. 나는 앉아서 음식을 먹으며 에녹에게도 육포와 마지막 남은 시리얼을 주었다. 손전등 배터리가 닳아서 빛이 흐릿해지기 시작했다. 이제 얼마 후면 우리는 빛을 잃을 것이다.

"곧 무식한 인간들처럼 어둠 속을 더듬거리고 다니게 되겠네. 새로운 인생을 찾을 준비를 해야지. 배터리를 더 가져온 건 다행이지만."

그때 새들이 지저귀는 소리가 들려왔다. 놀랍게도 그 새들은 우리 주위를 퍼덕거리며 날아다녔다. 에녹은 뛰어올라 주둥이로 새를 잡으려 했다. 하지만 새들은 작고 민첩했다.

비로소 나는 우리가 정확한 방향으로 가고 있다고 확신했다. 그 새들은 당신들의 하늘로 돌아가려고 애쓰고 있었다. 그때부터는 갈림길에서 에녹에게 길을 정하라고 할 필요도 없었다. 마주 날아오는 새들을 정면으로 보고 걸어가기만 하면 됐다. 동물적 본능을 거스르기. 푸른 하늘을 보고 싶어 하는 본능, 달콤한 바람을 느끼려는 본능, 날개의 먼지들을 빗물로 씻어 내려는 본능.

그날 밤, 여정을 멈추려던 바로 그때 우리는 갈림길에 이르렀다. 이정표가 있었다. 오른쪽 길로 가면 도시, 왼쪽 길로 가면 계곡. 계곡 방향이라고 쓰인 이정표 쪽에 돌계단이 보였다. 에녹은 그쪽으로 가지 않으려고 했다. 하지만 나는 개를 설득하며 계단 위로 올라갔다. 꼭대기에 이르자 머리 위에 작은 문이 있었다. 빗장이 있긴 했으나 잠겨 있지는 않았다. 그 문짝을 들어 올리자 파란빛이 통로로 몰려왔다. 나는 문을 활짝 젖히고 계단 꼭대기까지 올라갔다. 에녹은 따라오려 하지 않고, 통로 안쪽에 주저앉아 으르렁거렸다.

"괜찮아." 그렇게 말했지만 사실 확신이 있는 건 아니었다.

손목시계를 확인하니 분명히 밤 열 시였다. 하지만 내 머리 바로 위, 깎아지른 듯한 두 개의 암벽이 마주 서 있는 한가운데 푸른 태양이 떠 있었다. 그 절벽을 기어 올라가기는 불가능해 보였다. 그 태양은 뜨지도 지지도 않은 채 영원히 그 자리에 맴돌았다. 암벽 계곡은 깎아지를 듯했고 그 위 높은 곳은 군데군데 담쟁이넝쿨 같은 것으로 덮여 있었다. 나는 문 아래를 내려다보았다. "에녹, 이리 좀 와…" 그렇지만 에녹은 꼼짝하지 않았다.

"마음대로 해. 금방 올 테니까."

나 혼자 길을 따라갔다. 보이는 것은 돌과 담쟁이넝쿨 뿐이었다. 문에서 멀어질수록 나는 불안해졌다. 그때 무언가를 보고 나는 얼어붙은 듯 멈춰 섰다. 장화만 한 크기의 생명체가 쿵쿵 뛰며 빠르게 달려오고 있었다. 털이 땅 위에 질질 끌렸다. 송곳니가 툭 튀어나오고 머리엔 뿔도 있었다. 그 생물체는 내가 있다는 것을 알아차린 듯 고개를 들었고 우리는 눈이 마주쳤다. 나는 정신이 혼미해져 뒤로 돌아 전속력으로 문을 향해 달렸다.

일단 터널로 돌아가 에녹과 함께 있으니 기분이 좀 나아졌다. 나는 계단에 앉아 진정하려고 애썼다. 에녹은 바닥에 앉아 터널의 천장에서 떨어지는 물방울들을 핥아먹었다. 나는 머리 위의 문을 다시 열고 밖을 엿보았다. 생물체가 더 나타났다. 총 세 마리였다. 그들은 킁킁대며 땅 냄새를 맡거나 폴짝폴짝 뛰고 있었다.

나는 문을 닫고 다시 빗장을 지른 다음 에녹에게 말했다. "좋아, 에녹. 계곡에 대해서는 네 생각이 맞았어. 저기는 안전하지 않아. 저 계곡은 외계로부터 온, 아니 내계인가? 아무튼, 이상한 데서 온 토끼로 가득해. 가자."

우리는 그렇게, 도시로 향하는 길 말고 다른 샛길은 다 무시하면서 이틀 동안 더 걸었다.

갑자기 터널의 끝이 나타나 나는 깜짝 놀랐다. 돌덩이를 쌓아 올린 벽 한가운데에 나무문이 있고, 거기에 '아가사'라고 씌어 있었다.

문 옆에는 '세게 두드리시오'라고 쓰인 표지판이 있었다.

나는 손가락 마디로 문을 두드렸다. 반응이 없었다. 망치질하듯 더 세게 문을 두드렸다. 반응이 없었다. 문을 때리고 소리도 질렀지만 아무도 응답하지 않았다. 문에 몸을 힘껏 부딪치며 고래고래 소리를 질렀다. 작은 바위를 안아 올려 문에 던지고 더 크게 소리를 질렀다.

"그만해요! 당신 소리 들었어요!" 한 여자의 목소리가 문 저편에서 들려왔다.

그녀가 문의 빗장을 풀었다. 에녹과 내가 문 안으로 들어갔을 때, 그 여자는 책상에 앉아 촛불에 의지해 잡지를 읽고 있었다.

"당신은 도마뱀 인간이 아니네요…" 나는 미소 지었다.

"알아줘서 고마워요." 그녀가 말했다. 그 말투에는 독일인 같은 어조가 섞여 있었다.

그 방 다른 쪽 벽에 문이 하나 더 있었다.

"저는 새로운 세계에 살고 싶은데요, 저 문을 넘어가면 새로운 세계가 있을까요?"

그녀는 문을 바라보더니 생각에 잠겼다. "저는 저곳을 좋아하긴 해요. 하지만 일을 해야 해요. 일 할 마음은 있어요?"

"해야 한다면 하죠."

"할 마음이 있다…. 좋아요. 어떤 일을 할 줄 알아요?"

"저는 선생님이었어요. 대학 강사였어요."

"흠;" 그녀는 얼굴을 찌푸렸다. "좋아요. 증거가 있나요?"

나는 뒷주머니에서 대학 교원증을 꺼냈다. 학위증도 가지고 있었기 때문에 나는 두 가지 모두 여자에게 넘겨주었다.

그녀는 에녹을 바라보았다. 내가 "안 물어요."라고 했더니 그녀가 대꾸했다. "이빨이 있잖아요. 그럼 물죠. 바보라도 그건 알겠어요."

여자는 얼굴을 찡그리며 학위증을 돌려주었다.

"여기서는 지식은 아무 소용없어요. 저 위에서 일 년에 얼마나 벌었어요?"

"만 오천 달러 적자였습니다.

"기쁜 소식을 알려드리죠. 이곳에 가르치는 직업은 없어요. 일류 대학 교수들은 대부분 도랑 파는 일을 하다가 요즘은 막노동을 하죠. 감자 껍질 벗길 줄은 알아요? 청소는 할 줄 알아요? 시체를 묻는 일은요?"

나는 학위증을 접어 내 주머니에 넣으며 말했다.

"시체를 묻는다고요? 저는 대학을 나왔는데…"

"그래서 이 일은 당신보다 수준 낮은 일이다?"

나는 웃었다.

그녀가 말했다. "당신은 말 그대로 세계의 밑바닥에 왔어요. 저 안으로 들어가고 싶다면 도끼도 쓸 줄 알아야 하고, 버섯도 따 모아야 하고 들쥐를 쫓을 줄도 알아야 해요. 지하의 농작물을 키우려면 바다에서 물을 끌어올 물길도 직접 파야 하죠. 이런 일 할 마음은 있어요?"

"여기 사람들이 저를 인정해 줄까요?"

"인정해 주지요, 그럼요."

나는 그녀 책상 뒤쪽으로 닫혀 있는 문을 뚫어지게 바라보았다.

"그 문 저편 말이에요…" 나는 말했다.

"저곳은 지옥인가요?"

"아니요. 좋은 곳이에요. 범죄는 거의 없어요. 평범한 햇빛이 없을 뿐이에요. 당신은 어디에서 왔어요? 그곳은 지옥이었나요?"

나는 고개를 흔들며 말했다. "걸레질을 할게요. 여기에서요."

"좋아요. 하지만 우선 당신이 가져온 학위증은 먹어서 없애 버려요."

"그러죠."

"지금 보여줘요."

어차피 배가 고프던 참이었다. 나는 학위증을 뒷주머니에서 꺼내어, 여자가 보는 앞에서 조각조각 찢은 다음 한 움큼씩 입에 넣어 세 번 꼭꼭 씹고 나서 삼켰다. 정말이지, 최고로 기분이 좋아졌다.

다음엔 서류를 작성해야 했다.

나는 기분 좋게 글씨를 휘갈겨 쓰며 빈칸을 채웠다. 그녀는 고무도장을 꺼내 잉크 패드에 문지른 다음 내 서류에 도장을 쾅 찍었다.

"새로운 세상에 오신 걸 환영합니다."

두 번째 문이 열렸다. 기회만 노리고 있던 새떼가 쏟아지듯 날아올랐다. 행복하게도 아무 생각 없이 혀를 늘어뜨리고 있던 에녹이 고개를 돌려 바라보았다. 새떼는 완전한 암흑 속으로 날아가고 있었다.

라스베이거스를 떠나며

첫날:

기막히게 좋은 렌트카를 (무료로) 빌렸다. 비싼 차답게
구조가 복잡해서 연료 주입구 여는 법을 알 수가 없다. 연료가
떨어져서 갓길에 차를 세운다. 어두운 나무 사이로 걸어 들어가면서
몸에 진흙을 잔뜩 바른다. 나는 이제 숲에서 산다. 돌로 무기를
만들고 번영하리라.

이틀째:

동물 가죽을 걸쳤다. (예전에 영화에서 본대로) 사슴, 너구리, 여우
가죽을. 소리 없이 수풀 사이를 누비며 열매를 딴다. 먹기도 하고
그림 그릴 물감도 만들 거다.

새벽이 가까워질 때쯤 거지 같은 아이폰이 꺼진다. 이제 먹을 수
없게 된 모든 것 중에 가장 그리운 것은 맥주다.

23일째:

숨겨진 폭포의 바위 수영장에서 놀다가 문득 깨닫는다.
비밀번호를 모조리 잊어버렸다는 것을. 은행 계좌, 차고 문, 집의
경보 장치, 이메일 계정까지도.

— 절벽 위의 그녀는 옷을 전부 벗고, 웃으며 차가운 물속으로
뛰어든다. 물결이 하나도 일지 않는다.

45일째:

우리는 빛이 보이는 곳으로부터 더 멀리 이동했다. 별들은 더

커진다. 나는 요리를 한다. 그녀는 사냥한다.

100일째:
겨울이 너무 춥다고 결론 내린다. 한참 걸어 렌트카로 돌아간다.
차는 가시덩굴로 칭칭 감겨 있다. 문을 열 수 없다. 힘겹게 문을
부수고 떼어낸다. 이제 단도와 화살을 만들 수 있는 금속이 생긴다.
집으로 다시 걸어온다. 우리는 회색 곰의 발을 잘라 신고 있어서
꽤 근사한 발자국을 남긴다. 절벽 주위를 맴도는 다른 녀석들도
두려움을 느낄 것이다. 그녀가 처음으로 내 손을 잡았다.

153번째:
첫 비가 오고 얼지 않고 하늘 눈 땅이 돌아가고 저 밑에서 하얗게
모두 푸른색이 솟아오르고 우리는 그것을 모아 샐러드를 만들고
내가 알던 것들에 대해 농담한다, 하하 발사믹 식초네, 그녀는
고개를 갸우뚱한다 마치 내가 신에 대해 말하는 것처럼.

276번째:
죽였… 불… 날… 흐음… 아이가 오고 있어… 달은.. 밤.. 하지만
늑대가 없어

??? 째 날:
… … …. …

통로 속의 옛 연인

　　그녀는 기분이 좋지 않다. 유리잔을 싱크대에 던져 깨뜨린다.
또 다른 잔도 깬다. 나는 주방으로 들어간다. 그녀가 말한다. "난
너랑 결혼 못해."

　비누 거품이 공중에 날아오른다. 작은 거품들이다. 나는 뜨거운
물을 잠근다.

　"그래. 그러면 결혼하지 말자. 결혼 안 하는 사람도 많잖아."

　"예를 들면?" 그녀는 고개를 숙인 채 젖은 손을 내 가슴에 닦는다.

　"3번 채널에 나오는 뉴스 진행자랑 마트 고양이 먹이 담당
아줌마. 그 사람들도 결혼 안 했어."

　"그 사람들은 서로 알지도 못하잖아. 나는 너를 아는데."

　"좋아. 그러면 다른 예를 들게. 저 오렌지색 개 산책시키는
여자랑 쓰레기차 뒤에 매달려 있는 남자. 저 청소부는 트럭 뒤쪽에
매달려서도 저 여자에게 노래를 불러 준단 말이야. 그런 게
사랑이지."

　그녀는 웃는다. "웃기지 좀 마." 반지는 싱크대 옆 세탁기 위에
놓여 있다. 나는 반지를 주워 주머니 속에 넣는다.

　"아무 문제없어."

　디는 예전에 약혼한 적이 있다. 17년 전에. 옛날 옛적 얘기 같지만
관점은 다를 수 있다. 언제를 옛날로 보느냐에 따라.

　약혼자의 이름은 주니어였다. 그는 이제는 버려진 메이워더
요양원 아래의 통로에서 죽었다. 그 통로를 통해 시설의 한쪽
건물에서 다른 건물로 갈 수 있었다. 주 정부가 요양원을 폐쇄하자

마을 청소년들은 거기서 파티를 벌였다. 들어가는 방법을
알아내기는 힘들었지만, 일단 들어가면 미성년자가 술 마시고
담배 피우기에 그보다 나은 곳이 없었다. 하지만 나는 다 큰 남자고
귀신이 나오는 비밀 장소는 필요 없다.

　귀신이 나오는. 그렇다. 그게 문제다.

　디가 나를 깨웠다. 창 밖에 비가 퍼부어 마룻바닥까지 넘쳐
들어오고 있었다. 방은 어둑했다. 사실은 칠흑같이 어두울
시간이었는데도 알 수 없는 천상의 빛이 비치고 있었다.

　"나는 언약한 사람이 있었어." 그녀는 말했다.

　"이해해. 나도 8학년 때 나딘 핀처에게 평생을 바치기로 했었지.
동부에서 걔보다 머리가 곱슬거리는 애는 없었거든."

　"너하고 나딘은 어떻게 됐어?"

　"9학년 때 걔가 생일 선물로 고대기를 선물 받았어. 그걸로
끝이었어."

　"뭐, 나도 곱슬머리가 아닌데."

　"알아. 하지만 넌 정말 춤을 환상적으로 추잖아. 너처럼 농담 잘
하는 사람을 본 적도 없어. 네가 최고야."

　"내가 너를 독살할지도 몰라."

　"한번 해 봐."

　"네가 먼저 죽으면 내가 다른 사람을 만나길 원해?"

　"나는 지금 이 순간, 내가 살아 있을 때라도 네가 다른 사람을
만나기를 바라. 그래야 네가 행복하다면 말이야."

　"그러면 너무 괴롭지 않을까?" 그녀가 말했다. "네가 알아둬야 할
게 있어. 매년 그의 생일이 되면 나는 그 사람을 만나러 가."

"주니어 말이지."

그녀는 침대에서 몸을 일으켰다.

"그 사람 이름을 알아?"

"나랑 일하는 사람이 다 말해 줬어."

"네가 그 얘기를 꺼내는 건 싫어. 내일이 그 사람 생일이야."

"있잖아, 나도 같이 갈게."

"안 가는 게 나을 텐데."

"케이크도 내가 사 갈래."

바닐라 향 설탕을 입히고 딸기를 얹은 레몬 케이크를 샀다. 나는 케이크를 들고 가다가 포크도 나이프도 가져오지 않았다는 걸 깨닫고 점점 더 바보 같은 기분이 든다. 살아 있었다면 그는 서른여섯 살이 됐을 것이다. 그래도 라이터는 켜지겠지, 나는 생각한다.

메이웨더에 들어가는 가장 쉬운 방법은 세탁실 옆 깨진 창을 넘는 것이다. 디는 나무 그루터기를 밟고 기어올라 어두운 창문 안으로 미끄러져 들어간다. 나는 그녀가 내민 손에 생일 케이크를 넘긴다.

타일은 대부분 깨졌다. 바닥에는 옷과 담요들, 빈 병들과 아기 인형, 도미노, 카드들이 널려 있다.

그라피티가 거의 모든 것을 뒤덮고 있다. 바깥 세상에 그리기 전에 연습을 한 것 같다. 긴 복도를 걸어 내려가면서 나는 방들을 들여다보지 않는다. 나는 미신을 믿는 사람은 아니다. 하지만 꿈에 나올 법한 것을 보고 싶지는 않다. 내 말을 이해할지 모르지만.

"이 방이야." 그녀가 말한다.

통로 속의 옛 연인

창고 안 벽장이 활짝 열려 있다. 요양원 환자들의 일기가 쌓여 있어 나는 정신이 팔린다. 내가 일기를 넘겨보는 동안 디는 한쪽에 서서 기다린다. 그녀는 나를 배려하는 중이다. 내가 이름 모를 사람들의 사생활을 배려하지 않는 중인데도. 어떤 일기에는 거대한 독수리 등을 타고 에베레스트 산 꼭대기까지 올라간 여행에 대해 쓰여 있다. 세상의 종말도 자주 등장하는 주제다. 그러나 사람들이 가장 집착하는 건 유명 인사다. 한 남자는 자기가 유명한 프로 레슬러인 자이언트라고 생각했다. 다른 남자는 가수 버디 홀리, 어떤 여자는 자기 이웃이 최초의 여성 비행기 조종사였던 에밀리아 에어하트라고 생각했다.

디가 입을 연다. "오케이, 도서관 영업시간은 끝났습니다." 그녀는 미소 지으며 내게 케이크를 내민다. 그녀는 벽장 안으로 들어가 옷더미를 끌어내고 그 속에 감춰져 있던 문을 연다.

이제 우리는 암흑 속을 걷는다. 나는 양손으로 축축한 콘크리트 벽을 더듬는다.

"손전등 가져왔어?"

"이 아래에서는 손전등이 안 켜져."

"그러면 어떻게 가?"

"촛불."

"흠, 초를 가져왔어? 나는 초 가져온 게 없는데."

그녀는 라이터를 켜서 케이크에 불을 붙이기 시작한다.

나는 웃는다. "케이크에 있는 초 말고."

잠깐 걷는다. 5분쯤. 디가 멈춘다. 벽에 스프레이로 이니셜이 쓰여 있다. 날짜도 있다.

"내가 쓴 거야. 주니어가 여기서 죽었어."

그녀는 콘크리트 바닥에 책상다리를 하고 앉는다. 케이크 위의 촛불들이 깜빡일 때마다 어둠이 날름거린다.

나도 앉는다.

"생일 축하해, 주니어. 얘는 내 친구 래리야. 얘가 너한테 나에 대해 물어볼 게 있대. 네가 지금 여기서 우리 얘기를 듣고 있으면 좋겠어. 사정 봐주지 마, 주니어. 정직해야 해. 냉정하게 굴어."

디는 내게 말한다. "우선 소원을 빌어 봐."

나는 입을 열었지만 혼란스럽다. 내 소원을 빌어야 하나, 아니면 그의 소원을? 아직도 입을 벌리고 있던 나는 주니어에게 묻기 시작한다. 그의 약혼녀와 결혼해도 될지. 그러나 누군가의 입김에 촛불이 꺼진다.

거대한 알이 잔디밭에 놓여 있었다. 누가 장난하나, 숲에 숨은 사람이 있나. 그녀는 두리번거리며 하얀 치아를 한껏 드러내 미소를 지었다. 그러나 곧 쭈그려 앉아 담배를 흙에 비벼 껐다. 숲에는 아무도 없었다. 그녀는 고개를 흔들며 손바닥으로 금발을 쓸어 넘겼다.

뒤편에 자그마한 빨간색 집이 있었다. 그녀는 깊은 숲 속에 혼자 머물고 있었다. 미셸은 한동안 나무들 사이를 응시하다가 알로 시선을 돌렸다. 에릭이 일부러 먼 길을 와서 가져다 놓은 거라고 믿고 싶었다. 그녀는 소리쳤다. "야, 여기까지 와서도 괴롭히려는 거야? 왜 이제야 왔어? 사과해. 날 버린 건 너니까."

무언가가 나무 위로 솟구쳐 올랐다. 가지들이 부러지고 솔잎이 비처럼 쏟아져 내렸다. 거대한 그림자가 순식간에 사라졌다. 겁을 먹은 그녀는 달걀을 안아 들고 급히 집으로 들어갔다. 그것은 생각보다 무거웠다. 그녀는 냉장고 옆 탁자에 달걀을 내려놓고 문을 잠갔다. 문에 있는 또 다른 자물쇠도 잠갔다. 바닥에 미끄러질 뻔 하고는 웃었다. 알을 보며 자기 뺨을 때렸다. 오케이, 그만 하자.

그 날 밤, 그녀는 와인과 버번을 마시고 알약 세 개를 먹은 다음 보라색 립스틱을 꺼내 점박이 알의 껍질 위에 '생일 축하해!'라고 썼다. 손을 대보니 따뜻했다. 묘하게 위로가 되었다. 누가 알을 버렸든, 그녀에게 선물을 준 셈이었다.

외로운 나날이었다.

아침이 되자 그녀는 디젤 차를 몰고 마을로 가서 우편물을 확인했다. 우편함에 공식 통보서로 보이는 분홍색 편지가 있었다. 그녀 앞으로 나오던 실업수당이 중단된다는 내용이었다. 불과 며칠 전에 그녀는 장애인 수당도 거절당했다. 완벽한 장애가 아니라서 안 된다나. 미셸은 신문을 사서 구직란을 뒤지며 쇠기둥을 걸어찼다가 발이 아파 욕을 내뱉었다. 그녀는 절뚝이며 길을 건넜다. 식당, 낚시 도구 가게, 식자재 마트를 돌아다니며 사람을 구하는지 물었다. 일자리는 하나도 없었다. 그녀는 포기하고 몸에 딱 붙는 청바지 주머니를 뒤져 동전을 꺼냈다. 주유소의 공중전화에서 농장에 있는 부모님 집으로 전화를 걸었다. 자동 응답기에 메시지를 남겼다. "저기, 저 미셸이에요. 또 전화하겠지만. 여기서 잘 지내고 있어요. 걱정 안 하셔도 돼요. 한번 보러 가고 싶은데요. 다시는 안 간다고 했었지만 저는 원래 그런 애잖아요. 모레쯤 들러도 될까요? 이유는 없어요. 그냥 다들 만나고 싶어서 그래요. 그럼 그때 봐요. 저 미셸이에요."

시내에서 돌아와 보니 탁자가 무너져 있었다. 그 사이 네 배는 커진 알이 주방 바닥에서 꿈틀거렸다. 아무도 없는 사이에 자란 것이다. 그녀가 휘갈겨 썼던 '생일 축하해!'라는 글자는 알아볼 수 없게 뒤틀려 버렸다.

그때 알이 흔들렸다. 그녀는 움찔하다가 조리대에 부딪혀 넘어졌다. 더러운 접시와 컵들이 산사태처럼 쏟아져 내렸다. 그녀는 숨을 깊이 들이마시며 자기 인생을 변화시키겠다고 결심했다. 첫 번째 단계로 알을 집 밖으로 옮겨야 했다. 너무 커지면 현관으로 내가지도 못하고, 알 안의 무언가가 그녀의 집을 자기 집 삼아 눌러앉을 지도 몰랐다.

그녀는 끙끙대며 알을 굴려 픽업트럭의 짐칸에 올려놓았다. 그리고는 현관에서 담배를 피우며 알을 물끄러미 바라보았다.

공기가 서늘했다. 그녀는 옷 위로 스웨터를 여미며 계곡 위에 땅거미가 지는 것을 바라보았다. 그저 혹시나 해서, 도움이 될지 확신하지 못하면서도 그녀는 옷장에서 담요를 꺼내 트럭 짐칸 위의 알을 덮었다.

아침이 되자 세상은 서리로 뒤덮여 있었다. 그녀는 담요를 치우고 알에 손을 대보았다. 이제 알은 훨씬 더 커져 그녀의 몸만 했다. 만져보니 기분이 좋았다. 알에 귀를 대자 구구 소리가 들렸다. 그녀는 담요를 다시 덮었다. 태양이 온 세상을 따뜻하게 감싸자 서리가 사라졌다. 그녀는 남쪽으로 차를 몰았다. 자갈 깔린 도로를 따라 그녀의 불행했던 과거로 다시 나아갔다.

소나무 숲은 점점 사라지고 잠든 것 같은 들판이 나타났다. 그녀는 천천히 고속도로로 진입하며 백미러로 알을 확인했다. 알이 짐칸에 꼭 끼어 굴러다닐 수 없는 것을 보고 마음이 놓였다. 그녀는 알에 나쁜 일이 일어나지 않기를 바랐다. 고속도로에서 빠져나오자 외양간과 사료 저장고가 보였다. 그녀는 속도를 높였다. 그러나 길 끝에 있는 그녀의 옛 고등학교는 쳐다보지도 않았다. 즐거운 적도 있었고, 엄청나게 행복한 적도 있었고, 최악인 적도 있던 곳이었다. 마지막 학년에 그녀는 완전히 무너져 내렸다. 자살 시도까지 했었다! 자, 영원히 이 알약을 먹도록 해. 그녀는 정신을 차리고 자세를 똑바로 했다. 그녀는 속도위반 탐지기의 위치를 알고 있었다. 저기 봐. 경찰이 있잖아. 그러나 그녀는 아주 천천히 달리는 중이었다. 아직도 저 광고탑이 있네. 울타리 옆을 뛰어다니는 개들도 그대로야. 멍멍, 멍멍. 갑자기 그녀는 눈을 깜빡였다. 벌써 집으로 향하는 길에 들어섰다. 그녀가 어린 시절을 보낸 목장이었다. 미나리아재비 꽃들이 노랗게 피어 있었다. 가지를 늘어뜨린 수양버들에서 몇 백 피트 떨어진 곳에 아빠의 헬리콥터가 서 있었다.

엄마 것은 모르겠다. 무엇이 있는지 어디에 있는지 아무 것도 모르겠다. 그러나 꽃들은 여전히 창가 화단에 피어 있었다. 여우의 장갑과 양의 귀라 불리는 꽃들. 엄마는 꽃들을 좋아했다.

아빠는 항상 그랬듯 작업복 차림으로 식탁에 앉았다. 공군에서 퇴역한 후 아빠는 농사에 몰두했다. 미셸은 아빠가 하늘에 완전히 질려 버린 것 같다고, 하늘에서 할 일은 다 한 것 같다고 생각했다. 엄마는 평생 찡그리고 산 얼굴에 주름이 더 늘었다. 미셸이 입을 열기도 전에 엄마는 벌써 고개를 좌우로 흔들고 있었다. 미셸의 부모는 자신들이 세상의 옳고 그름을 안다고 믿는 완고한 사람들이었다.

"일은 어떠냐?" 아빠가 물었다.

"인원 감축이 있었어요." 그녀가 말했다.

"번지르르한 책상머리에서 밀려났다 이거지, 허?" 엄마가 말했다.

"네. 번지르르한 책상머리에서 쫓겨났어요."

엄마는 웃었다. "다들 쉬운 일을 좋아해. 다들 그래."

"엄마 말이 맞았어요. 대학 같은데 가는 게 아니었어요. 얼마나 바보 같은지."

"그 말 네가 한 거다. 내가 아니라." 엄마는 말했다.

아빠가 덧붙여 말했다. "미셸, 화 내지 마라. 너도 세상 물정을 알지 않니? 우리는 네가 돈을 조금이라도 갚기만 기다리고 있었어. 그런데 이제 보니…"

"사실은, 조금 더 빌려 달라고 부탁드리려 했어요."

엄마는 고개를 흔들어 거절했다. 아빠가 말했다.

"이제 너는 어린애가 아니야. 스스로 책임을 져야지. 더 도와줘도 도움이 안 될 거다."

"하지만 직장을 잃었다니 유감이구나." 엄마가 말했다.

"괜찮아요. 한동안 정말 바빴어요."

"구직 하느라?" 엄마가 물었다.

"구직도 좀 하고요. 근데 아니요, 그것만은 아니에요."
미셸은 웃음을 멈추지 못했다.

아빠는 포크를 내려놓고 그녀를 뚫어지게 쳐다보았다. 항상
감도는 긴장감이 있었다. 그들의 딸이 다시 무너져 시설로 돌아갈지
모른다는 긴장감이.

"있죠, 알을 하나 찾아냈어요." 미셸은 방어하듯 말했다. "그걸
돌봐 주고 있어요. 어쩜 알 하나 돌보는데 시간이 그렇게 많이
드는지."

"알을 돌본다고…, 그래."

"버터 좀 다오." 엄마가 말했다. 아빠는 천천히 우유를 마셨다.

달마티안이 식탁 아래서 낑낑거렸다. 미셸은 생 브로콜리를 한줌
던져 줬다. 개는 그걸 바라보더니 화가 난 채 자리를 떴다. 그러자
그녀는 또 웃었다. 자신이 아무도 행복하게 하지 못한다는 게 너무나
우스웠다.

애플파이를 먹고 났을 때 작은 폭발이 일어났다. 트럭 타이어들이
터지고 구동축도 내려앉았다. 알이 너무 커져서 그 무게로 트럭
짐칸이 휘어진 것이었다.

"대단한 알이구나." 아빠가 말했다. "튼튼한 트럭이었는데."

"이제 고철 덩어리가 돼 버렸네." 엄마가 말했다.

알고 보니 엄마와 아빠는 사흘간 시골로 기차 여행을 갈
계획이었다. 그들이 소유한 시골의 오두막집은 꽤 로맨틱한
별장이었다. 미셸은 부모를 기차역까지 데려다 주기 위해 그들의

차로 빗속을 운전했다. 엄마는 땅에서 떨어지는 것을 좋아하지 않아서 어떤 일이 있어도 비행기를 타려고 하지 않았다. 미셸은 그들이 떠나 있는 동안 집을 봐 주기로 했다. 어쨌든 그녀는 이미 이곳에 왔고 정말로 갈 곳이 없었기 때문이다. 아빠는 어떻게든 도와주겠다고 약속하며 그녀를 꼭 안고 속삭였다. "상황이 그렇게 힘들다니 안됐구나, 아가."

미셸은 부모의 집에 다시 혼자 남겨졌다. 그녀는 냉장고에서 스테이크를 모조리 꺼내 해동시킨 다음 조리대에 던져 놓고 하나도 먹지 않았다.

새벽이 되자 햇살이 알람시계라는 듯 알이 떨리더니 껍질에 금이 가기 시작했다.

소음 때문에 미셸은 잠이 깼다. 그녀가 옷을 입고 현관으로 달려가자마자 알이 깨지며 부리가 삐죽이 나왔다. 미셸은 아무 느낌 없이 새를 바라보았다. 키가 거의 그녀만 한 새가 눈을 감은 채 꿈틀대며 짹짹거렸다.

태양이 떠올랐다.

'생일'은 깃털로 뒤덮인 채 태어났기 때문에 엄밀히 말하면 병아리가 아니었다. 처음에 희뿌옇던 그 암놈의 눈은 하루 만에 초롱초롱한 옥구슬처럼 변했다. 미셸은 새에게 오트밀과 어육, 쌀을 먹였다. 생일의 10미터나 되는 날개는 금방 펼쳐졌지만 아직 날 수는 없었다. 생일이 먼지 속에서 퍼덕이는 바람에 빨랫줄에 걸려 있던 침대보가 돛처럼 부풀어 올랐다. 미셸은 스테이크를 버린 것을 후회했다.

그녀는 부모의 차를 몰아 읍내로 가서 정육점에 들렀다. 집에 올 때는 차의 짐칸에 죽은 돼지가 선물처럼 실려 있었다. 하지만 차가 마당에 들어섰을 때, 생일은 벌써 달마티안을 반쯤 먹어 치운 후였다. 독수리의 부리에서 개의 다리가 대롱거렸다. 생일은 머리를 뒤로 젖혀 그 개의 나머지를 꿀꺽 삼켰다.

다음 날, 생일은 날기 시작했다.

커다란 그림자가 농장 위를 맴돌았다. 마을을 돌아다니던 아이들이 두려움에 몸을 웅크렸다.

쓰레기통들이 하늘로 끌려 올라갔다가 빈 알루미늄 통이 되어 3킬로미터쯤 떨어진 곳에 떨어졌다. 아프거나 느린 떠돌이 동물들도 밤새 사라졌다.

달빛 속에 커다란 새소리가 울려 퍼졌다. 미셸은 잠이 깼다.

생일이 외양간 지붕에 앉아 있었다. 미셸은 밖으로 걸어 나가 말했다.

"생일아, 나 기억하지? 내가 네 엄마야?"

생일이 긴 날개를 아래로 뻗었다. 미셸은 깃털을 하나 붙잡았다. 그들은 순식간에 하늘로 날아올랐다. 점점 구름에 가까워지고 어두운 들판은 저 아래로 멀어졌다. 그녀는 깊이 숨을 들이마셨다. 공기는 차갑고 희박했다.

"어디로 가는 거야?"

독수리가 까악거렸다.

아침 빛이 들기 시작했을 때 그들은 눈 덮인 산 위를 날고 있었다. 점심때쯤 그들은 구불구불한 강을 따라 날다가 높은 폭포 위에서 쉬었다. 저녁이 되자 광란 어린 도시의 은색 불빛이 아래에 흘러넘쳤다. 기차가 역에 들어서는 것을 보고 미셸은 부모님을 맞이하러 역에 가야 한다는 것을 깨달았다.

"젠장! 착륙해야 돼."

생일은 그 말을 듣자마자 기차역으로 방향을 틀었다. 생일은 순식간에 하강하여 발톱을 내민 채 철도 레일을 붙잡았다. 차장이 급히 브레이크를 당겼다. 그는 안내 방송용 마이크에 대고 외쳤다. "용이 나타났습니다!"

미셸의 아버지가 창문을 열고 말했다.

"미셸! 뭐하는 거냐?"

"모시러 왔어요."

"세상에." 엄마가 역겹다는 듯 말했다. "네가 애지중지하던 알에서 나온 게 그 놈이냐?"

미셸은 입을 열었다. 그러나 그녀가 대답하기 전에 생일이 기차에 달려들었다. 그 새는 엄마를 물어서 빼낸 다음 오독오독 씹어 먹었다.

그들은 계속해서 날았다. 미셸은 생일의 몸에 묻은 피와 진흙과 재를 호스로 씻어 냈다. 그들은 샤이엔 시* 경계선의 한 모텔 주차장에 도착했다. 종업원이 창밖을 흘끔 바라보았다. 그의 머리 위 간판에 '빈 방 없음'이라는 네온사인이 빛났다. 그녀는 간청했다. "아주 잠깐만 들어갔다 오면 돼요. 제발…" 커튼이 닫히고 종업원이 전화하는 소리가 들렸다. 이 생에서는 너를 진정으로 도와줄 사람은 아무도 없어. 경찰의 사이렌 소리가 들렸을 때 미셸과 생일 둘 다 깨달았다. 그들에게는 휴식도 평화도 없을 것임을. 그들은 사회를

---

* 와이오밍의 주도

떠나기로 했다. 그들은 높은 암벽에서 잤다. 멀리 아래에는 부서진 암벽의 잔해가 끝없이 펼쳐져 있었다. 그 돌조각들은 하루 종일 색이 바뀌었다. 새벽에는 분홍, 오전에는 노란색을 띠다가 점심때는 하얗게 빛났다. 마치 떨어져 깨진 분필 조각들 같았다. 날이 저물자 쓰레기들과 돌조각, 그리고 황무지가 보라색으로 빛났다. 밤은 통제할 수 없는 힘으로 만물 위에 내려앉았다. 지루한 시간이었다. 미셸은 생일이 심리치료사라도 되는 것처럼 그 새에게 속을 털어놓았다. 그녀는 무감각에 사로잡혔지만 그런 무감각을 느끼지 못하고 인식도 못하는 다른 동물들에게 오히려 연민을 느꼈다. 미셸과 생일은 계속 날았다. 방향은 상관없었다. 세상은 어디든 거의 비슷해 보였다. 아름다운 풍경도 잠깐 감탄하고 나면 무덤덤해질 뿐이었다.

　그녀는 생일에게 이리 가라 저리 가라 하지 않았다. 생일도 아무 계획이 없는 것 같았다. 우주의 얼굴은 제멋대로였고 혼란스러웠다. 흘러가는 구름의 허무 속을 응시하던 미셸은 문득 무아지경에서 깨어났다. 수백 킬로미터 아래, 산 속을 구불거리며 통과하는 도로가 보였다. 한 남자가 붉은 오토바이를 타고 있었다. 등에 황금 독사가 수놓인 천을 덧댄 재킷과 헬멧만 봐도 그가 누구인지 알 수 있었다. 생일은 급강하했다. 오토바이를 탄 남자는 생쥐가 된 느낌이었을 것이다. 그는 어깨 너머로 거대한 독수리를 발견하고 비명을 질렀다. 오토바이를 제어하지 못한 그는 이블 크니블*처럼 산기슭을 굴러 떨어졌다. 그 남자와 오토바이는 백 킬로미터가 넘는 절벽을 돌멩이처럼 구르고 또 굴렀다. 남자와 오토바이가 울퉁불퉁한 바위

---

* 유명한 오토바이 스턴트맨

덩어리에 부딪치기 직전에, 생일이 한 발로 오토바이를, 다른 한 발로 남자를 움켜쥐었다. 그들이 협곡 바닥에 안착하자 거센 바람이 산길을 따라 밀려 나갔다.

미셸은 새의 등에서 뛰어 내려 남자에게 걸어갔다. 그는 바닥에 드러누워 있었다. 충격을 받은 듯 팔은 엑스 자로 뻗고 부츠를 신은 다리는 덜덜 떨고 있었다. 미셸은 무릎을 꿇고 앉아 헬멧에 비치는 자신을 바라보았다. 찌그러지고 사나운 모습. 미셸은 그 모습이 좋았다. 어울리는 것 같았다. 그녀는 바이저를 올려 남자의 얼굴을 바라보다. "에릭." 그는 대답하지 않은 채 질식한 듯한 소리만 내고 있었다. "미셸." 그는 마침내 이 말을 내뱉었다. 그는 생일을 올려다봤다. 그리고 몸을 굴려 땅에 토했다.

그는 곧 일어나 앉았다. 헬멧을 벗고 나자 그는 더 이상 숨을 몰아쉬지 않았다. 그가 미셸과 생일을 번갈아 보고 또 보았다. 아무도 입을 열지 않았다. "어떻게 된 거야?" 에릭이 말했다.

"뭐가 어떻게 됐냐고?" 그녀는 어깨 위에서 맴돌며 날고 있는 집채만 한 몸집의 생일을 가리켰다. "얘는 내 친구야. 괜찮은 애야." 미셸은 돌아서서 생일의 깃털을 쓰다듬어 주며 말했다. "넌 착한 애지, 생일아. 그치? 에릭은 잡아먹지 마. 넌 착한 애니까."

생일은 앞으로 돌진해서 부리로 오토바이의 뒷바퀴에 펑크를 낸 다음 계곡으로 날아올랐다. 미셸과 에릭 단 둘이 대화를 할 시간이었다.

"이게 무슨 짓이야. 복수야?"

"내가 원한 건 아니었어. 나는 그냥 새를 탄 것뿐이야."

"어디서 저걸 찾아냈어…. 저 새 말이야."

"쟤가 날 찾아왔지."

"음, 그건 잘됐네. 저기, 유감이야."

"뭐가?"

"우리가 잘 안 풀린 거. 내가 행동한 방식에 대해 후회하고 있어."

"잘 안 풀렸지, 아주. 너는 나에게 큰 상처를 줬어. 그냥 사라졌잖아. 날 버린 거지. 하지만 결국엔 잘 된 셈이야." 미셸이 말했다.

"그 얘길 더 하고 싶어?"

"지금 얘기하고 있잖아. 그리고 아니."

"널 버리려고 했던 건 아니야."

"너 지금 잡아먹힐까 봐 겁먹었구나."

"의도적인 건 아니었다구." 그는 더듬거렸다.

"아, 마음대로 되는 게 어딨니. 재밌는 인생이야. 어머나." 미셸은 돌아서다가 생일이 산길로 다시 날아오는 것을 보았다. 그 새는 발작하듯 거칠게 착륙하면서 에릭의 얼굴을 향해 까악거렸다.

"생일아!" 미셸은 웃음을 참으려고 애쓰며 외쳤다.

오토바이는 사라졌다. 다시는 그것을 볼 수 없었다. 그가 오토바이에 대해 물었을 때, 그녀는 대답했다. "생일이 널 가지고 노는 것 같아."

어둠이 내렸다. 미셸과 에릭은 생일의 등에 기어올라 어두워진 계곡을 날았다. 생일은 밤새도록 날았고 그들은 그 등에서 잠이 들었다. 미셸이 눈을 떴을 때 태양이 사막 위로 막 떠오르고 있었다. 에릭이 말했다. "내가 있던 곳으로 데려다 줄 수 있어?"

그녀는 말했다. "우리랑 같이 가는 게 나을 텐데."

"그러고 싶지 않아."

미셸은 생일의 목을 찰싹 쳤다. 생일은 미끄러지듯 사막으로 내려 앉았다. 죽음의 계곡이라고도 불리는 곳이었다. 에릭은 생일에게서 뛰어내리더니 비틀거리며 그들로부터 멀어졌다. 그는 말했다. "다시 만나서 반가웠어, 멜리사!"

"내 이름은 미셸이야."

"만나서 정말 반가웠어, 미셸."

그는 걸어가기 시작했다.

미셸은 외쳤다. "너 여기서 죽을 수도 있어! 나랑 같이 가자!"

그는 말했다. "다시 만나서 반가웠어, 미셸!"

생일이 날개를 치자 모래 바람이 에릭을 덮쳤다. 생일은 하늘로 날아올랐다. 새벽은 더 빨리 밝아 왔다. 다시 둘만 남았다.

생일은 북쪽으로 날아가 깎아지른 듯 솟아 있는 아메리카 대륙의 산맥 쪽으로 날아갔다. 그 새는 산봉우리의 염소들을 낚아챘다. 미셸은 불을 피워 염소를 요리하면서 말했다. "너무 배가 고파서 채식주의를 지킬 수가 없네."

미셸은 대이동 중인 사람들에게 생길 만한 식욕을 느꼈다. 생일이 미셸을 날개로 감싸주었다. 그들은 동굴의 가장자리에서 자리를 잡고 잠들었다. 아래에서 곰이 울부짖었다. 아침거리를 찾는 것 같았다.

그녀는 스키장의 공중전화로 아빠에게 전화를 했다

"어디에 있는 거냐, 딸?"

"저는 지금 막 구름 밖으로 나와서 착륙했어요. 아빠한테 미안하다고 말하려고요."

"미안하다고? 전혀 미안한 것 같지가 않구나. 네 목소리에 그런 느낌은 전혀 없어. 아무 감정도 느껴지지 않아. 들리는 거라곤 그저 나, 나, 나, 나, 나 야."

"취하셨네요. 바로 알겠어요."

"그래서? 내가 취해서 뭐? 내가 사랑했던 두 여자를 위해 슬퍼하고 있는 거다. 당장 갈 거다. 널 잡으러 말이야. 거기 꼼짝 말고 있어."

"저를 그냥 좀 두세요. 우리를 그냥 내버려 두세요. 아빠를 위해서 하는 말이에요."

"그렇게는 절대 안 되지."

전화가 끊어졌다.

세상의 꼭대기에서 그들은 새로운 생활을 시작했다. 열대 정글에서의 새로운 삶이었다. 생일의 등에서 지내는 나날. 새는 발톱을 뻗어 흔들리는 풀 속에서 잠들어 있는 사자를 낚아챘다. 가장 높은 나무 위에 둥지를 만들었다. 낮은 무더웠고 하늘은 끝없이 펼쳐져 있었다. 미셸은 옷을 강에 던져 버렸다. 그녀는 땀을 뻘뻘 흘리며 코뿔소의 어금니를 운반했다. 머리카락이 한 뭉텅이로 뒤엉키자 미셸은 머리카락을 빡빡 깎는 상상을 했다. 책을 읽고 싶었다. 생일의 날카로운 울음소리 말고 음악을 듣고 싶었다. 아니면, 인간의 언어를 완전히 잊고 선사시대로 돌아가고 싶었다.

헬리콥터가 정글 위로 날아왔다. 이유는 명백했다. 하지만 믿고 싶지 않은 듯 미셸은 말했다. "우리 때문에 왔을 리가 없어, 생일아. 저 사람들이 우리를 잡으러 온 게 아니라고."

"미셸!" 그녀의 아빠가 스피커를 통해 소리쳤다. 그것은 아빠의 헬리콥터였다. 그녀는 숨이 가빠지기 시작했다. 하지만 생일과 시선이 마주치자 미셸은 다시 힘이 나 호흡도 침착해졌다. 그녀는 아빠를 향해 손짓했다. "저리 가세요. 우리를 좀 내버려 둬요!" 헬리콥터의 유리창 너머로 아빠가 마이크를 입으로 가져가는 것이 보였다. 아빠의 목소리는 스피커로 증폭되어 괴물 소리처럼 울렸다.

"포기해!" 그녀는 그에게 가운데 손가락을 들어 보였다. 기관총 소리가 정글의 공기를 꿰뚫었다. 타타타타탕. 죽음의 총소리. 미셸이 몸을 피하며 비명을 질렀다. 탕탕탕탕탕. 총알들이 거대한 독수리를 공격했다. 그러나 독수리는 알아차리지 못했다. 관심도 없었다. 탕탕탕탕탕.

빙빙 돌던 헬리콥터의 기수가 고꾸라졌다. 생일은 날개를 펄럭였다. 기관총이 멈췄다. 좋아, 다 소용없다는 걸 알았겠지. 미셸은 생각했다. 미사일이 그들을 향해 날아왔다. 미셸은 지옥과 키스하는 순간 기분이 어떨지 궁금했다. 그러나 생일이 부리를 열어 미사일을 삼켜 버렸다. 아무 일도 일어나지 않았다. 아무 부작용도 없었다. 헬리콥터는 뒤뚱거리며 날아올라 둑 쪽으로 선회하려 했으나 너무 늦었다. 생일은 공격할 때만 내는 소리를 지르며 그 손쉬운 먹이를 쫓아갔다. 생일은 날개를 퍼덕였다. 발톱을 세웠다.

달

우리는 천문대에서 만났다. 나는 가석방 중이었기 때문에 매달 마약 검사를 받았지만 기회가 될 때마다 LSD를 했다. LSD는 검사에 걸리지 않았고 나는 아직도 다른 세상이 필요했기 때문이다.

길이 양쪽으로 갈라지는 것처럼 보이는 환각 속에서 비를 맞으며 3킬로미터나 걸어갔다. 레이저 쇼를 보고 싶어서였다. 도착하고 나서야 내가 약에 취했다는 걸 깨달았다. 자주 있는 일이었다. 매표원에게 6달러를 내고 안으로 들어가 보니 진짜를 흉내 낸 가짜 별무리들이 칠흑 같은 거대한 돔 속에 투사되고 있었다.

그 원형극장 안에 한 사람이 더 있었다. 나는 발을 헛디뎌 아주 심하게 넘어진 다음 그 여자 옆으로 다가가 물었다. "레이저가 어디 있어요?" 그녀가 말했다. "흠뻑 젖었네요." 내가 셔츠를 벗자 그녀는 환호했다.

쇼가 끝난 후 우리는 그녀의 하얀 머스탱 차로 가서 보닛 위에서 뒹굴었다. 아무도 우리에게 신경 쓰지 않았다. 일이 끝난 후, 우리는 차 안에 앉아 몇 시간 동안 대화를 나눴다. 다들 고민하는 문제, 왜 지구 위에는 우리에게 관심 있는 사람이 없는지 내내 이야기했다. 엔진은 꺼져 있었다. 창문에 김이 서렸다. 세상이 사라져 가는 것 같았다. 제인은 보드카 중독을 섹스로 대체했다고 말했다. 환자들이 예수를 불러 병을 치유하듯이. 혹은 테니스로. 혹은 자살로. 그녀는 이제야 나를 만나 아쉽다며, 우리는 정말로 마음이 통하는 것 같고 특별한 관계가 되고 싶다고 했다. 사랑하는 관계나 그 비슷한 거.

그녀는 슬프다고 했다.

"슬프다니 왜?"

"아, 슬퍼. 나는 떠날 거니까."

나는 중세 시대처럼 꾸민 주유소에서 일했다. 그곳 말고는 나를 써주려 하지 않았다. 나는 플라스틱 갑옷을 입어야 했다. 천문대에서 만난 지 이틀 후 제인이 주유기 옆에 차를 세웠고 나는 그녀의 차에 기름을 채웠다. 투구를 눌러쓰고 있어서 그녀는 나를 알아보지 못했다. 플라스틱 갑옷을 입고 있는 낯선 이에게 그녀는 너무나 친절했다. 그보다 더 부드럽고 다정한 사람은 만난 적이 없었다. 그때 나는 결심했다. 그녀와 함께라면 무슨 일이든 하고 어디든 가겠다고. 쉬는 시간에 공중전화로 그녀에게 전화를 걸어 그렇게 말했다. 우리는 그날 밤을 함께 보냈고 한동안 거의 매일 밤 함께 지냈다.

그날 밤 우리가 데이트를 하기 전에 나는 루터 교회의 지하실에서 열린 집단 상담 모임에 갔다. 눈에 졸음이 가득한 상담사가 수박을 가져왔다. 수박을 건네받은 사람은 자기 기분을 털어놓는 것이 규칙이었다. 상담사는 수박이 괴물 혹은 천사가 들어 있는 커다란 달걀과 같다고 했다. 수박을 깨뜨리면 골치 아픈 일이 생길 걸 알기 때문에 아무도 그런 짓을 하지 않았다. 수박을 받으면 더 자세하게 말할 의무가 있었다. 그 전에는 자몽, 그 전에는 사과를 받았고, 포도 한 알을 받았을 때는 그냥 이름만 말했다. 내가 거기서 알게 된 것은 다음과 같다. 사람들은 자기가 무언가를 원한다고들 생각한다. 하지만 원하는 것이 뭔지는 자신에게도 모호하다. 자기가 원하는 것을 아는 사람은 아무도 없다. 그들은 무언가를 갈망하지만, 그 무언가는 보이지 않고 형태도 없다.

우리는 사격장에서 다시 만났다. 나는 음료수 자동판매기 앞에 가석방 담당자가 서 있는 줄 알았다. 그러나 그것은 찰턴 헤스턴이 그려진 표지판이었다. 가진 총알을 전부 쏘고 나서 우리는 그녀의 차

보닛 위에서 또 섹스를 했다. 여전히 아무도 신경 쓰지 않았다. 일이 다 끝나자, 엔진이 꺼지고 창문이 뿌옇게 된 차 안에서 그녀는 마약 중독자들을 위한 집단 상담은 어땠냐고 물었다. 나는 대답했다. "그 얘기를 누설하면 내가 네 전두엽을 잘라 내야 할 걸?" 그녀는 그것도 괜찮겠다고 말했다. 안 그래도 죄책감을 그만 느끼고 싶다고 했다. 그녀는 자꾸 성서를 들먹이는 것만 아니면 알콜 중독자 모임이 큰 도움이 되지만 그래도 술을 끊기는 힘들다고 했다. 어딜 가나 모든 것이 무의식적인 술 광고처럼 보이기 때문이었다. 와인 병처럼 보이는 저놈의 버스들. 그녀는 "지구는 제 정신으로 살 수 있는 곳이 아니야."고 말했다. 나는 그녀의 손을 잡고 폐가에서 열렸던 우리 모임에 대해 말해 주었다. 자기가 늑대 인간이라고 생각하는 스피드광이 있었어. 그 남자는 보름달이 가까워 오면 모임에 얼씬도 안 했지. 다 우리를 위해서였어. 보름달이 우리 모두를 죽이지 않게 말이야. 상담사가 말했지. 여기 있는 모든 사람이 늑대 인간이에요, 알겠어요? 모두가 저주받았고, 감염됐고, 초인간적 힘을 가지고 있고, 두 개의 세상을 오가며 산다는 게 어떤 건지 알아요.

나는 피 검사를 받았다. 테스트용 컵에 소변도 보았다. 간호사가 녹슨 가위로 내 머리도 한줌 잘랐다. 내 눈이 커지자 그녀가 말했다. "너에게 이 검사를 받게 하는 게 아니었는데…. 네 눈 좀 봐. 못된 늑대처럼 크구나."

나는 말했다. "검사하고 싶으시면 제 눈을 뽑아 드리죠."

그녀는 말했다.

"그럴 필요는 없어. 안구 분석은 안 하거든."

문제가 생겼다. 내가 놀이터에서 입에 거품을 물고 쓰러진 채 발견된 것이다. 주머니에 총까지 있었다. 상담은 포도에서부터 다시 시작되었고 전에 말했듯이 그 다음은 체리였다. 체리를 쥐고 있을 때는 꼭 할 말만 했다. 좀 나아져서 더 중요한 얘기를 할 수 있게 되자 체리는 사과로 바뀌었다. 말하자면 사과는 후회나 원죄 같은 것이었다. 다음엔 자몽이었다. 겨울이 끝날 때쯤 되니 내 손에 든 것은 멜론이 됐다. 멜론을 받자 나는 끊임없이 떠들 수 있었고 자신감까지 생겼다. 나는 세상일을 진심으로 대하기 시작했다. 나는 턱수염을 길러 땋았다. 실로시빈*을 아주 조금씩 하기 시작했다. 나는 자랑스럽지 않은 일들을 많이 했다. 좀 회복되다가 더 나빠지기도 했다. 벽에 파인애플을 던진 적도 있었다.

두 마약쟁이들이 주유소를 털었다. 한 놈은 칼을 가지고 있었고 다른 놈은 개조한 엽총을 가지고 있었다. 재미있게도 주유소에서 일하던 우리는 플라스틱 칼을 갖고 있었다. 플라스틱 방패와 뽕 망치까지. 그놈들은 1200달러를 들고 도망쳤지만 둘 다 그 주에 죽어 버렸다. 둘 다 내가 아는 놈들이었다. 뭐, 지나간 일이니까. 주유소 꼭대기에는 금속으로 된 용 한 마리가 둥지를 틀고 하늘로 불을 뿜고 있었다. 지나가던 차들이 그 멋진 광경을 더 가까이서 보려고 고속도로에서 빠져나올 것을 기대하고 디자인한 것이었다. 자기가 무슨 짓을 하고 있는지 이해하는 사람은 거의 없다. 소방 대장조차도.

제인은 단 둘이서 높은 산으로 캠핑을 가자고 했다. 나는 루터 교회의 지하에서 열리는 수박 모임을 빼먹었다. 픽업트럭을 몰고 제인의 집으로 갔다. 마당에 그녀의 머스탱이 보이지 않았다.

그녀는 침낭을 들고 문 밖으로 나왔다. 그녀는 내 머리를 차창

---

* 환각 유발 물질의 일종

밖으로 내밀게 한 다음 진하게 키스했다.

"머스탱은 어디 간 거야?

"팔았지."

"팔았어? 못 믿겠어."

"나 이제 자전거 타고 출근해. 운동도 되고 좋아. 그 결과를 보면 너도 만족할 걸. 하하."

주 경계선을 넘어가면서 나는 발기했다. 가석방 규칙을 위반하다니! 산들. 하늘로 치솟은 산들! 우리는 차 밖으로 나갔다. 제인이 달빛 속에서 옷을 벗었다. 나는 눈을 커다랗게 뜨고 바라보았다. 창백한 피부에 달빛이 반사되어 제인은 다른 세상에서 온 존재 같았다.

"차 팔기를 잘했어. 자전거 효과가 좋네."

"그렇게 말할 줄 알았지."

우리는 부드러운 풀밭 위에 누워 서로의 몸을 더듬으며 스위치를 찾으려 했다. 빛과 공포의 신비, 인내, 의심, 욕망과 진실을 드러내 주는 스위치를.

한바탕 땀을 흘린 다음, 우리는 손을 잡고 걸어 호숫가로 내려가 몸을 씻었다. 어두운 물속을 헤엄치고 있을 때 별들과 달이 우리를 비췄다. 어둠 속에서 온 세상이 반짝였다.

그날 밤 우리는 트럭 짐칸 바닥에 등을 대고 누워 잤다. 제인은 하늘을 뚫어지게 올려다보았다. 하늘을 처음 보는 사람 같았다. 그녀가 눈을 천천히 깜빡일 때마다 긴 눈썹이 눈꺼풀에 끌려 다녔다.

"나는 항상 달을 가깝게 느꼈어."

"그래?"

"어렸을 때는 매일 밤 달 주위를 걷는 꿈을 꾸었어. 거기 사는 꿈. 사람답게 사는 거 말이야. 저 환한 빛을 봐. 저 빛 한 가운데 있다고 상상해 봐."

"멋있을 거야."

"꿈속에 사는 것처럼."

"나도 떠나고 싶어." 내가 말했다.

"너도 떠나야지. 어디로 가고 싶은데?"

"남아메리카에서 이비오가 나무*나 찾아다닐까."

"이비오가 나무는 왜?"

"다 같이 망하자는 거지."

"아…, 망할 일이 절대 없는 세계로 가면 더 낫지 않을까."

"그냥 죽고 말지."

내 담당 경찰이 말했다. "당장 꺼져. 네 이런 꼴은 보고 싶지 않아. 날 욕 먹여도 유분수지!"

그녀의 마당 잔디에 주택 매매 광고가 꽂혀 있었다. 죽어 가는 느릅나무 아래였다.

내 심장이 쿵 떨어져 갈비뼈를 또 하나 부러뜨렸다. 내 심장은 철거용 쇳덩이다. 당신 마음속에도 쇳덩이가 있지 않은가? 무슨 일이 생기면 쇳덩이가 거세게 흔들려 몸 안을 온통 망가뜨리지 않는가?

"너 정말 떠날 생각이구나." 나는 말했다. 그녀는 고개를 끄덕였다.

"아직도?"

"더 이상 어떻게 얼마나 말해 줘야 되니?" 나는 그 주말에 제인을 만나고 싶었지만 제인은 바쁘다고 했다. 더 강하게 요구하자 그녀는 말이 없어지면서 대화를 피하려 했다.

---

* 뿌리에 마약 성분이 있는 나무

"할 일이 있어."

"알았어."

제인의 반응, 안절부절못하며 어색하게 말을 돌리려는 모습에 나는 깨달았다. 아마도 나는 '여러 남자 중 하나'일 뿐이겠구나. 하지만 나에게는 제인뿐이었다. 내 심장은 다시 쇳덩이가 되어 갈비뼈를 박살내고 있었다. 그녀에게는 비밀이 있었다. 그 비밀과 나를 놓고 그녀가 저울질하고 있다는 것을, 어떤 쪽을 선택하고 어떤 쪽을 포기할지 고민하고 있다는 것을 나는 간파했다.

그래서 나는 헤드라이트를 끈 채 그녀를 따라갔다. 그녀는 자전거를 타고 달렸다. 내가 따라가는 것도 모르고. 생각에 잠긴 채. 나는 트럭의 기어를 중립에 놓고 언덕을 내려가서 잠들어 있는 마을을 통과했다.

나는 깜짝 놀랐다. 인적 없는 길을 따라가던 그녀가 위커 월드 플라자를 지나자마자 커브를 틀었기 때문이다. 내가 알기로는 그 폐업한 마트의 뒷길은 끝이 막혀 있었다. 그녀는 쇼핑몰 안으로 더 깊숙이 들어갔다. 식품 마트와 볼링장이 운영되다가 문을 닫은 곳이었다.

바닥이 여기저기 패인 주차장에는 다른 차들도 서 있었다.

나는 제인이 자전거를 볼링장의 벽에 기대 세우는 것을 지켜보았다. 그녀가 문에 들어설 때 한줄기 빛이 그녀를 스쳐 갔다. 문은 저절로 닫히고 빛은 사라졌다.

나는 차를 세우고 그녀 뒤를 살금살금 쫓아갔다.

볼링장에 사람들이 모여 어딘지 이상한 회의를 하고 있었다. 한 남자가 사람들 앞에 서 있었다. 대머리에다 작은 안경까지 껴서 두더지가 떠올랐다. 그는 와이셔츠의 단추를 목까지 채우고 가슴 주머니에 펜을 잔뜩 꽂고 있어서 중요한 사람처럼 보였다.

문틈에 귀를 대보았으나 그들의 목소리는 너무 작았다. 나는 그들의 뒤통수를, 특히 제인의 뒤통수를 한동안 바라보았다. 나는 일정한 간격에 따라 그녀가 머리를 열정적으로 끄덕인다는 사실에 주목했다. 그녀는 왜 고개를 끄덕이는 것일까? 몇 분 후에 그녀가 일어나 질문을 했다. 그 질문이 뭔지 알고 싶어서 나는 미칠 것만 같았다. 나는 더 가까이 갔어야 했다. 군인 놀이를 하는 소년처럼 배를 깔고 적진을 향해. 하지만 나는 신경이 곤두서서 자리를 떠나 버렸다.

그날 밤 늦게 제인이 와서 내 방 유리창에 돌멩이를 던졌다. "너 깨어 있지?"

"응."

"나 좀 들어갈게."

내가 창문을 열자 그녀는 창틀을 넘어 방으로 들어왔다. 그녀의 몸은 따뜻했고 목에서는 소금기가 느껴졌다. "요즘에도 알콜 중독자 모임에 나가?"

"아니. 말했잖아. 성경을 너무 많이 들먹여."

"응. 그렇게 말했다고 생각했어."

그 주말에 그녀는 또 너무 바쁘다며 만나 주지 않았다. 나는 그녀를 이해할 수 없었다. 열정적이었다가. 냉정했다가. 나는 그녀의 이웃집 마당에 온통 토해 놓았다. 그때 그녀는 가지고 있던 것을 다 앞뜰에 내놓고 팔고 있었다. 나는 쓰레기통 뒤에 숨어서 지켜보았다. 십 분이 흘렀는지 열 시간이 흘렀는지 모르겠다. 접시와 컵과 옷가지와 레코드판과 이케아 가구들 사이에 그녀 혼자 서 있는 것을 보고 나는 길을 건넜다.

"내가 널 따라간 적이 있어. 딱 한번 뿐이지만."

"뭐?"

"그 오래된 볼링장 있잖아. 밀 로드에."

"아."

그녀는 수긍했다. "이런 대화를 하게 될까 봐 걱정했는데."

"거기서 뭐 한 거야?"

"너한테 말하면 내가 미쳤다고 생각할 거야."

"말해 봐."

"좋아. 집안으로 들어와."

우리는 물건들을 지키는 사람도 없이 내버려 두고 자리를 떴다. 그녀는 현관문을 닫고 유리창을 내다보았다. 어쨌든 사러 오는 사람은 아무도 없었다.

"그냥 빨리 다 말해. 반창고 뗄 때처럼 말이야. 휙. 그러면 덜 힘들 것 같아."

그녀는 돌아서서 나를 바라보았다.

"나는 어떤 종파에 속해 있고 우리는 달을 믿어. 달리 표현할 길이 없네."

"달 컬트?"

"하! 달 컬트! 아니, 달 컬트는 아닌 것 같아. 그건 전혀 아니지. 음…, 아아아, 일종의 달 컬트이기도 하네."

"알았어."

그녀는 머스탱을 판 돈을 그들에게 냈다고 했다. 집도 중개인과 계약을 마치기 직전이고, 그 돈도 그놈들에게 줄 거라고 했다.

"대체 왜?"

"우리는 달에 갈 거야."

"우주선을 타고 달에 간다고?"

"꼭 그런 건 아니야. 따라와 봐.

"난 별로 안 가고 싶은데"

"내가 원해."

그녀는 세뇌된 것이다. 상식적인 말이 통할 리 없었다. 나는 할 일이 뭔지 알고 있었다. 단순했다. 그녀와 함께 다음 모임에 가서 펜을 잔뜩 꽂은 두더지같이 생긴 남자를 붙잡아…, 붙잡아서 어떻게 하지?

그냥 그를 죽도록 흔들어 댈 것이다. 그게 안 먹히면 흠씬 패줄 거다. 주먹은 어디서나 통한다.

나는 제인을 차에 태우고 지난번에 갔던 산으로 갔다. 그때는 없었던 커다란 구조물이 보였다. 삼십 미터쯤 되는 다리가 소나무 위에서 밤하늘을 향해 뻗어 있었다.

"태워다 줘서 고마워." 그녀가 말했다. "네가 마음을 바꿔서 우리랑 함께 가면 좋을 텐데. 난 널 정말 사랑하니까.

신자들이 모두 한 무리로 서서 하늘을 올려다보고 있었다. 우리는 그들에게 다가갔다. 온갖 펜을 꽂고 있던 그 진지한 남자가 별자리 지도를 들여다보고 있었다. 그는 지도를 한 번 보고 늘어선 나무를 보고, 다시 지도를 보고 보름달을 바라봤다.

"맞습니다. 오늘이야말로 우리의 밤입니다."

들뜬 분위기가 공기에서도 느껴졌다. 열대지방으로 떠나는 크루즈 여행객들이 선창에 모여 있는 것 같았다. 얼굴엔 미소를 띤 채, 달에서 필요한 것들을 여행 가방 속에 다 챙겼는지 생각하고 있는 것 같았다.

나는 두더지에게 달려갈 참이었다. 그의 멱살을 잡고 그의 펜들이 다 떨어질 때까지 흔들어 댈 생각이었다.

그러나 예언처럼 달이 점점 더 커지기 시작했다. 달은 부풀어

오르며 점점 더 가까워졌다. 사람들은 동요했다.

"오오오!"

"아아아!"

"달이 온다!"

좀 더 열렬한 사람들은 손뼉을 치고 깡충깡충 뛰었다. 제인은 나를 세게 움켜잡았다. 그녀의 손톱이 내 팔에 박혀 피가 날 정도였다. 그러나 나는 아픔을 느끼지 못했다. 나는 하늘을 뚫어지게 올려다보고 있었다. 달은 부풀고 또 부풀었다. 그 빛이 너무 환하고 눈부셔서 눈을 들 수가 없었다. 나는 눈을 가늘게 뜨고 눈꺼풀 사이로 바라보아야 했다.

달은 그 순간 나무에 달린 오렌지처럼 우리 머리 바로 위에 떠 있었다. 사람들 중 일부는 벌써 다리 위로 걸어 올라가 달로 넘어갔다.

"난 갈께. 근데 너도 와야 해."

"어딜?"

"하늘 위로. 저 우주로 말이야. 그 다음은 누가 알겠어."

"글쎄 어떡하지?"

그녀는 내 손을 잡았고 우리는 그 다리 위로 올라갔다. 나는 풍선을 든 아이처럼 그녀의 손이 이끄는 대로 갔다.

"겁내지 마." 그녀는 부탁했다. 나는 그녀의 손을 놓았다. 그녀는 달 위에 올라섰고 나는 다리 위에 서 있었다. 그녀가 외쳤다.

"이리로 점프해!"

그러나 나는 이미 결정을 내렸다.

"못 해."

"넌 할 수 있어."

"사랑해."

잠시 생각하다가 나는 다시 말했다. "그 위에서 잘 지내."

"마지막 기회란 말이야!" 그녀가 소리를 질렀다. 목소리에 고통이 묻어났다.

나는 고개를 저었다. 두더지 남자가 그녀를 당겨 밝은 빛 속으로 데려갔다. 그녀는 다른 사람들과 함께 자리를 잡았다. 그들은 너무 행복해 보였다. 얼마나 큰 축복의 순간이었는지. 제인은 우는 것 같았다. 빛이 너무 환해서 눈물이 난 걸 수도 있다. 아니, 그녀는 분명히 울고 있었다. 나는 손을 흔들며 작별 인사를 했다. 그녀는 손으로 얼굴을 감쌌다. 얼마나 친절하고 다정한 연인인가. 달은 하늘 위로 높이 높이 올라갔다. 제인은 점점 더 작아졌고 달도 점점 더 작아졌다. 달은 계속 작아져 하늘 위의 작은 점이 되었다. 평소보다도 더 멀어 보였다. 다리 위에는 나 혼자 남았다. 그 날은 내가 가석방에서 해방된 날이기도 했다. 나는 플라스틱 갑옷을 입고 주유소에서 일하지 않아도 되었다. 아아아아… 마음이 얼마나 편해지던지….

경찰이 내 운전면허증을 가져갔기 때문에 나는 제인의 자전거를 타기 시작했다. 운동을 하니 기분이 좋았다. 이제 다시, 수박은 그냥 수박일 뿐이었다.

부릉 부릉 부르릉

내 방 창문 아래에서 한심한 소리가 들렸다. 누군가 차에
시동을 걸려고 애쓰고 있었다. 부릉부릉부르릉 부릉부릉부르릉.

나는 짜증이 났다가 곧 동정심이 생겼다. 지나가는 소방차
소리에 존 에프 케네디 대로가 뒤흔들렸다. 창문 아래는 아직도
부릉부릉부르릉 부릉부릉부르릉 부릉부릉부르릉.

부릉부릉부르릉 부릉부릉부르릉. 운전자가 밖으로 나왔다.
얼굴도 모르는 낯선 사람, 나를 닮은 것 같기도 했다. 운전자는 차
보닛 아래를 들여다보고 어깨를 으쓱한 다음 운전대로 돌아갔다.
부릉부릉부르릉부릉부릉부르릉.

드디어 시동이 걸렸다. 팬 벨트가 귀신 같은 소리를 내며
돌아갔다. 이이이이이이이! 엔진은 다시 꺼졌다. 꿀럭꿀럭. 푸쉬쉬.
나 같으면 거기서 포기했을 거다.

그러나 더 집요하게. 부릉부릉부르릉부릉부릉부르릉
부릉부릉부르릉 부릉부릉부르릉부릉부릉부르릉!

훨씬 더 집요하게. 부릉부릉부르릉부릉부릉부르릉
부릉부릉부르릉 부릉부릉부르릉 부릉부릉부르릉 부릉부릉부르릉!!

이번에는 시동이 걸렸고, 그대로 유지됐다! 운전자는 승리의
함성을 질렀다. 팬 벨트도 승리의 함성을 질렀다. 이이이이이이이!
나도 축하하며 펄쩍펄쩍 뛰었기 때문에 창틀의 블라인드가
크게 물결쳤다. 운전자는 녹슨 차를 거리 위쪽으로 몰고 가 빨간
불에 좌회전을 해서, 자신의 고향, 뻔하고 꿈이라곤 없는 동부를
벗어났다.

40시간 후 태평양에 도착한 운전자는 차 밖으로 뛰쳐나와 절벽

끝에 있는 화장실에 갔다. 용변을 본 다음, 전에는 가질 수 없었던 강력한 힘을 얻은 것 같은 기분에 양쪽 엉덩이에 손을 얹고 바다를 내려다보았다. 신도 그리고 그 누구도 아닌 자를 향해 중얼거렸다.

"쩐다 쩔어."

차를 서부의 절벽 위에 세웠을 때 이런 소리가 났다.

부릉부릉부르릉부릉부릉부르릉.

차를 절벽 아래 솟구치는 파도 속으로 밀었을 때는 이런 소리가 났다. 철퍼덕. 푸슈우우우우우웅!

운전자는 해가 지는 것을 보면서 길을 따라 걸었다. 구불구불한 길이 이끄는 대로 무턱대고 나아가는 수밖에 없었다. 그 사람은 밤새 걸으면서, 생각하고 계획하고, 핀처럼 찔러 대는 과거의 고통에 괴로워했다. 아침이 되자 그 사람은 중고차 가게에서 차를 샀다. 파란 닷선 모델이었다. 그리고 기억 속 고통의 원인을 향해 고집스럽게 차를 몰았다.

닷선은 그 사람을 태우고 멕시코, 과테말라, 온두라스, 니카라과를 지나 마침내 목적지였던 코스타리카에 도착했다. 코스타리카에서 차는

부릉부릉부르릉부릉부릉부르릉.

그 때 비가 내렸고 파란 닷선은 진흙탕에 빠졌다.

부릉부릉부르릉.

차는 땅 속 퇴적층 아래로 빠져들었다. 그래도 운전자는 운전대를 붙들고 있었다. 차가 진흙 속에서 내는 신음 소리를 나무늘보 한 마리가 들었다. 부릉부릉부르릉. 나무늘보는 나무늘보답게 느릿한 미소를 지었다.

그러나 비가 멈췄다! 진흙이 말랐다! 그리고 다음날, 운전자는 무덤을 헤치고 나와 몸에 진흙을 덕지덕지 묻힌 채 콜롬비아까지

부릉 부릉 부르릉

뛰어갔다.

　폭포에서 깨끗이 몸을 씻고 평화로운 마을을 발견하고 나서야
운전자는 휴식을 취했다. 하얀 정장 차림의 남자가 모자를 살짝 들어
올리며 인사한 다음 김이 모락모락 나는 훌륭한 커피를 가져왔다.
"돈데 바스 아미고?"

　운전자는 대답했다. "미처 그 생각은 못했네요. 저는 당신들의
말을 몰라요." 하얀 옷을 입은 남자가 말했다.

　"엘 까미노 에 라르고 빠라 로스 뻬리드도스."

　와, 이 콜롬비아의 햇살! 뉴저지의 저지 시티보다 훨씬 낫다.

　운전자는 당나귀를 타고 작은 칼로 나무 덩굴을 쳐내며
남아메리카 속으로 계속 나아갔다. 여정은 무자비하게
힘들 뿐 보람은 없었다. 당나귀가 쓰러져 숨을 거두었다.
운전자가 쿡쿡 찔러도 당나귀는 일어나지 못했다. 운전자는
그 무더운 밤 내내 처참하게 실패하는 꿈을 꾸며 괴로워했다.
부릉부릉부르릉부릉부릉부르릉.

　베네수엘라. 운전자가 깨어났을 때 분홍색 보아 뱀이 몸을 감고
있었다. 프랑스령 기아나. 호랑이에게 쫓겨 물결이 거센 강을
건너다가, 물속에 처박히고 솟구치면서 용케도 죽음으로부터 멀리
멀리 피해 나왔다. 브라질. 푸른 산에 올라 내려다보니 녹색 정글의
벽이 끝없이 펼쳐져 있었다. 운전자는 작은 칼 하나로 그 광활한
정글을 헤치며 산을 내려와 아득한 절벽에 접어들었다. 여행의
목적이 벌써 사라진 것 같아 마음이 허했다. 고통의 원인을 볼 수도
없고 만질 수도 없다면 그것이 어떻게 시작되는지 누가 안단 말인가.

　햇볕에 타고, 지칠 대로 지쳐 거의 죽을 지경이 되었을 때,
운전자는 마침내 남대서양의 바닷가에 섰다. 리오 데 자네이로.
천국. 그 사람은 가장 높은 봉우리 위에서 팔을 활짝 벌리고 있는

거대한 구원자 예수상을 올려다보았다. 운전자는 눈을 감았다. 인생이라는 여정은 무의미하다고 믿으며. 운전자의 마음은 부릉부릉부르릉, 부릉부릉부르릉.

하지만 그 때 다정한 목소리가 어깨 너머에서 들려왔다. "당신은 절대 안 올 줄 알았는데." 운전자가 돌아섰을 때, 옛 연인의 얼굴이 보였다. "당신이 쓰레기라고 말해 주러 왔지. 나도 쓰레기지만."

그들은 얼싸안았다! 점점 커지는 음악, 키스, 미래의 언약들! 이제 더 잘 할께, 대체 내가 무슨 생각이었을까??? 리오 데 자네이로에서의 로맨스! 새로운 시작이야. 어제의 상처는 저 반짝이는 바다에 빠뜨리고 코파카바나 해안에서 모래찜질을 한 다음 '내일'의 박물관으로 화려하게 입성하는 거지.

내일. 나는 그 발음이 좋다. 내일의 가능성. 그 단어를 알지도 못하는 사람들이 많다. 내일. 내일이라는 단어는 어느 나라 말로도 같은 뜻이다.

삼 주 후, 다시 시작한 잉꼬 연인은 여객기에 대한 두려움을 극복하고 이곳으로 돌아왔다. 우울하고 할 일 없는 회색빛 천지의 동네로. 그들은 샌드위치 가게와 가라데 도장 건너편 몽고메리 애비뉴의 법원에서 결혼식을 올리고 우리 집 위층으로 이사 왔다. 가끔 그들이 걸어 다니는 소리가 들렸다. 신발소리가 그렇게 크다니. 나는 의아했다.

어느 날 아침 나는 마침내 그들이 건물 입구에 함께 있는 것을 보았다. 운전자가 우편함에 연인의 이름을 덧붙이고 있었다. 나는 정식으로 인사를 건넸다. 운전자는 이제 나와는 전혀 닮지 않았다. 그들은 나와 악수를 하며 몹시 반가운 척 했다. 나는 우편물을 챙겼다. 전부 쓸모없는 것들이었다. "우리 언제 같이 뭉쳐요. 두 분을 축하해야죠." 그들은 미소 지었다. 함께 있으니 둘은 아주 아름다웠다. 그들이 이곳으로 돌아왔다는 것이 믿어지지 않았다.

이틀 후 창문 밖을 내다보았을 때 오래된 고물차가 있던 자리에 새로운 고물차가 있었다. 두 사람 모두 그 차에 타고 있었다. 화가 난 채로. 소리 지르면서. 차는 시동이 걸리지 않고 계속 부릉부릉부르릉부릉부릉부르릉.

그리고 나서 부릉부릉부르릉 부릉부릉부르릉 부릉부릉부르릉 부릉부릉부르릉 부릉부릉부르릉.

더 심하게 부릉부릉부르릉 부릉부릉부르릉 부릉부릉부르릉 부릉부릉부르릉 부릉부릉부르릉.

운전자의 연인이 보조석에서 내리더니 떠나 버렸다. 바람이 케네디 대로에 몰아쳤다. 운전자도 차에서 뛰쳐나왔다. 문이 활짝 열린 채 차는 버려졌다. 그들은 어깨로 바람을 헤치며 추격전을 펼쳤다. "기다려." 연인은 뒤를 돌아보며 손을 내밀었다. 그들은 함께 헐떡거렸다. 그때 소방차가 울부짖는 소리가 들렸다. 그 소리가 지나가자 다른 모든 것은 비교적 조용하게 느껴졌다. 나는 블라인드에서 손가락을 뗐다.

나는 술집을 여는 시간이 되자마자 전화를 했다. 거품이 많이 나고 너무 비싸지 않은 샴페인으로 두 병 주세요. 점원은 말했다. "거품이 많은 건 비싼데요."

나는 위층을 살펴보러 세 번이나 올라갔다. 그들의 연보라색 문을 요란하게 두드려 보았지만 응답이 없었다. 나는 집에서 혼자 샴페인을 마시며 창 밖 고물차를 내다보았다. 그 누구의 인생보다 오래돼 보이는 그 차를.

세상의 온갖 풍선

창밖에서 드릴 소리가 났다. 나는 침대 위에서 창가 쪽으로 몸을 굴렸다. 블라인드 날을 손가락으로 벌려 밖을 내다보았다. 야광 조끼를 입은, 머리가 희끗희끗한 여자가 보였다. 그녀가 땅을 뚫고 있었다. 나는 잠시 지켜보았다. 그녀는 혼자였다. 차들이 그녀를 피해 지나갔다. 한 여자가 두 아이의 손을 잡고 반대편 보도를 지나갔다. 그들은 서로를 보지 못했다. 드릴을 든 여자는 진지한 표정을 짓고 몸의 균형을 잡은 다음 스위치를 눌렀다. 그녀의 몸이 격렬하게 흔들렸다. 머리칼이 휘날렸다. 길이 쪼개졌다.

나는 식은 커피를 전자레인지에 데웠다. 집안은 먼지와 솜털이 떠다니는 스노우볼 같았다. 나는 창가에 서서 커피를 든 채 드릴 작업을 바라보며 상상했다. 이게 프로 스포츠 게임이었으면. 그래서 길을 쪼개는 저 선수에 대해 알 수 있었으면. 그녀의 고난. 좌절. 이곳에 오기까지의 작은 승리의 역사들을. 하지만 도로에 문제가 있다는 것, 내가 아는 건 그뿐이었다. 문제를 해결하러 그녀가 왔다. 혼자서. 나는 서랍장에 커피를 내려놓았다. 나도 일터에서 가끔 드릴 작업을 한다. 어쩌다 보니 오늘은 일하러 가지 않았다.

전화가 울렸다. 현관 벨이 내 전화기와 연결되어 있다. 현관에서 001을 누르면 내 전화가 울린다. 우리 집이 첫 번째 집이기 때문이다. 벨은 복잡하다. 시스템은 복잡하다. 세상은 복잡하다. 죽음은 복잡하다. 나는 전화를 받았다.

개구리 같은 목소리가 개골거렸다. "피자 왔어요."

나는 목소리에 응답했다. "주문한 적 없는데요." 시계를 보니 오전 9시 15분이었다. 그 사람은 피자 배달원도 아니었다.

"그냥 좀 들여보내 주세요. 중국 음식이랑 이것저것 갖고 왔어요."
개구리가 말했다.

나는 전화를 끊었다. 이 건물에 총을 들고 들어오려는 사람일지도
모른다. 닥치는 대로 사람들 배에 총알을 박아 넣으려고 온 걸 수도
있다. 수요일이었고 새해가 되기 닷새 전이었다. 이보다 적절한
시간이 있을까? 전화가 다시 울려서 나는 받았다. "피자요." 또
개구리였다. 나는 총잡이 개구리에게 문을 열어 주었다. 그의 끈기에
감탄했기 때문이다. 나는 끈기 있는 사람이면 누구든 존경한다.

어제 나는 심오한 고전 문학 한 작품을 읽었다. 인생을 뒤흔들
만한 책이었다. 마지막 페이지를 덮자마자 온라인에 접속해서
그 책의 리뷰를 전부 읽었다. 가장 인상적인 것은 책을 다 읽고
나서 환불 받지 못했다고 분노한 남자의 글이었다. 버지니아의
헌책방에 연락을 했지만 그 책방 주인은 "책값은 절대로 환불이
안 됩니다."라고 했다는 것이다. 리뷰어는 그 책의 저자를
저승까지라도 쫓아가 2달러짜리 지폐로 엉덩이를 흠씬 때려
주겠다고 썼다. 또 다른 버튼을 클릭하자 마술처럼 그 남자가 전에
쓴 리뷰들이 열렸다. 어린이용 무지개 선글라스 한 쌍에 별 세 개,
평범한 백열전구에 별 다섯 개, 어항에 넣을 만한 돌멩이에 별 다섯
개, 필립스 드라이버에 별 하나. 필립스 드라이버를 리뷰하면서 그는
세상이 왜 이토록 엉망진창인지, 왜 모두가 힘을 합쳐 더 행복한
인생을 만들지 못하는지 분노했다. 그는 이렇게 표현했다. 필요한 건
일자 드라이버뿐이었는데! 망했어요! 아아! 이런 단순한 일 처리도
제대로 못합니까!

드릴 소리가 멈췄다. 목소리들이 들렸다. 경찰이 와 있었다.
경찰은 드릴 작업 중이던 여자와 대화를 나누었다. 알고 보니
길에는 아무 문제가 없었다. 다행이었다. 그녀는 동요하지 않고

야광 조끼를 벗어 픽업트럭의 짐칸에 던져 넣었다. 그 차는 내 차
바로 앞에 서 있었다. 젠장, 나는 내 차를 어디에 주차했는지 항상
잊어버리고 매번 놀란다. 그녀는 화가 났는지 무거운 드릴도 트럭
짐칸에 내던졌다. 에어 컴프레서가 꺼지고 사방이 조용해졌다.
나는 호기심이 생겼다. 여자는 이제 소리를 지르고 있었다. 손을
주체하지 못하고 삿대질을 하며 경찰에게 고함을 쳤다. 두 경찰이
물러섰다. 나는 속으로 이야! 하고 감탄했다. 곧 미국에서만
가능한 총기 사건을 보겠군! 블라인드를 올리고 창문을 열었다.
나는 현장에서 불과 2미터 떨어져 있었다. VIP석이었다. 하지만
세 번째 경찰차가 일방통행 길을 거꾸로 밀고 들어왔다. 일분도
지나지 않아 여자의 손목에 수갑이 채워졌다. 그녀는 경찰차 중 한
대의 뒷좌석에 앉혀졌다. 경찰들은 꽤 오래 현장에 머물렀다. 길에
파인 구멍을 들여다보고 화를 내며 떠날 생각을 안 했다. 그들은
창가에 기대 커피를 마시고 있는 나를 발견했다. "이거 봤어요?"
나는 고개를 저었다. "아무것도 못 봤어요." 다들 빡빡 머리였고
무지갯빛 선글라스를 쓰고 있었다. 세 개의 별처럼. 나는 말했다.
"전 아무것도 못 봤어요." 키가 가장 작은 경찰이 유난히 화를 냈다.
"아 진짜요? 정말 아무것도 못 봤다는 거죠? 그렇게 창가에 서서
동네를 내다보고 있었으면서?" 나는 말했다. "저는 눈이 안 보여요.
말씀하시는 분은 누구죠? 혹시 찰리니? 찰리야?" 경찰들은 여자를
데리고 떠났다. 그 이후 아침 시간은 추웠을 뿐 별 일은 없었다. 아직
열시도 안 됐다.

나는 서랍을 열어 남은 버섯을 꺼내 따뜻한 수돗물에 씻어 먹었다.
무슨 뜻인지는 몰라도 아내가 '맛이 갔다'고 했던 것이었다. 옷을
갈아입고 나서 마지막으로 신발을 찾아냈다. 나는 세상으로 걸어
나왔다.

세상의 온갖 풍선

문에 전단지가 두 장 붙어 있었다. 우리 집 뿐 아니라 건물의 모든 문에 붙어 있었다. 한 장은 골디 프라이드치킨 가게에서 붙인 것이었다. 그들은 우리에게 치킨을 팔고 싶었던 거다. 세계 최대의 골치 덩어리인 치킨을 제거하려고 하니 이 건물 주민이 합심해서 도와 달라는 것이었다. 각자 자기 몫을 소비해 달라는 거였다. 다른 전단지는 건물 내부용이었다. 화요일에 회의를 열 테니 모두 참석해서 아파트 내부와 건물 입구에서의 금연 안건에 투표해 달라는 것이었다. 간접흡연을 하면 암에 걸립니다. 이 아파트 건물이 병원이나 수용소처럼 될지도 몰라요. 화요일 밤에 회의에 참석하지 않으면 자동으로 금연 쪽에 표를 던지게 됩니다. 나는 그 전단지를 잘게 찢어서 밟아 버렸다. 나는 평생 한 번도 담배를 피운 적이 없었다. 하지만 이제 임무가 생겼다. 나는 우즈베키스탄 가게에 가서 담배를 백 달러어치 산 다음에 전부 집 안에서 피울 작정이었다. 오늘 당장.

밖으로 나가자 골초인 조가 늘 피우던 곳에서 담배를 피우고 있었다.

"흡연을 금지할 예정이라더군! 믿을 수가 없어." 내가 말했다.

"예정? 투표는 어제였어. 금지하기로 결정됐지."

"어제였다고?" 나는 되물었다. "돌아오는 화요일이 아니고?"

"뭐라고?"

"뭐?"

"내 말 들었잖아." 그는 침을 뱉었다.

나는 조를 바라보았다. 법 따위는 신경도 쓰지 않는 인간.

그의 긴 머리는 오줌 같은 노란색이었다. 반다이크 스타일의 회색 수염. 배트맨 야구 모자. 청재킷. 딸기 향이 나는 가느다란 담배.

"잠깐, 나는 이제 투표를 못하는 거야?"

"너는 이제 못하는 거지. 어디 갔었어?"

"이 책을 읽느라 집에 있었어. 고전 문학 작품답게 아주 심오했지. 그런데 인터넷에서 어떤 사람이 별을 한 개 줬더라고. 그 사람이 쓴 다른 리뷰도 모조리 확인해 봤지. 믿을 수가 없더라. 가정용 손수레에는 별 두 개, 달걀 타이머에는 다섯 개를 주면서 가능하다면 여섯 개를 주고 싶다고 했어. 방충제에는 별을 두 개 줬고."

"달걀 타이머가 왜 필요해?"

"내 말이, 조!"

담배를 다 피우자 그는 인사도 없이 안으로 들어가 버렸다. 나는 건물 옆으로 돌아가서 길에 생긴 새로운 구멍을 자세히 들여다보았다. 그 구멍은 아무 쓸모가 없었다. 길을 파손시킨 누군가의 흔적일 뿐이었다. 먼지가 내 차를 뒤덮고 있었다. 먼지를 응시하다가 나는 픽업트럭의 짐칸을 들여다봤다. 에어 컴프레서와 드릴이 아직도 거기 있었다. 경찰이 놓고 간 그대로였다. 나는 경찰이 그것들을 증거로 쓸 줄 알았다. 판사가 보고 싶어 할 거라 생각했다. 잘 모르겠다. 누가 도로를 파손하기 시작하면 판사는 이러겠지. 뭐, 구태여 증거를 볼 필요는 없소. 피고는 중대한 범죄를 저질렀소. 당신은 일부러 사회를 파괴한 거요. 피고 때문에 모든 사람이 모든 면에서 더 힘들어졌소. 당신이 길을 막아 버린 거요. 당신 자체가 사방이 막힌 길이오. 그러니 이제 우리 사회는 당신을 없애 버려야겠소.

트럭 짐칸에 담요가 있었다. 그것을 가져다가 내 차를 닦았다. 그러자 내 몸에서 디젤 냄새가 났다. 에어 컴프레서의 디젤이 쏟아졌을 때 그 담요로 닦은 것 같았다. 그렇다면 내 차도 얇은 디젤 막으로 뒤덮였을 것이다. 앞뒤가 맞아 떨어지기 시작했다! 고개를 들자 우리 집 창문을 통해 천장 선풍기가 보였다. 밝은 추웠지만 선풍기는 계속 돌아갔다. 라디에이터가 항상 열심히 일하고 있었기 때문이다. 윗집 창문에 담배를 든 손이 보였다. 나는 그 손을 올려다보며 소리를 질렀다. "거기 2층! 당신 딱 걸렸어." 손이 시야에서 사라졌다. 창문을 더 자세히 보려고 길을 건너갔지만 커튼이 굳게 닫혀 버렸다.

거리를 걸었다. 내가 직업을 갖고 있긴 한지 아니면 휴가 중인지 알 수가 없었다. 직장이 있다는 증거를 찾아보려고 나는 주머니들을 뒤졌다. 흠, 돈이 있었다. 많지는 않았다. 조금 뿐이었다. 직장을 잃은 사람조차도 가지고 있을 만한 액수였다. 하지만 은행에 돈이 있지 않을까? 나는 지갑을 확인했다. 흠, 체크카드라. 나는 우즈베키스탄 식당으로 다시 갔다. 현금인출기에 카드를 넣었다. 잔액은 많지도 적지도 않았다. 딱 평소 들어 있던 정도의 금액이었다. 넌더리가 나서 한숨을 쉬었다. 식당 아저씨가 말을 걸었다. "괜찮아요?" 나는 고개를 끄덕였다. "제가 아직 직업을 갖고 있는지 알아낼 수가 없어요." 그는 대답했다. "저쪽 일달러샵에서 사람 뽑는 중이라는데요." 나는 대답했다. "오, 잘됐네요." 그는 말했다. "네, 학교는 졸업하셨죠? 적어도 기술학교 정도는? 검정고시라도?" 나는 말했다. "일달러샵이면 월급은 얼마나 줄까요?" 그는 웃었다. "한 시간에 일 달러? 하하, 나도 몰라요."

휴대폰이 울렸다. 화학 공장에서 함께 일했던(?) 사람들에게 전송된 단체 메시지였다. 아무개가 지금 막 출산했습니다. 축하해요! 나는 담배 한 보루를 샀다. 가운데를 찢으면 마리화나를 넣어 피울 수 있는 커다란 시가도 한 대 샀다. 나는 아기의 출생을 축하하려던 것뿐이다. 가게 밖으로 나오자 추위에 몸이 떨렸다. 나는 콧물을 흘리면서 휴대폰을 들여다봤다. 어떤 사람이 이름 모를 분홍색 아기에게 얼굴을 비벼 대고 있었다. 그게 누군지

알고 싶었다. 아무나 좀 알려줬으면. 나는 문자를 보냈다. 제가
아직 그곳에서 일하나요? 즉시 답이 왔다. 하하하, 그대가 그렇게
말한다면야. 또 다른 답: 꺼져. 또 다른 답: 불행히도. 하지만 우리는
꿈을 꿀 수 있어. 나는 우즈베키스탄 식당으로 돌아가서 주인에게
내게 아직 직장이 있다고 말했다. 알려줘서 고마워요. 그는 기뻐해
주었다. 소심하게 박수까지 쳤다. 나는 길을 걸어 일달러샵에
들어갔다. 너무 기쁘고 안심이 돼서 울고 싶을 정도였다. 여기서
일할 필요가 없다니. 온갖 풍선을 모아 어마어마한 크기로 만든
전시물이 있었다. 마치 이 세상이 원하는 것은 풍선뿐이라는 듯.
나는 의기양양해져서 만세를 하듯 양손을 쳐들었다. 이제 한 시간에
일 달러를 주는 가게에서 풍선이나 맥앤치즈나 물총을 파는 일을
하지 않아도 된다. 심장마비가 올 때까지 골디 치킨을 먹을 수도
있다. 또다른 문자: 아직도 휴가 중이었어요? 나는 답장을 보냈다.
그런 것 같네요.

  집에 돌아왔을 때 구청 소속 사람들이 구멍을 메우고 있었다.
뚱뚱한 남자들이 커다란 목소리로 히히덕거렸다. 오렌지색 추리닝
상의. 큰 장갑. 아스팔트를 자루 째 구멍에 쏟아 붓기. 문제를 없애
버리기. 그들은 우주 전체를 수리하는 사람들이었다. 웬 미친놈이
지나가다가 골치 아프고 위험한 사건을 일으키면 이 남자들을
부르면 된다. 그들이 와서 문제를 해결할 것이다. 성스러운
동굴에서 불려 나온 위대하고 고귀한 야수들. 협동 작업. 여 이봐.
내가 가져다주지. 칼로 자루를 자르기. 아스팔트를 쏟아 붓기.
좌르르. 내가 그들을 뚫어지게 바라보는데도 그들은 아랑곳하지
않았다. 어느 순간까지는. 나는 말했다. "제가 처음부터 끝까지
봤어요. 그 여자는 제 정신이 아니었어요. 그런 소동을 일으키다니.
사회파괴범이죠."

한 남자가 처음엔 놀라는 것 같더니 곧 미소를 지으며 말했다.
"브로, 나도 알아."

"얘기 다 들었지, 들었다고." 다른 사람이 말했다. 그 사람은 길 위를 다지는 기구를 가지고 있었다.

나는 그 여자의 트럭을 가리켰다. 미시간 주의 번호판. 나는 그 픽업트럭의 짐칸을 가리켰다. 우리 모두 그 드릴과 에어 컴프레서를 바라보았다.

한 남자가 말했다. "빌어먹을 미시간부터 이 먼 데까지 운전해 와서 개판을 만들어 놨네. 미쳤구만."

"정신 나갔지." 다른 남자가 말했다.

"정신이 나갔다니까요." 나는 말했다.

차문을 열어보았지만 잠겨 있었다. 나는 창문을 들여다보았다. 오해받은 그 여자에 대한 힌트는 찾아볼 수 없었다. 바로 그게 그녀의 본질이다. 오해받음. 우리가 그녀를 조금만 더 잘 이해할 수 있다면 좋을 텐데. 나는 교도소에 가서 그녀를 만나 보기로 했다. 그녀에 대해 알게 될 것이다. 앞장서서 도울 수도 있다. 그녀의 증인이 되어 주목을 받을 수도 있다. 증인석에 서야겠다. 머리를 민 경찰들도 거기 있겠지. 그들이 그 이상한 여자에게 불리한 증언을 할 테니 반론은 내가 해야지. 교차 검증으로 그들에게 맞서는 거야! 사실 나는 눈이 멀지 않았다고 당당하게 말할 것이다. 내가 다 봤어요. 시작부터 끝까지 봤다고요. 이 여자는 오해를 받았을 뿐 죄가 없어요! 나는 장님이 아니라고요, 이 멍청한 양반들아.

우주의 수리공들이 떠나기 전에 나는 에어 컴프레서를 가져가라고 부추겼다. 드릴도 가져가라고. 그들은 말했다. 아니, 됐어, 브로. 우리는 도둑놈들이 아니거든, 하지만 당신은 가져가도 돼. 우리도 아무 것도 못 봤으니까. 히히히. 또 봐, 브로. 그들은 오렌지색 트럭을 타고 떠났다. 나는 오해받은 미시간 여자의 트럭에 기대어 잠시 쉬었다. 내 차는 녹아내리는 중이었다. 디젤이 도색을 다 먹어 버리겠지. 다음에 내가 그것을 볼 때는 터미네이터 1탄의, 피부가 녹은 후의 터미네이터처럼 색이 벗겨진 금속만 남아 있을 것 같았다. 게다가 내가 주차한 곳은 소화전 옆이었다. 내가 이렇다니까. 건물 앞쪽으로 걸어갔다. 나는 커다란 마리화나 담배를 꺼내 바라보았다. 멍청한 얘기지만 불을 켤 도리가 없었다. 사업적으로 보자면 시가 회사를 소유하는 것은 정말 현명한 판단일 거다. 70억 인구가 지구에 모여 있다. 1초마다 다섯 명의 아기가 태어난다. 축하객들의 물결이 1초에 다섯 번씩 몰아치는 것이다. 모든 사람을 알 수는 없고 모든 사람에게 마땅한 축하를 할 수도 없다. 그러나 적어도 노력은 해볼 수 있다. 모든 사람은 스스로에게도 낯선 완전히 새로운 개별 사건이다. 그리고 나는 라이터가 없었다. 바람은 더 거세졌다. 나는 보도에 앉았다. 그대로 얼어붙어 사람들의 발에 밟히고 싶었다. 이 도시가 존재하는 동안 영원히. 건물 문이 열렸다. 또 조가 나왔다. 나는 손을 흔들었다. 그는 얼굴을 찌푸린 채 무심하게 손을 흔들며 걸어갔다. "잠깐만! 담배 피우자!" 그는 내게 뭐라고 소리를 질렀지만 뜻을 알 수 없었다. 하지만 산다는 건 그런 것 아닌가. 메시지를 보내고 메시지를 받는다. 하지만 메시지는 거의 앞뒤가 맞지 않는다. 나는 조의 청재킷이 점점 멀어지는 것을 지켜보았다. 바람이 그의 배트맨 야구 모자를 찻길로 날려 버렸다. 나는 미친 듯이 웃었다. 그렇게 우스운 꼴은 본 적이 없었다. 차들이 섰을 때 그가 전력으로 달려가 짓이겨진 모자를 주워 왔다. 모자를 인도 난간에 털어 보았지만 소용이 없었다. 그는 차들 사이로 모자를 던져 버렸다. 다 가져가라 이놈들아.

세상의 온갖 풍선

나는 집 안으로 들어가 가스레인지에 담뱃불을 붙였다. 조리대에 기대어 담배를 들어 올렸다. 하지만 한 번도 빨지 않고 혼자 타들어 가게 놔뒀다. 나는 담배 개비 하나에 또 불을 붙여 다른 손에 들었다. 임무를 수행하는 중이었다. 집 안에서 담배 피우기. 햇빛이 점차 밝아졌다. 그걸 깨닫자마자 햇빛은 점점, 점점 흐려지기 시작했다. 세상은 잠시 그대로였다. 그 다음 우리는 모든 걸 다시 반복했다.

미국 국기

우리 가족은 2년 동안 미국 국기를 먹었다. 보름달이 스물
네 번 지고 나서 엄마는 다시 마을로 걸어가 일자리를 얻었다.
엄마는 우리에게 깡통 수프를 가져다주곤 했다. 붉은 양배추. 버터
피클. 아빠는 더 오래 버텼다. 아빠는 맛있다며 계속 깃발을 먹었다.
엄마가 없을 때마다 나와 동생에게도 그것을 먹였다. 골짜기에
깃발로 가득한 상자가 있었다. 할 수 있는 일이 없었다. 우리는
숲 속에 둘러앉아 악취를 풍기며 별과 줄무늬들을 소처럼 씹어
먹었다. 우리는 홈스쿨링을 했다. 아빠는 알파벳 A를 가리키며 "A는
거짓말이야."라고 말했다. 나는 고개를 끄덕이며 "물론이죠"라고
했다. 나는 나이가 더 많았고 이런 말을 잘 이해했기 때문이다.
동생은 "그럼 A의 진실은 뭐예요?" 하고 물었다. 아빠는 이렇게
말하곤 했다. "쏘니, 그건 각자 결정하는 거야, 너에게 달렸어."
아빠는 B도 거짓말, C도 거짓말이라고 했다. 나는 개성 있는
사람들을 본 적이 별로 없다. 사람들이 특별히 개성을 중시하며
자라나지 않기 때문이다. 하지만 내 동생 쏘니는 자기 자신일 뿐
누구와도 닮지 않았다. 정말이다. 나는 나도 그냥 나일뿐이라고
생각한다. 아빠는 살해되기 전에 자주 이런 멋진 이야기를 해
주었다. 아빠의 아버지에게 아름다운 금색 자동차가 있었다. 하지만
한 통통한 새가 자꾸 그 차에 똥을 쌌다. 할아버지는 나무에 올라가
맨 손으로 그 새를 잡았다. 우리 할아버지는 새에게 무슨 짓을
했을까? 자, 나는 말해 주지 않을 거다. 당신은 우리 할아버지가 그
새에게 무슨 짓을 했을 거라고 생각하는가. 이에 대한 당신의 대답은
사람이나 사물, 장소에 대한 정보를 보여 주는 게 아니다. 오히려

당신 자신에 대해 더 많은 것을 보여준다. 가족 놀이 시간에 우리는
망가진 카메라로 영화를 만들곤 했다. 필름은 없었지만 엄마는
말했다. 잘됐어, 우리는 덧없음의 중요성을 배우고 있으니까. 인생의
부조리와 죽음에 대해서도. 그리고 흠, 또 뭘 배우는지 네가 말해
보렴. 가끔 들개가 야영지에 들어왔다. 작고 연약한 모습으로 벌벌
떨면서. 내가 탕탕, 하면서 장난감 총을 겨누면 개는 눈을 껌벅였다.
그러면 나는 소리쳤다. 이건 생명의 총이야. 맞아도 안 죽어. 너는
나 덕분에 삼십 년은 더 살 거라고! 눈이 한꺼번에 70센티미터나
내린 적도 있었다. 우리는 국기 600장을 태워 살아남았다. 운
좋게도 우리는 다른 사람들처럼 비참하게 연명하지는 않았다.
엄마가 봄에 우리를 구하러 왔다. 엄마 덕분에 우리 인생은 더
풍요로워졌다. 어느 날 오후, 엄마는 일하러 가는 척하면서 몰래
골짜기에 갔다. 남아 있던 수백 장의 깃발을 모아 강으로 들고 가서
던져 버렸다. 훠이. 깃발들은 멀리 떠내려갔다. 하지만 비버들은
바로 알아차렸을 거다. 깃발들이 들러붙는 바람에 물이 넘쳐흘러
녀석들의 댐을 무너뜨렸으니까. 강물은 둑을 넘어와 우리 야영지를
파괴했다. 우리 가족은 몸을 피해 정부 보조금 사무실에서 식량과
숙소 쿠폰을 얻었다. 내 동생은 장애 보조금을 받으려고 척추측만증
검사를 했지만 실패했다. 나는 광견병 주사를 맞으며 키득거렸다.
아빠는 철거 용역 팀에 합류했다. 이 사회의 구조에 불만이 있는
사람에게는 때려 부수는 일이 딱이라고 하면서. 상식 아닌가. 어떤
제도가 누추한 당신의 몸을 방문하셔서 한다는 말씀이, 이것은 내
몸이다, 라면 당신이 할 수 있는 일은 하나 뿐이다. 고통을 드러내지
말고 말씀을 토해내 멀리 날려 버리는 것. 나는 당신이 아이 때
어떤 사람이었는지 모른다. 하지만 나는 미국 국기를 먹고 자랐다.
덕분에 나는 강해졌다. 나는 불꽃놀이를 꿈꾸었다. 나는 마음속으로

누구와도 타협하지 않는다. 단지 어떤 요건들을 받아들일 뿐이다.
만약 내 몸에서 내장을 꺼내어 고향 마을 한가운데 펼쳐 놓는다면,
지나가는 예언자가 내 잔해 사이에서 독립선언문 같은 걸
발견할지도 모른다.

│ 미국 국기

늑대들이 숲에서 쫓겨났다. 그들에게는 삶의 터전이자
사냥터였던 숲은 파괴되고, 제이 크루와 애플 스토어가 있는
쇼핑몰이 들어섰다. 늑대들은 다른 숲을 찾아갔다.

하지만 그 숲도 곧 파괴되어 골프 코스가 되었다. 늑대들은 숲
밖으로 완전히 내몰렸다. 그들은 골프를 칠 줄도 몰랐다.

늑대들은 한동안 교외에서 살아보려고 했다. 그러나 교외에는
늑대들이 좋아할 만한 것이 하나도 없었다. 잠은 곰팡이가 핀
헛간이나 픽업트럭 짐칸에서 자야 했다. 그들은 비쩍 말라 뼈만
남았다. 일자리도 없었다. 동물 보호소조차 그들을 채용해 주지
않았다. 너구리나 주머니쥐를 사냥하기 위한 자격증이 없었기
때문이었다. 다른 지원자들은 모두 대학 졸업장이 있었다.

늑대들은 도시로 이동할 수밖에 없었다. 하지만 도시에서는 집을
찾기가 더 힘들었다. 침실 두 개짜리 숙소를 얻어 다 같이 묵는다
해도 3200달러를 낼 길이 없었다. 프렌치 불독보다 큰 개에게는
세를 주는 사람이 없었는데 늑대 한 마리는 프렌치 불독 열다섯
마리를 합친 크기였다. 공공 주택도 지원해 봤지만 거절당했다.

경찰들이 늑대 무리를 쏘려고 했다. 하지만 늑대가 경찰보다
빨랐다. 늑대들은 떼 지어 어두운 터널을 질주하여 지하철로
몰려갔다. 때로는 고속 열차의 번쩍이는 눈에 놀라, 전류가 통하는
레일을 넘어 타일이 깔린 승강장 위로 뛰어올랐다. 처음 보는
계단을 겅중겅중 올라 다른 거리로 나서면 처음부터 그 과정이 다시
시작됐다. 더 많은 경찰. 더 많은 총소리.

도시의 거리에 산다는 것은 쉬운 일이 아니었다. 그러나 늑대들은
살아남았다. 경계를 늦추고 있는 핫도그 가판대나 할랄 식품 트럭을
공격해서 음식을 얻고, 흐르는 물 대신 콤부차나 지역 특산 유기농
커피를 마셨다. 크리스마스 때쯤 그들은 하수구에 자리를 잡았다.
침략 받을 걱정이 없는 곳이었다. 평화를 위해서 불결함은 감수할 수
있었다.

　그렇게 그들은 하수구 늑대가 되었다. 도시의 가장 낮은 통로를
조용히 이동해 다니면서 매일 밤 마감 시간에 '레이 피자집' 밖의
쓰레기통을 습격했다. 아니면 맥도널드 쓰레기통을 초토화시켰다.
늑대들은 아직도 블루베리 빛 하늘과 나뭇잎과 이끼가 어지럽게
널린 땅에 대해 꿈을 꾸었다. 그들이 자랐던 숲 속 공기의 맛. 그들은
도시의 오페라를 이해하지 못했다. 이해하고 싶었지만.

　우울함을 떨쳐 낼 수 없었던 어느 날, 늑대들은 갓난아기를 훔치던
일을 회상하며 울부짖었다. 들판에 꽃이 가득 피던 시대, 늑대들은
보호자 없이 숲 근처에서 놀거나 들판을 기어 다니던 아기들을
데려다가 자기 새끼처럼 키우면서 즐거워했었다.

　어떤 아기들은 용맹한 전사로 성장해 늑대들의 두 다리 달린
동료가 되었다. 그들은 사냥을 돕거나 정찰 임무를 수행했다.
유행하는 로큰롤 노래도 불러 댔다. 자라나면서 성가시게 구는
아기들은 몇 끼 식사로 삼으면 그만이었다. 모두에게 좋은 일이었다.

　늑대들은 어렵지 않게 아기 한 명을 납치했다.

　하수구 뚜껑 위에 공원이 있었다. 뚜껑을 밀어 올려 유모차
안의 아기를 가로채기만 하면 되었다. 아홉 마리 늑대들은 하수구
아래에서 빙긋이 웃었다. 오수를 뒤집어쓰고 울어 대는 여자 아기를
내려다보며.

　그들은 금방 친구가 됐다.

부모들은 아기가 없어졌다는 것을 곧 깨달았다. 그러나 어디로 갔는지 실마리를 찾지 못했다. 경찰은 지시를 받은 적이 없는 척했다. 그들의 업무 지침에 하수구로 내려가라는 말은 없었기 때문이다. 보건소 측도 그건 자신들의 일이 아니라고 말했다. 하수구 늑대들과의 전쟁을 누가 원하겠는가. 결국 엄마가 할 일이었다.

부모들은 도시 여기저기에 현수막을 걸었다. 페이스북에도 게시물을 올렸다. 트위터에도. 지방 텔레비전 방송국에도. 온라인 커뮤니티의 〈사람을 찾습니다〉 게시판에도 사연을 올렸다. "사랑하는 아기를 찾습니다. 여자 아이입니다. 저희가 분수대 앞에서 셀카를 찍는 동안 사라져 버렸어요. 우리의 눈물로 분수대가 매일 넘칠 지경이에요."

늑대들은 계속 늑대답게 살아갔다. 삶은 이전과 거의 똑같았다. 변한 것이 있다면 그들이 이제 국영방송 NPR을 듣는다는 것과 점점 진보적인 정치 성향을 갖게 된 것이다.

하수구의 아기는 걷기 시작했다. 아기는 늑대의 말을 하기 시작했다. 인간들과는 너무 다른 삶이었지만 아기는 잘 지냈다. 아기는 성냥을 발견해서 가지고 놀았다. 깊은 어둠 속에서 아기가 피운 모닥불이 타오르자 늑대들은 행복에 겨워 노래했다.

아기 부모는 자식을 되찾을 희망을 완전히 버리고 그 도시를 떠났다.

숲이 또 하나 사라지고 새 고속도로가 뚫렸다. 하룻밤 만에 솟아난 새싹처럼, 이슬 젖은 잔디밭 위에 집이 하나 솟아났다. 가족들이 직접 집의 벽지를 붙였다. 집 안에 회반죽도 발랐다. 자쿠지를 사려고 돈을 빌렸고 우여곡절 끝에 또 다른 아이를 낳았다. 그 가족은 새로운 아기를 사랑했다. 여자애였다. 늑대에게 뺏긴 아기와 똑같은 이름을 붙였다.

매일매일은 그날 주어지는 태양빛에 잠깐씩 빛나는 퍼즐
조각이었다.

　　그리고 매일 밤은 거의 아무 빛도 비추지 않는 미로였다.

　　그렇게 그들은 다 잊었다.

　　그들이 누구였는지 어디에서 왔는지도 잊었다.

　　너무 고통스러웠다. 세상이 얼마나 아름다웠는지를 기억한다는 건.

"엿 먹어라 나한테 이메일 보내는 인간들."

나, 버드 스미스가 말한다.

3부

이웃집 사람들이 아주 아름다운 그림을 벽에 걸어 놓았다. 나는 그 그림을 보고 싶었다.

하지만 한 번도 초대받지 못했다. 사람들은 나를 경계했다. 농담을 모르는 사람이 많으니까. 농담 밖에 모르는 사람도 많고.

그들은 나를 농담거리로 생각했을 거다. 이해할 수 있다. 나는 늘 도깨비 모양의 고무 의상을 입고 앞뜰 잔디밭에 서 있었으니까. 뙤약볕에 땀을 뻘뻘 흘리면서.

형이 죽은 다음부터 나는 매일 그 옷만 입었다. 땀이 흘러 고무 옷 안에 고이고 끈적끈적해져도.

하지만 다들 알았다. 해가 지면 내가 이웃집의 잘 다듬어진 잔디밭으로 건너간다는 걸.

귀뚜라미가 울기 시작할 때 나는 이웃집 모퉁이에 몸을 숨겼다.

귀뚜라미가 울기 시작할 때 달은 칠흑 같은 하늘에 단단히 걸렸다.

나는 창문에 기대어, 발가벗고 춤추는 여자를 지켜보았다. 짜잔. 여자는 눈부신 발레리나 동작을 하며 온 집 안을 휘젓고 다녔다. 연속 회전. 뛰어오르기. 뭐라고 부르더라? 피루… 뭐?

자주달개비 꽃을 담은 공예 바구니가 천장에 매달린 채 흔들거렸다. 여자가 딱딱한 나무 바닥에 엄지발가락을 세워 능숙하게 착지하면 스타인웨이 피아노 건반이 저절로 울렸다. 유리창 너머로 두어 번, 나는 그 소리를 들었다.

내 상상 속에서 그녀의 남편은 청소기 판매원이었다. 그 청소기로 잠든 사람들의 영혼을 빨아들였다. 도망치지도 못하게. 부인할 수 없는 사실은 그가 똑같은 베이지색 바지를 아홉 벌이나 가지고 있다는 것이었다.

그의 아내 몰리. 몰리는 데일의 장례식에서 가장 크게 울어 댔다. 형은 알 수 없는 이유로 죽었다. 무엇이 더 알 수 없는 것일까, 한 사람의 죽음? 한 사람의 삶?

몰리는 아름다웠다. 눈사태로 무너져 내린 눈더미가 인간이 만든 화려한 건물에 부딪치는 것 같은 아름다움이었다.

눈부신 에메랄드빛 바닷물이 야구장 문을 밀고 들어와 모든 플라스틱 좌석과 핫도그와 팝콘과 맥주 판매점을 쓸어버리는 것 같은 아름다움이었다.

그녀는 다리를 찢으며 소파에서 뛰어올라 커피 테이블의 유리 위에 착지했다. 그리고 바닥에 뛰어내렸다. 아무 의심 없이 잠든 세상에 침투하는 새벽처럼.

내가 거기 간 건 벽에 걸린 그림 한 점 때문이었다. 저기 벽난로 위에 걸린 그림.

캔버스에 유화. 대충 가로 75 세로 50 센티미터. 웅크리고 앉아 유칼립투스 나무에서 뾰족한 씨앗을 모으고 있는 두 소년.

물론 나는 그 잘생긴 소년들을 알아본다.

검은 눈동자에 파란 밀짚모자를 쓰고 송곳니가 빠진 소년. 그건 나다. 또 다른 소년, 그가 바로 데일이다. 치아 교정기를 하고, 아빠가 결혼할 때 입었던 여섯 사이즈나 큰 비싼 턱시도 티셔츠를 입은 소년. 데일은 여전히 그 셔츠를 입고 있다. 땅 속 소나무 관 안에 누워 있어서 그렇지.

그 여름, 누군가가 뜰에서 뛰놀던 형과 나의 즉석 사진을 찍어다가 그림으로 그려서 걸어 놓은 것 같다. 나를 싫어하는 이웃의 집에.

나는 꼭 닫혀 있던 창문을 열고 안으로 기어 들어갔다. 머리, 팔.

또 팔. 그리고 다리. 또 다리. 내가 창틀을 넘을 때 나의 고무 옷에서 울음소리가 났다. 아기가 세상에 태어날 때처럼.

나는 카펫 위에 굴러 떨어진 다음 바닥을 기어갔다. 회심의 미소. 나는 양팔로 재빨리 그림을 벽에서 떼어냈다.

얼굴 가까이에 그림을 가져다 대고 꼼꼼히 관찰했다.

형과 나는 처음 보는 거뭇한 씨앗들을 줍고 있었다. 어리고 바보 같았다. 자기만의 천국에 푹 빠진 아이들.

여자가 무너진 눈 더미처럼 집 안을 뛰어다니는 동안 나는 창밖으로 기어 나왔다. 와인이나 장미꽃, 진한 키스 따위는 존재하지 않는 나의 인생 속으로.

그날 밤 내 계획은 형을 땅에서 꺼내고, 대신 그림을 관에 넣는 것이었다. 형의 심장에 다시 시동 걸기. 나는 탈옥한 게처럼 기어서 잔디밭을 가로질렀다.

묘지까지 얼마나 멀까 생각하며 나는 우리 집 마당에 쭈그리고 앉아 제자리 뛰기를 했다. 뜨거운 아스팔트에 그림을 내려놓은 채.

생각하고. 또 생각하고.

하지만 기울어진 달빛 속에서 나를 방해하는 귀뚜라미 한 마리가 있었다.

"안녀어어엉, 친구야?" 나는 손을 동그랗게 모아 그놈을 덮었다. 아주 천천히.

녀석을 덮었다.

녀석을 잡았다.

주먹을 쥐었다.

귀뚜라미는 가만히 내 손 안에 들어왔다. 빙빙 도는 지구. 희미한 별빛. 진동하는 공기.

나는 귀뚜라미를 입에 넣었다. 오도독 씹어 삼켰다.

다시 조용해졌다. 생각에 집중할 수 있었다.

영혼을 빨아들이는 진공청소기 판매원이 은빛 우주선 같은 차를 타고 돌아왔다. 나는 일어서서 어둠에 파묻힌 지붕 위에 그림을 던졌다. 내가 우리 집이라고 부르는 건물 지붕이었다.

그는 지나가다가 이쪽을 넘겨다봤다. 아무것도 모르고 열쇠를 만지작거리고 있었다. 그의 집 문이 열려 있다는 것쯤은 나도 아는데. 그가 손을 흔들었다.

나는 아무 말도 하지 않았다.

나는 그를 죽일 작정이었다.

당장은 아닐지라도.

그가 어떤 일에 푹 빠져 있을 때. 선물을 열어보거나 할 때. 아마 크리스마스 아침에.

나는 생각했다. 나중에 형이 관에서 깨어나 나를 도와줄지도 몰라.

모든 방법을 다하여.

모든 것을 시들게 하리라.

내 이웃은 차고 앞에 멈춰 서서 갑자기 친한 척 했다.

"야, 그렉! 웬 핼러윈 복장이야? 아직 8월인데 안 덥니?"

나는 이를 드러낸다. 하나도 빼놓지 않고.

"무슨 일 있는 거 아니지?"

목에 거품이 차는 기분이다.

그는 거리로 걸어 나오다가 중간에 멈춰 선다. 내 안경은 고무 옷에서 나오는 열기 때문에 김이 서린다.

내가 전기톱이 돼서 당신의 몸을 썰어 버릴 거야.

"뭐 도와줄까?"

으르르르르렁.

"그동안 힘들었던 거 안다. 필요한 게 있으면 언제라도 나나 몰리

아줌마가 도와줄게. 우리는 길 건너 이웃이잖아. 말 상대가 필요하면 놀러 와. 계란도 한 개든 열 개든 가지러 와. 시원한 음료수도 같이 마시고."

그는 내가 소리 없는 비명을 지르고 있다는 걸 모른다.

"그럼 잘 자라. 내가 네 친구라는 걸 잊지 말고." 그는 말했다.

그가 천천히 돌아섰다. 장담하는데 그는 속으로 911 번호를 되새기고 있을 것이다. 가엾은 어린 양.

어린 양은 마침내 집으로 들어간다. 그가 문을 닫을 때쯤 그의 아내는 머리를 틀어 올리고 자주색 옷을 입은 채 피아노 의자에 앉아 잡지에 실린 유명한 정글 수용소 탈출기를 읽고 있을 것이다.

나는 격자무늬 담장을 기어오르다가 하마터면 우리 집 지붕으로 이어진 홈통을 부술 뻔 했다. 하지만 그림을 다시 손에 넣자 나는 날다람쥐가 되어, 구름들이 저마다 늘어뜨린 덩굴을 그네처럼 타고 날았다.

묘지는 비어 있었다. 나는 굴착기의 열쇠를 빌렸다. 노란색 금속 코끼리 길들이기.

굴착기로 흙을 몇 번 떠낸 다음 나머지 작업을 위해 공구 창고의 삽을 빌려 왔다. 해가 세상의 어둠을 밀어내고 아침을 데려올 무렵 내 삽은 데일의 관에 닿았다. 노크는 해야지. 한 번, 두 번, 세 번. 관 뚜껑이 열렸다. 나는 죽은 형의 얼굴에 그림을 밀어 넣었다.

데일은 관에서 일어나며 "외계인 알이다!"라고 말했다. 그는 그림을 가슴에 부둥켜안고 뒷면에 키스했다.

나는 그를 껴안았다. 그가 기침을 하길래 나는 먼지를 털어 주며 말했다. "형, 고생했어."

"너 왜 그런 옷을 입고 있어?"

"글쎄. 잠깐 이러다 말겠지, 사람들 말대로. 형이야말로 왜 그렇게 장난스러운 옷을 입었어?"

그는 머리를 털고 턱시도 모양이 그려져 있는 셔츠에서 이끼 덩어리를 떼어냈다. "사는 건 장난이니까. 다 끝나서 다행이야."

데일은 내가 뻗은 손을 잡고 무덤에서 올라와 공기를 들이마셨다. 그는 졸려 보였다. 오랫동안 낮잠을 자다가 방해를 받아 깨어난 사람처럼.

그는 무덤가에 풀썩 주저앉았다. 그 자리를 떠나기 싫은 듯 구덩이에 다리를 걸치고 대롱대롱 흔들었다.

"형은 왜 죽은 거야?"

"나 자신 때문이지." 그가 말했다.

"누가 그렇게 말하길래 미쳤냐고 욕 했는데."

"그 사람들이 맞아. 미친 건 너야." 형은 웃으며 나를 밀었다. 나도 형을 밀었지만 그가 땅 속 구덩이로 미끄러지기 직전에 발로 그를 막았다.

그는 또 웃으며 말했다. "잘났어. 풍선껌이나 있으면 내 놔."

"없어." 나는 말했다. 데일 형은 살아 있을 때 늘 수박 맛 껌을 씹었다. "근데 궁금한 게 있어. 이거 누가 그린 거야?"

"내가."

"형은 그림 못 그리잖아."

"누구나 놀라운 면이 있지. 나 저글링도 했어…. 레몬 여러 개로 동시에 할 수도 있었어. 네 비밀 재주는 뭐니, 동생아?"

"그런 거 없어."

"없다고? 그럴 리가. 찾아내 봐. 빨리 찾아서 열심히 해 봐."

"형이 이렇게 그림을 잘 그렸다니 믿을 수가 없네…."

그는 그림을 살펴봤다. "앞면은 내가 그렸어. 너랑 내가 할머니네 마당에 있을 때잖아…. 그리고 뒷면은 내 여자 친구가 그린 거야?"

나는 뒷면에 무언가가 있다는 걸 몰랐다.

형은 그림을 뒤집었다. 캔버스 뒤쪽에 몰리가 그려져 있었다. 가시철조망이 쳐진 드넓은 회갈색 감옥 마당, 검고 흰 줄무늬 죄수복을 입은 사람들이 바람 빠진 농구공으로 농구를 하는데 벌거벗은 몰리는 휘몰아치는 오렌지색 토네이도 끝에 매달려 춤추고 있었다.

다시 가족이 된 거야, 나는 생각했다. 헤드록을 걸고 잡담을 할 수 있어. 우리 형이 돌아왔어. 당신에게 경고하지. 형과 내가 이 마을을 불태워 버릴 거야. 더러운 당신 집부터 시작하자고.

하지만 데일은 말했다. "자 그럼. 이제 나는 땅 속으로 돌아가야겠어. 남은 인생 잘 살아봐." 형이 내 옆머리에 키스했는데, 제기랄, 냄새가 고약했다. "이 고무 옷은 버려. 네 스타일이 아니야."

"난 이 옷 좋은데. 형 생각이 나거든."

"그러지 마." 형은 손을 뻗어 나의 오른쪽 눈 아래를 잡고 가면을 벗겼다. 안경이 풀밭으로 날아갔다. 눈앞 모든 것이 흐릿해졌다. 형이 고무 옷을 잡아당기자 옷이 찢어지며 검은 꽃이 피어나듯 내 머리가 드러났다.

목과 가슴, 그리고 배에 바람이 느껴졌다. 데일은 양손으로 내 몸에서 옷을 벗겨냈다. 그리고는 다시 자기 관으로 떨어져 웃어 댔다.

나는 안경을 찾아 썼다. 데일은 똑바로 누워 히죽거리고 있었다.

"왜 자살했어?"

그는 한쪽 눈을 뜨고 입을 크게 벌려 소리 없이 웃었다.

"비밀이야."

그는 일어나 나를 쳐다봤다. 나는 모르고 형만 아는 게 있을 때

짓던 표정이었다. "내가 그걸 알리고 싶었다면 써서 남겼겠지."

"유서라도 썼으면 내가 여기까지 와서 형을 파낼 필요는 없었을 거 아니야…"

"너더러 날 파내 달라고 한 적 없는데. 음, 잠깐만. 어쩌면 네가 원하는 게 적힌 쪽지가 여기 있을지도 몰라. 내 주머니에 있나? 잠깐 살펴볼게. 기억이 안 나네" 그는 손을 주머니에 넣어 보고 놀란 듯 말했다. "아! 여기 있다!"

그가 주머니에서 꺼낸 것은 유서가 아니었다. 가운데 손가락을 치켜세운 그의 손이었다. 손에는 피부가 하나도 없었다. 아마 주머니 속에 들러붙었을 것이다.

"사랑한다 동생. 기분 나쁘게 듣지 마. 앞으로 백년은 만나지 말자. 그리고 몰리에게 말해 줘. 우리가 같이 꿈꿨던 곳에서 내가 기다리고 있다고."

그는 자리에 앉아 안쪽에서 관을 닫았다. 그림은 관 안에 있었다. 오히려 잘됐다.

나는 형이 다시 나올까 싶어 잠시 기다렸다. 하지만 형은 나오지 않았다. 나는 형의 이름을 부르고 그가 제일 좋아하는 노래도 불렀다. 들개 몇 마리가 묘지 너머에 나타났다. 나는 개들이 형을 파먹지 못하도록 무덤을 흙으로 덮었다.

집에 오는 길에 해가 떴다. 내 창백한 몸에 불이 붙는 듯했다. 오랫동안 햇볕을 못 쬐어 하얘진 그 피부에.

나는 맨 엉덩이를 드러낸 채 걸어서 마을로 돌아왔다. 벌거벗고. 오감을 회복하면서. 보이는 것마다 경이로웠다. 교회 창문의 스테인드글라스. 보잘것없는 조개껍데기로 뒤덮인 우편함, 차고에서 누군가가 색소폰을 부는 소리. 딱 한번 나는 멈춰 섰다. 장례식장 밖에서 돌아가고 있는 스프링쿨러들 한가운데에.

물보라가 나를 때렸다. 물은 아주 차가웠다. 몸이 흠뻑 젖을 때까지 나는 거기 있었다. 고양이가 잔디밭 가장자리에서 나를 바라보면서 발바닥을 핥고 몸단장을 했다. 우리 모두 제 시간으로 돌아와 있었다.

새우

알비노가 술에 취해 플라밍고를 잡았다. 그렇게 되기까지의 이야기를 해보려 한다. 인생 전체가 담긴 얘기다. 그는 휴가를 요청했다. 플라스틱 상자에 접착제를 바르는 공장에서 스타였던 그는 사람들 한 명 한 명과 악수를 한 다음, 고향 미네소타 주 덜러스 시에서 온 버스에 올랐다. 삼베 가방을 무릎에 올려놓고 멀리 에버글레이드까지 그 버스를 타고 갔다.

알비노는 버디 홀리*와 비슷하게 입는 것을 좋아했다. 일종의 페티시였다. 인사과에 자신이 버디 홀리의 환생이라고 말한 적도 있었다. 뭘 해보겠다는 뜻은 아니었지만.

여정은 버스로 사흘이나 걸렸다. 시골을 본 적이 없었던 그는 길가의 트럭 휴게소들과 평범한 자연에 매혹되었다. 시골 풍경은 지루하면서도 아름다웠고 흉물스러우면서도 놀라웠다. 그들은 디모인 시에서 멈춰 '세계에서 두 번째로 큰 노끈 뭉치'**건너편 카페에서 식사를 했다. 그 남자는 노끈 뭉치를 바라보며 서 있다가 이유 없이 화가 치밀었다. 버스 기사가 소리를 질러 그를 무아지경에서 깨웠다. 그 다음 버스는 퀸시에 멈춰 섰다. 퀸시, 하하, 그 대단하신 퀸시 말이다.

그들은 그 밤을 내쉬빌에서 보내며 컨트리 음악 축제인 그랜드

---

* 1950년대 미국 로큰롤을 주도한 싱어송라이터로 짧은 고수머리에 검은 뿔테 안경을 쓰고 양복을 입고 노래했다.

** 1980년대 이후 미국 시골 각지에서 노끈을 감아 만든 거대한 공으로 기네스 기록에 도전하고 지역관광상품으로 홍보했다.

오울 오프리에 갔다. 축제를 둘러본 다음 그는 일행과 헤어져 돌리 파튼*처럼 차려 입은 멕시칸 창녀와 관계를 가졌다. 그가 진짜 이름을 묻자 그녀는 말했다. "돌리 파튼이라니까."그녀는 알비노와 경험해 보는 재미가 있으니 화대는 반값만 받겠다고 했다. 돌리 파튼은 그와 관계 도중, 그리고 관계 후에 폴라로이드 사진을 찍고 웃으며 말했다. "내 포트폴리오에 좋을 거야." 그는 착취당한 것처럼 느꼈다. 그러나 그런 기분이 든다는 것이 당황스러웠다. 그녀 역시 착취당한 것임을 알기 때문이었다. 태양 아래 모든 사람이 착취당한다. 나도 당신도 마찬가지다. 그는 "돌리, 나중에 봅시다."하고 말했다. 그녀는 "또 보자구, 버디."라고 대답했다.

그는 변화가 필요하다고 생각하고 자신의 죽은 영웅처럼 머리를 빨갛게 염색하기로 했다. 그는 간판에 불을 환히 켜 놓은 약국을 향해 걸어갔다. 모든 것은 기적이었다. 내적인 것이든 외적인 것이든.

기찻길을 향해 달리던 자동차 한 대가 마지막 순간에 급브레이크를 밟았다. 고무 타는 냄새가 났다. 기차가 천둥소리를 내며 지나갔다. 나무로 만든 골목 차단기는 고장 났는지 내려오지도 않았다. 세상에! 하마터면 큰 사고가 날 뻔한 것을 본 노파가 초록색 프리우스 운전자에게 소리쳤다. "운 좋았던 줄 알아, 이 개자식아!" 운전자는 노파를 보고 웃으며 되받아쳤다. "내가 모르고 그런 줄 아세요?" 운전자는 빛의 속도로 저 멀리 달려가는 기차를 가리켰다. 알비노도 끼어들었다. "저도 알고 있었어요!" 노파는 유령을 발견한 것처럼 알비노를 돌아보았다. 차창 밖으로 몸을 내밀고 있던

---

* 70~80년대 미국 컨트리 가수. 관능적 매력을 지닌 싱어송라이터로 인기를 얻었다.

운전자도 그를 유령처럼 쳐다보았다.

어쨌든 괜찮은 기분으로, 알비노는 외딴 벽돌 건물 안 약국에 들어갔다. 기내용 베개가 보였다. 그는 버스에서 쓰려고 하나를 사서 목에 건 채 밖으로 나왔다. 하지만 돌아오는 길에 쓰레기 더미에서 걸어 나온 남녀 마약쟁이에게 강도를 당했다. 알비노는 머리 염색약과 감자칩, 운동화 안창이 들어 있는 비닐봉지를 건네주어야 했지만 기내용 베개는 지킬 수 있었다. 도둑들은 그것을 목 교정기로 착각한 듯했다. 여자 도둑은 보도에 앉아 토했다. 남자 도둑은 "샘! 일어나!"라고 말했다. 여자는 일어나 입을 닦고 사과했다. 남자는 그녀에게 너무나 다정했고 그녀도 그에게 다정했다. 알비노는 그들이 서로 사랑한다고 확신했다. 남자는 칼을 들고 있긴 했지만 마약에 취해서인지 상냥하게 지갑을 돌려줬다. 지갑 속 현금 173달러는 전부 빼앗겼다. 그래도 버스표는 남았다. 비자 카드도 남았다. 조합원 증도 남았다.

알비노는 도둑 일당에게 작별 인사를 했다. 남자와는 악수까지 했다. 여자는 멀찍이 서서 미소 짓고 있었다. 그녀가 말했다. "내가 다 봤어."

알비노는 고속도로 건너편에 또 다른 모텔이 보이는 모텔 방에서 잤다. 저쪽 사람들이 최고의 시간을 보내고 있다는 걸 딱 보고 알 수 있었다. 인생 최고의 시간이겠지, 그는 생각했다. 인생 최고의 시간. 잠이 들자마자 그는 악몽을 꾸었다. 플라밍고들이 사방에서 압박하며 밀고 들어와 그를 넘어뜨리고 올라탔다. 기진맥진한 기분으로 깨어나자 에어컨 소리가 사탄의 노래처럼 들렸다. 그는 건너편 모텔이 보이는 창문을 내다보았다. 불빛이 전부 꺼져 있었다. 인생 최고의 시간이었겠지, 인생 최고의 시간. 그는 또 생각했다.

옥수수와 달걀로 아침 식사를 하고 다시 버스에 오른 그는 사색에 잠겼다. 오, 옥수수로 할 수 있는 온갖 일들. 옥수수가 있으면 뭐든 할 수 있다. 앞좌석에 앉은 사람은 노스다코다 악마의 호수 출신으로 펜사콜라에 사는 손주들을 보러 가는 길이라고 했다. 처음에 그는 열정적인 대화 상대이자 동행자였다. 그러나 알비노와 대화를 하려고 고개를 돌릴 때마다 그의 목에 경련이 일어나는 것 같았다. 게다가 록 음악의 광팬인지 검은 옷을 입고 하얗게 화장을 한 옆 좌석의 십대가 아이패드에 스케치를 하며 자꾸 신경질을 냈다. 대화는 점점 줄었다. 알비노는 입을 닥쳐야 한다는 걸 깨달았다. 그래서 입을 다물었다.

긴 침묵이 이어졌다. 알비노는 야외 광고판을 디자인하는 사람이 되어야겠다고 결심했다. 광고판들은 들꽃처럼 고속도로 옆에 늘어서 있었다. 너무 간단해 보였다. 뭐든 광고판 위에 올리기만 하면 된다. 차를 몰고 지나가는 사람들은 그저 고마워요 고마워, 하면서 제품을 먹어 치우며 나를 칭송할 거야. 내 마법에 제대로 걸려드는 거지.

플로리다는 습도가 대단했다. 땀을 뚝뚝 흘리며 고속버스에서 내렸을 때 그의 눈에 띈 것은 사방의 아스팔트 길이었다. 아스팔트라니, 그는 경악했다. 그는 접이식 문 밖에 서서 버스에서 내리는 승객들과 인사를 했고, 심지어 다시 버스에 올라 기사와 악수를 나누었다. 기사가 말했다. "버디 홀리 씨, 몸조심 하세요."

역은 마치 전쟁터 같았다. 그는 주차장에서 녹슨 밴에 기대어 서 있는 흑인 소년을 발견했다. 소년이 말했다. "택시 있어요." 알비노가 말했다. "돈 낼 테니 늦까지 태워다 줘." 소년이 부른 요금은 너무 비쌌다. 알비노는 말했다. "이 깜둥아, 그 반값에 가자." 소년은 상냥한 표정으로 다가와서 버디의 (이제 그를 이렇게 불러도 되겠지) 빰을 쳤다. 오! 소년은 버디의 얼굴을 세게 때렸다. 소년은 오! 오! 하고 춤추듯 뒤로 물러섰다. 그 광경을 본 사람은 아무도 없었다. 쌀쌀한 바람이 불어왔다. 버디는 돌리 파튼이 그리웠다.

그는 소년에게 덤벼들었지만 다시 뺨을 맞았고 상황은 종료되었다. "흡혈귀같이 생긴 주제에, 날 깜둥이라고 부르지 마." 알비노는 사과했다. 그는 현금인출기에서 돈을 빼서 그 아이에게 주었다. 그 다음 그들은 함께 이동했다.

"그럼 널 뭐라고 부르면 좋겠니?" 소년은 바로 대답하지는 않았다. 그러나 자동차 키를 돌려 시동을 건 다음 그는 말했다. "나도 다른 사람들처럼 대우받고 싶어요. 존중받고 싶단 말이에요." 버디는 고개를 끄덕였다.

그 아이는 운전대 위쪽은 거의 못 봤지만 계속 차를 몰았다. 아이는 운전하면서 일장 연설을 했다. "텔레비전에서 봤는데요, 정글에서 아저씨처럼 얼굴이 하얀 인간 유령을 사냥하는 사람들이 있었어요. 아주 끝내주던데요. 그들은 아저씨를 전리품 취급하겠죠."

알비노는 말했다. "나도 그 프로 봤어. 사람들은 뭐든지 수집하는 걸 좋아하나 봐. 마술처럼 홀리는 거지. 후후. 내 손과 발이 얼마짜린 줄 알아? 내 거시기는 최고가를 받는대."

아이는 말했다. "자만하지 마세요. 그건 오래된 나라에서나 믿는 미신이에요. 여긴 미국이고요. 누가 아저씨를 돈 주고 사겠어요."

버디는 지도를 들고 있었지만 뺨은 아직 화끈거렸고 존중하는 법을 새로 배운 터였다. 어쩌면 그는 정말 마술에 걸렸을지도 모른다. 그는 배우고 있었다. 가르침을 받는 중이었다. 밴 안에 맥주가 있었다. 알비노는 맥주를 마시고 다시 채워 놓겠다고 약속했다. 아이는 새아빠가 기분 나빠할까 걱정하다가, 어차피 새아빠는 기분 좋은 적이 없다는 것을 떠올렸다.

그들은 계속 차를 타고 갔다. 조수석 쪽 헤드라이트가 깜빡거렸다.

전기 문제였다. 버디는 정중하게 말했다. "이 스위치를 돌려 봐."
소년이 말했다. "확실해요?" 소년이 그의 말대로 하자 불빛이
일정해졌다. 자기 이름은 모리스라고, 소년은 마침내 말했다.
모리스가 에버글레이드 깊숙이 차를 몰고 가는 동안 버디는 맥주를
마셔 대며 좁은 길 옆 수풀에 은빛 캔을 던졌다.

　모리스는 버디가 자기를 죽이려 들지 궁금했다. 해보시지, 하하.
살해되기 좋은 곳이네, 소년은 생각했다. 너무 평화로워. 너무
고요하고. 톱니풀 사이에 하얀 따오기가 있었다. 모리스는 말했다.
"만일 아저씨가 새라면 저런 모습이겠죠. 똑같아요." 알비노는
침묵했다.

　분홍색 미모사가 무더기로 핀 채 이국적인 꽃잎을 나풀거리고
있었다. 진흙 속을 거닐고 있는 세 마리 플라밍고도 보였다. "차 좀
세워 봐." 모리스는 브레이크를 밟았다.

　버디는 밖으로 나가 흙탕물의 가장자리에 섰다. 떨리는 손에
가방을 들고 멀쩡한 다른 손에는 맥주 캔을 들었다. 그가 기침을
하자 플라밍고들이 그를 돌아보았다. 그가 마주 보자 플라밍고들은
결국 고개를 돌렸다. 오래 전부터 그의 꿈에 나온 그 새들
같았다. 꿈에서 좋은 일이 일어날 때마다 ― 첫 번째 아내가 그와
노닥거리다가 웃어 주거나 등산을 해서 상을 받거나 ― 갑자기
플라밍고들이 화면 안에 끼어들어 껑충대고 끼룩거렸다. 그 세
마리의 플라밍고들은 너무 선명한 분홍색이어서 내셔널지오그래픽
지에서 튀어나온 것 같았다. 현실의 새 같지 않았다.

　그는 곁눈질로 네 번째 플라밍고를 보았다. 녀석은 영양실조 상태
같았다. 허연 깃털에 병색이 돌았다. 알비노는 맥주 캔을 진흙탕에
던지고 물속으로 뛰어들었다. 건강한 플라밍고들이 흩어졌다.
모리스가 외쳤다. "멈춰요!" 분홍색 플라밍고들은 멀어졌지만

하얀 플라밍고는 물 위에 떠다니던 쓰레기 위에 발을 디디고 섰다. 알비노가 삼베 가방을 그 새의 머리 위에 씌우자 새는 비명을 꽥 지른 다음 죽은 듯 조용해졌다. 알비노는 몸부림치는 플라밍고를 차로 데려왔다.

소년은 말했다. "꺼져요. 이제 난 운전 안 해요!" 버디가 말했다. "그럼 내가 하지." 모리스는 버디의 뺨을 때리려 했지만 버디가 물러서는 바람에 새의 가슴을 쳤다. 새가 쉬익 비명을 질러 모리스는 미안해했다. "젠장, 나는 이 녀석에게 새우를 좀 먹이려던 것뿐이야, 모리스."

모리스가 대꾸했다. "그 새 아프게 하기만 해봐요. 내가 똑똑히 지켜볼 거라구요!" 그들은 새를 차의 뒷좌석에 조심스레 눕혔다. "절대로 다치게 하지 않을 거야." 차문이 닫혔다. 버디가 말했다. "늦었어. 가자." 그가 운전석에 앉았다. 그들은 마을을 향해 이십 분을 운전했다. 이번에는 모리스가 길을 알려 주었다. 모르는 길을 갈 때보다 왔던 길을 되돌아 가는 것이 더 빠른 법이다.

모리스는 그를 네온 불빛이 환한 음식 가판대로 안내했다. 거기서는 삶은 게와 새우 칵테일, 가리비와 온갖 구운 생선을 팔았다. 알비노는 대가리도 떼지 않은 생새우를 일 킬로그램 사다가 차 뒤쪽에서 플라밍고에게 먹였다. 삼베 가방을 벗겨 주자 그 새는 기분이 좋아져 새우들을 우적우적 씹어 먹었다. 차 안에서 똥도 쌌다. 새로 생긴 집인 것처럼 차 안을 둘러보고 만족한 듯했다. 여긴 포식자도 없고 나한테 새우도 먹여 주네. 새는 토하고 또 똥을 쌌다.

모리스는 그 차가 가짜 아빠의 밴이지만 상관없다고 했다. 해가 지고 반달이 떴다. 그것은 하늘에 달린 은 조각 같았다. 버디는 세상에서 가장 큰 노끈 뭉치가 어디에 있는지 궁금했다. 최고 기록이 항상 바뀌던데? 플라밍고는 잠이 들었다. 밤에 음식 가판대가 닫히기 직전에 버디는 소년을 위해 메기 튀김 샌드위치와 사르사 음료수를 사 주었다. "팁이야." 모리스는 말했다. "오, 운이 좋은데요." 알비노는 발이 아파서 신발창이 있었으면 했다. "이제 뭘 하지?" 그가 말했다.

경찰차가 주차장을 가로질러 반대편 시골길로 빠져 나갔다. 모리스는 말했다. "이제 뭘 하냐고요? 저도 모르겠어요. 새우를 새에게 가져갈 걸 그랬어요. 새를 새우에게 데려오기보다는요. 아저씨는 바보예요."

알비노는 말했다. "넌 똑똑하다는 거냐?"

모리스는 말했다. "새를 데려다 주자구요." 약해 빠진 놈이니 다시 야생으로 데려다 주자는 말이었다. 자연 속에서 병을 앓도록. 얼굴이 허연 남자는 동의했다. 그는 마지막 맥주를 딴 다음 소년에게 이십 달러짜리 지폐를 건네주었다. 맥주 값은 그 반도 안 됐겠지만 그는 휴가 중이었다. 휴가 중엔 아무데나 돈을 쓰는 법이다. 버디는 말했다. "가자. 이 불쌍한 녀석을 집으로 데려가자. 그런 곳에서는 별이 어떻게 빛나는지도 구경하고. 궁금하거든."

아이가 웃었다. "별이 어떻게 빛나는지 지금까지도 모르면 이제 와서 본다고 알게 되진 않을 걸요."

"뭐라고?"

"알거나 모르거나 둘 중 하나라고요."

"그럼 난 모른다, 개새끼야."

"아저씨는 몰라요. 축하해요. 앞으로도 모르실 거예요." 버디는 아이의 작은 손을 잡고 악수를 나눴다. 그리고는 화장실에 가려고 식당 건물을 돌아갔다. 그는 악마의 호수가 그 이름처럼 저주받은 호수일지 궁금했다. 그리고 지금까지 그 기차에 치어 죽은 사람이 있을지 궁금했다. 그런 사람이 아직 없다면, 다른 모든 일이 그렇듯

곧 생길 것이다. 삐걱거리는 화장실 문을 열다가 그는 밴이 출발하는 소리를 들었다. 그는 패배를 인정하며 신음 소리를 냈다. 일을 보고 돌아오자 차는 이미 떠난 지 오래였다. 연약한 하얀 플라밍고는 주차장 한가운데 서 있었다. 형광 조명이 그것을 비추었다. 플라밍고는 저주 받아 지상을 떠도는 긴 목의 천사처럼 보였다. 모든 것으로부터 버려진, 번지수가 잘못된 천사.

그 천사는 버디를 똑바로 바라보면서 꽥꽥 거렸다.

버디가 마주 보았지만 플라밍고는 고개를 돌리지 않았다.

당신은 왜 자신이 아름다운지 궁금해 한 적 있나요?

누군가에게 물어본 적 있나요?

없다고요?

뭐, 저도 없어요.

맛있는 소스

언젠가 다니엘이 권총으로 내 가슴을 쐈다. 그래서 우리는
헤어졌다. 나는 화내지 않았다. 그녀는 분명히 나를 다른 사람으로
착각했을 것이다. 아니면 내가 감히 그녀를 실망시켰거나. 다니엘은
세계적인 수준의 피아노 연주자였다. 옛날 같으면 그녀의 몸매는
동상으로 만들어졌을 것이다. 요즘은 동상이 예전만큼 인기 있지
않지만. 그녀의 총알은 내 오른쪽 젖꼭지를 맞춘 다음 어깨뼈에
박혔다. 오, 하느님. 나는 택시를 불러 코스튬플레이 파티에서
귀가하는 사람인 척 했다. '사랑에서 비롯된 사소한 실수로 피
흘리다 죽는 사람' 콘셉트로 분장한 척하면서. 그날 가장 당황한
순간은 환한 병실에서 정신이 들었을 때였다. 나는 슬리퍼를 신고
있다는 것을 깨닫고 의료진의 눈에 띄지 않게 양쪽 발을 숨겼다.
의사는 상처를 꿰매기만 하고 총알은 내 몸 속에 남겨 두었다. 내
건강보험 기한이 만료되었기 때문이다. 그는 치료하는 내내 자신은
부자고 나는 가난해서 미안하다고 했다. 나는 물었다. "일주일에 몇
시간이나 일하세요?" 의사는 생각했다. "음, 삼백 시간이요." 나는
수술대에서 떨어질 뻔했다. 나는 말했다. "그럼 부자가 아니에요!"
그는 처방전 차트를 가져다가 입을 맞춘 다음 그것을 찢어 내게
주었다. 나는 아직도 그것을 가지고 있다. 오해에서 비롯되었지만
내가 소장한 가장 섬세한 기념품. 그 후에 그는 간호사를 불러들여
피가 흐르는 내 발을 가리켰다. 간호사는 양동이에 따뜻한 물을
퍼 와 피를 씻어 낸 다음 내 발톱을 초록색으로 칠했다. 유명한
텔레비전 드라마 광고에서 보던 아일랜드 풍경 같은 초록색이었다.
나는 집으로 갔다. 나의 또 다른 여자 친구는 의대에 다녔다. 그녀는

먼저 말에게 수술 연습을 하는 중이었다. 그녀는 말에 관련된
온갖 책과, 파산한 목장 주인에게서 얻은 수술 도구들도 가지고
있었다. 목장이 망한 이유는 알 수 없었다. 풀에 문제가 있었나?
전철이 생겨서? 푸른 하늘의 인기가 한물가서? 공감 능력이 놀라울
정도로 뛰어났던 킴은 총알을 파내면서 나를 위해 울었다. 하지만
나는 그때 죽었다 해도 괜찮았을 거다. 상관없었다. 그녀는 나에게
총알을 보여 주었다. 그것은 끝까지 피우고 버린 담배꽁초처럼
우스꽝스럽게 뒤틀려 있었다. 총알 위에 어떤 이름이 쓰여 있었다.
우리는 그가 누군지 몰랐다. 하지만 그 이름은 날 죽일 수도
있었던 운명의 한 방 위에 쓰여 있었다. 킴이 그 총알을 다니엘의
집으로 가져갔다는 얘기를 나중에 들었다. 킴은 내게 아직 최악의
상황은 오지 않았다면서 두려움에 떨고 있었다. 나는 비웃었다.
안정감이란 그냥 들이마시는 것이다. 사람들은 어둠 속 선반에서
물건을 꺼내듯 안정감을 꺼내려고 한다. 그것으로 빛을 밝히려
하지만 종종 실패하고 그 사람은 영원히 어둠 속에 남는다. 안정감이
떠나가는데도 당신은 무심코 손을 흔들며 인사할 뿐 자신이 무슨
행동을 하는지 모른다. 열차가 언덕 꼭대기를 향해 달려가면
당신은 움츠리며 물러설 수밖에 없다. 망아지 의사, 내가 농담으로
원한에 찬 망아지 의사라고 불렀던 킴은 아주 용감했다. 현관
앞에서 다니엘에게 천둥처럼 고함을 쳤다. "내가 그 사람을 얼마나
사랑하는 지 알아? 다시는 그런 짓 하지 마! 또 누굴 쏠 거면 바로
여기서 나를 쏴 죽여" 그 모습에 놀란 다니엘은 집 안으로 한 걸음
물러섰다. 하지만 화가 치밀어 큰소리로 되받아쳤다. "다른 사람을
쏠 생각은 없었는데 네가 날 자극했어!" 서로 총을 빼앗으려고
몸싸움하다가 킴은 간이 문을 밀어 망가뜨리며 집 안으로 들어갔다.
그녀는 아주 작은 동물용 수술칼로 다니엘의 오른손 집게손가락을

잘라 버렸다. 다니엘은 거기 누워서 자기의 미래를 걱정하며 훌쩍였다. "자, 맛이 어떠냐? 이 못된 년아." 킴은 잘린 손가락을 들고 그 자리를 떠났다. 그때 나는 거실에 앉아 진을 넣은 라즈베리 차를 마시고 있었다. 비가 내리고 테드 호킨스의 노래가 전축에서 흘러나오고 있었다. 자기 애인은 맛있는 그레이비 소스 맛이 난다고 할 수 있는 사람이 세상에 얼마나 될까? 기회다 싶어 헨리에게 전화를 했더니 그는 붕대를 갈아 주려고 우리 집에 들렀다. 그는 너무나 잘생겼다. 잘생긴 의사 네 명을 섞어서 사람으로 만든 것만큼 잘생겼다. 그가 평생 일한 시간을 다 합해도 300시간도 안 될 것이다. 묘지에 누워 있지 않은 사람 중에는 그가 가장 게으른 사람일 거다. 헨리는 내 붕대에 눈독을 들여 그것을 간직하겠다고 했다. 그는 원래 이상한 인간이었다. 한번이라도 마음을 준 사람의 지문은 모두 수집했다. 상대방이 낮잠을 자는 동안 그 사람의 지문을 찍었다. 잠에서 깨어나니 웬 잉크가 손에 묻어 있다면 누군가가 당신에게 애정을 가졌던 거다. 괜찮다고, 그럴 가치가 있다고 생각하라. 사는 게 좀 힘들면 어떤가. 총알에 당신 이름이 새겨져 있지 않으면 좀 어떤가. 직장에서 해고된 말들이 먼지가 휘날리는 고속도로를 걸어 다니며 구직 활동을 하면 어떤가. 택시 운전사들이 뒷자리에 말라붙은 피를 닦으며 요금도 못 받는 세상을 저주하면 좀 어떤가. 내 모든 친구들과 적들은 실체도 없는 것을 뒤쫓으며 숨을 헐떡인다. 좌절. 불만. 극도의 비참. 썩은 미소 짓기 대회에서는 내가 일등일 거다. 사랑하면서도 왜 사랑하는지 알려고 하지 않는 사람들 때문에 내가 얼마나 힘겨웠는지 가늠할 수 없다. 혹은 미워하면서 왜 미워하는지 모르는 사람들 때문에. 킴은 문 안으로 걸어 들어오며 자랑스럽게 다니엘의 손가락을 흔들어 댔다. 그 여자는 이제 연주도 못한다. 이봐, 이제 자신을 비워. 좀 다른 걸로 변신해 보라고. 나는

그런 식으로 살아가려 한다. 헨리는 손가락을 받아 표백제 냄새가
진동하는 작업복 주머니에 쑤셔 넣고 말했다. "고마워." 나는 마음이
약해졌다. 나도 고맙다고 말했다. 그 다음 주에 병원에서 항목별
고지서가 날아왔다. 발 응급 처치에 천 달러가 넘는 요금이 부과되어
있었다. 태양은 제 말에 귀 기울이는 모든 것 위에 들꽃과 가시풀로
두툼한 카펫을 깐다. 땅을 바싹 말려 사막을 만들고, 강물을 말려
부끄러워하는 바닥을 드러낸다. 나도 당신도 엿이나 먹어라. 모든
것을 사랑해야 한다. 놈들이 당신의 심장을 파먹겠다고 협박하고,
당신은 그 광경을 지켜보면서 웃으며 죽어야 할지라도.

맛있는 소스

나는 동네에서 유명 인사가 됐다. 경찰이 나를 포르노 가게 유리창 밖으로 던져 버렸기 때문이다.

차들이 멈춰 섰다. 모두가 목격했다.

유리창 파편이 쏟아졌다. 나는 머리부터 날아 인도에 떨어졌다.

내가 비틀거리며 일어섰을 때 그 돼지들은 가게 안에 서서 나를 내려다보고 있었다. 그래도 햇빛 아래에 서 있는 건 나였다. 그들은 아직도 어둠 속에 있었다. "뭐 어쩌라는 겁니까?"

"꺼져." 경찰 중 한 명이 말했다. 그는 또 유리창을 발로 찼다.

다른 경찰은 고개를 흔들며 바지 지퍼를 올렸다.

체포되지 않아서 나는 무척 놀랐다. 내가 피를 흘리고 창피를 겪은 것만으로도 그들은 만족한 것 같았다.

보통은 이렇게 된다.

자기 인생 살기 + 남의 인생과 교차 = 감옥에서 깨어나기.

하지만 이번 한 번, 나는 걸어 나왔다. 걸리적거리는 돌들을 운동화로 차내면서. 태양, 달, 별들이 인도하는 방향이면 어디라도 갈 생각으로.

머스터드 색 컨버터블 한 대가 정체된 도로에서 빠져나왔다. 그 차에서 한 소녀가 소리를 질렀다. "야! 나 전부 다 봤어!"

"방금 봤다고?"

그녀는 차문을 열었다.

"타."

"피가 많이 나. 차가 더러워질 텐데."

그녀는 다시 손짓했다. 차에 올라탈 때 내 머리카락과 셔츠와 얼굴에서 유리 조각들이 떨어졌다.

"이건 내 차가 아니라 새엄마 차야. 피가 떨어져도 괜찮아. 새엄마 차니까."

우리는 포르노 가게 뒤쪽으로 차를 몰았다. 길이 좁았다. 나는 차 앞 유리에 나뭇가지가 부딪칠 때마다 깜짝 놀랐지만 그녀는 꿈쩍하지 않았다. 아무 것도 두려워하지 않는 운 좋은 사람들이 있다.

온통 수액으로 뒤덮이고 비바람에 시달린 나무들 사이에 풍선 인형이 하나 눈에 띄었다. 누군가가 쓰레기통에서 주워 죽은 가지들 사이에 매달아 놓은 듯 했는데, 슈퍼맨이나 슈퍼 우먼처럼 수평으로 나는 자세를 하고 있었다. 나는 그것을 가리켰지만 소녀는 무관심했다.

"저거 맨날 거기 있어."라고 대답하고 계속 차를 몰았다. "근데 그 사람들 왜 그랬어? 왜 널 창문으로 던진 거야?"

"내가 안쪽 방에 들어갔거든. 경찰들이 어떤 남자에게 수갑을 채워 놓고 자위하는 걸 봤어."

"우리가 낸 세금이 그런 데 쓰이는 건가?"

"적어도 일부는 그런 거지." 나는 피가 묻은 눈썹을 문질렀다. 몸이 떨렸다. 아드레날린이 사라지자 갑자기 힘이 빠졌다. "조용한데 가서 약이나 할까?"

소녀가 고개를 끄덕였다. "완전 콜이지."

우리는 환호성을 질러 댔고 차는 날아가듯 달렸다.

"너무 재미있어. 살아 있는 기분이야."

"오, 그건 어떤 기분이야?"

차가 부서질 것처럼 요동쳤다. 몸속 내장 하나하나가 고기로 만든 핀볼이 되어 서로 충돌하는 것 같았다. 나는 버티지 못하고 몸을 숙이다가 이마를 계기판과 부딪쳤다.

"씨발, 차 좀 세워." 나는 힐떡였다.

"알았어."

그녀는 급브레이크를 밟았다. 먼지 구름이 우리를 삼켰다.

"통증이 너무 심해. 주머니에 약이 있어. 주사 좀 놔 줘."

그녀는 두 다리를 옆으로 모으며 돌아앉아 내 얼굴을 지그시
보았다. 마치 내가 영화의 주인공이라도 되는 것 같았다. 어떤
상황이라도 낭만적으로 만들 수 있는 거다.

"쓰레기 같은 인간을 현실에서 만난 건 처음이야. 우리는 멸종해
가는 종족인데."

그녀는 환히 웃고 있었다. 멀대 같은 키. 커다란 안경. 가는
머리카락. 전혀 섹시하지 않았지만 동시에 가장 섹시한 무엇.

"내 벨트 쓸래?"

그녀는 벨트를 풀어서 내게 건넸다. 나비 무늬가 벨트 전체에 퍼져
있었다. 나는 그 중 날개 하나를 손가락으로 쓸어 보았다. 하지만
벨트가 필요하지는 않았기 때문에 그녀에게 돌려주었다.

나는 허리에 찬 가방에서 주사기와 지혈대를 꺼냈다. 그 다음
라이터와 솜뭉치로 본격적인 작업을 시작했다. 그녀는 메모지를
찾아낸 다음 자신이 다니는 대학 로고가 새겨진 펜으로 무언가를
휘갈겨 써 내려갔다.

"아주 재밌네! 이걸로 논문을 쓸 수 있을지도 몰라."

"좋은데."

"나는 마약 전공이거든. 교수님이 좋아하실 거야. 에이 플러스
플러스 플러스일 걸."

나는 주사 바늘을 찔러 넣었다.

우리는 멋진 시간 속으로 들어섰다. 우리는 육상 경기의 스타였다.

그녀는 불투명 유리로 만든 자유의 여신상이 되어 빛나다가 어느 새 평범한 미스 아메리카의 크기로 줄어들었다. 내 몸에서 떨어지는 피는 이제 피가 아니었다. 그것은 꿀이었고 미스 아메리카는 양봉업자였다. 나 덕분에 그녀는 돈을 벌 것이다. 그녀는 이 꿀을 모아 누군가에게 팔 것이다.

"너에 대한 얘기를 좀 더 해 줘…"

나는 한숨을 쉬었다. 그리고 말했다. "여기 널 위해 준비한 공짜 꿀이 있어. 예전에 꾼 꿈에서 나는 성인용품 가게를 운영했지."

"오, 꿈속에서 그런 걸 팔다니 기분이 어땠어?"

"딜도에 대해 두 가지 사실을 말해 줄게. 딜도가 하나도 없으면 사람들은 비참해져…"

나는 눈을 깜빡였다. 눈을 또 깜빡였다. 한순간 모든 것이 황홀했고 다음 순간 나는 잠이 들었다.

깨어 보니 손바닥만 한 소파 위였다. 구석에서 민속 악단이 기분 나쁜 소리로 연주하고 있었다. 전자 하프를 연주하는 키 큰 여자. 빨래 통으로 베이스를 두드리는 키 작은 남자. 요들송을 노래하는 보이지 않는 사람.

내가 죽는다면, 그게 오늘이든 내일이든, 제발 누군가가 비석에 써 주기를. "적어도 그는 민속 음악을 싫어했다"라고.

그런 노래를 부른 사람들을 싫어했다는 것도 잊지 말고.

방은 사람들로 가득했고 점점 좁아졌지만 그건 내 잘못이 아니었다. 그곳은 감방보다 별로 크지 않은 기숙사 방이었다. 불개미가 온몸에 기어오르는 것 같은 기분에 나는 공황 상태가 되었다. 펄쩍 뛰어 천장에 금이 갈 정도로 세게 머리를 부딪치는 바람에 정신을 잃을 뻔했다.

| 만인의 연인

그 방에는 학생이 수백 명은 모여 있는 것 같았다. 끈적거리는 얼굴, 할머니들이나 입을 것 같은 속옷, 여드름, 창조적인 모양의 수염. 그들이 플라스틱 컵을 흔들어 대는 바람에 사방에 와인과 맥주가 쏟아졌다. 내가 깨어난 것을 보고 그들은 열광했다. 나는 그런 반응에 익숙하지 않았다.

밴드의 연주가 멈췄다. 학생들이 환호했다.

아까 보았던 소녀는 상의를 벗은 채 마이크를 잡고 있었다.

"여러분, 제 친구를 소개합니다. 저의 특별한 친구예요!" 초소형 앰프에서 마이크가 끼익거렸다. 그녀는 모인 사람들에게, 내가 그들이 만나 본 가장 흥미로운 사람일 거라고 했다.

"… 슬레진저의 단편소설에 나오는 캐릭터 같아요."

나는 말했다. "슬레진저가 누구죠?"

"… 전투 경찰이 이 사람을 담벼락 너머로 쏘아 올렸어요."

"사실이 아닙니다."

"제 새 오빠 차 안에서 자기 몸에 청산가리를 들이부었어요."

"그것도 사실이 아닙니다."

"그리고 나서 옷에다 똥을 쌌지만 그 정도는 봐드려야죠."

나는 바지 속에 손을 넣어 보았다. 속옷이 없었다. 아마 정말 똥을 쌌는지도 모른다.

나는 소파에서 뛰어내렸다. 학생들이 내게 달라붙어서 꼼짝하기도 힘들었다. 팔꿈치와 무릎으로 밀어내려 해도 소용없었다.

소녀가 외쳤다. "화내지 마! 네가 귀한 손님이라서 그런 거라고!"

구토가 목에서 끓어올랐다.

그제야 학생들이 비켜났다.

나는 방에서 뛰쳐나와 복도를 지나가며 계속 토했다. 학교 문장이 그려진 카펫은 온통 더러워지고 말았다.

　이제 나는 네 개의 건물이 연결된 미로 같은 곳을 헤매고 있었다. 어떻게 빠져나갈지 알 수가 없었다. 나는 문이 열린 방 앞에 멈추어 섰다. 학생들이 쿵푸 영화를 보며 맥주를 마시고 있었다.

　"나가는 길이 어디죠?"

　"뭐야?" 한 놈이 일어서더니 내 면전에서 문을 쾅 닫았다. "그냥 나가면 되지!" 그는 닫힌 문에다 대고 소리쳤다.

　그것도 한 방법이군.

　다시 헤매다가 멈춘 곳은 은빛 식수대였다. 나는 거기서 입을 헹궜다.

　한 소년이 나를 보았다. 그는 창문 아래에서 다리를 꼬고 앉아 있었다. 불이 환히 켜진 학교 안과 창밖의 어둠 사이에서 명상 중인 듯 했다.

　"괜찮아?" 소년이 말했다.

　"괜찮아." 나는 대답하면서 다친 얼굴을 어루만졌다. 나는 그 소년에게서 좀 떨어진 바닥에 앉아 그를 마주 보았다.

　"이 학교 안 다니지?" 그가 물었다.

　"이 학교를 다니지는 않아. 나는 바깥세상에서 온 방문객이야. 경찰이 나를 두들겨 패는 바람에."

　"나도 방문객이야. 내 여자 친구가 이상한 파티 중이거든. 나는 평온과 고요함을 찾아 이리로 나왔지."

　"나도 비슷해." 나는 말했다.

　"경찰이 왜 널 팼어?"

　"내가 경찰의 진정한 모습을 봤거든. 그들은 비밀을 지키고 싶나 봐." 나는 말하면서 웃었다.

　"절차도 없이 널 때렸다고?

"글쎄, 아마 그럴 걸. 잘 몰라. 때릴 때도 절차가 필요해?"

"만일 누굴 합법적으로 패고 싶으면 라스베이거스에서 해야 돼. 유료 채널 라이브로. 글러브를 끼고 링 위에서. 수백만 달러를 걸어야 해. 코치도 있어야 하고. 마우스피스도 끼어야 해. 그렇게 했어?"

나는 대답했다. "아니, 라스베이거스는 아니었어. 유료 채널도 아니었고."

"그럼 불법이었네. 내 생각이 맞았어. 나는 법을 공부했거든. 변호사가 되려고. 내일 변호사 시험을 볼 거야."

"그렇구나." 내 심장이 다시 고동치기 시작했다. "넌 잘 될 거야. 척 보면 알지."

그가 말했다. "손 좀 내밀어 봐, 형제여."

손을 내밀 정도의 기력과 현명함은 남아 있었다. 그는 내 손바닥에 전화번호를 썼다.

"다음에 문제가 생기면 나에게 바로 전화해. 내가 달려가서 법적 대리인이 돼 줄게. 영적 스승도 돼 줄게. 인생이라는 오를 수 없을 것 같은 산을 함께 등반하는 세르파가 되어 줄게."

나는 할 말을 잃었다.

"사람들을 돕고 싶다니." 나는 믿을 수가 없어서 멍해졌다. "대단하군. 나는 동물원의 동물이라면 하나도 빼놓지 않고 다 만나 봤어. 숨어 버리는 동물, 훔치는 동물, 상처를 입히는 동물 다 봤다고. 하지만 내 변호사가 되려는 동물을 만난 건 처음이야."

소년이 웃으며 말했다. "난 친구가 되고 싶은 동물이야."

___
종소리

불길한 일이 생길 것만 같았다. 그래서 잭슨 거리의 흑인
점쟁이를 만나러 갔다. 모자 가게 건너편에 점집을 열고 복채로
5달러를 받는 여자였다.

가게 안에 빽빽한 인공 자작나무 숲이 있었고 연기가 자욱했다.
야광 손전등을 따라 뒤쪽으로 오시오. 까마귀 우는 소리는
무시하시오.

살아 있다는 것이 늘 그렇듯 이곳도 좀 지나쳤다.

우습게도 이곳이 한때 써니컵 타이어 가게였던 것이 생각났다.
불량 타이어 한 세트 때문에 그 가게는 망했다. 그 다음은
여행사였다. 몬순 기후의 열대 우림 지대로 가고 싶으세요? 아니면
끝없는 사막의 경계로? 그렇다면 양복에 넥타이를 맨 저 분에게
말씀하세요.

자, 어떤 바보라도 자기 운명은 즐겁게 감내할 수 있는 법이다.

점쟁이는 가게 안쪽에 천막을 쳐 놓았다. 거기 들어서자 향기로운
연기가 나를 감쌌다. 그녀는 어깨가 드러나는 블라우스를 입고,
피에 푹 젖은 듯한 새빨간 보석을 온몸에 휘감고 있었다. 특수 조명
때문에 그녀의 치아가 달처럼 빛났다. 내 치아도 그렇게 빛났겠지.

그녀는 아기 용의 해골을 내게 건네며 꼭 쥐고 있으라고 했다.
나는 그렇게 했다. 독일 셰퍼드의 뼈라는 걸 모르는 척하면서. 내가
어울려 약을 하는 모임에 수의사들이 있다. 그래서 나는 동물의
왕국에 대해 알 건 다 안다.

그녀는 내게 문제가 뭐냐고 물었고, 나는 그녀의 브라에 7달러를
끼워 넣으며 말했다. 단편소설을 몇 편 썼는데 사람들이 읽을 만한지

알고 싶다고. 그녀의 룬 문자인지 뼈다귀인지에게 그 소설 수준이 어떤지 물어봐 달라고.

흠, 뭐에 대한 소설인데? 그녀는 피곤한 듯 한숨을 쉬며 말했다.

그냥, 한 남자가 직장 주차장에서 목 잘린 머리통을 발견하는 얘기예요, 내가 말했다. 그 머리의 긴 얼굴은 광대뼈가 두드러지고 아주 매력적이죠. 그는 그걸 집으로 가져가서 아내와 쓰리썸을 시도합니다. 하지만 그의 아내가 정말 화를 내요. 그녀는 자기 몸매가 남편에게 충분히 섹스어필하기 바랐지만 실제로는 그렇지 못한 것 같아 항상 불안했거든요. 결국 그 남자는 잘린 머리와 단 둘이 섹스를 하고 아내는 온라인 데이트 업체의 광고를 클릭하면서 이야기가 끝나요. 하지만 반전이 있죠. 데이트 광고를 올린 건 잘린 머리통의 몸통이라는 거예요. 몸통은 아직 감각이 멀쩡했고 그 아내처럼 사랑을 찾아 헤매고 있었어요.

그 점쟁이의 눈동자가 머리 뒤쪽으로 돌아가 흰자위만 보였다.

나는 소설에 대해 이야기를 계속했다. 또 다른 단편도 썼어요. 비슷한 얘기예요. 이번에는 어떤 여자가 슈퍼마켓 멜론 더미에서 똑같은 머리통을 발견해요. 미킨 거리에 있는 그 슈퍼마켓 말이에요. 그녀도 잘린 머리를 집으로 가져가서 아내에게 쓰리썸을 제안해요. 하지만 여자의 아내는 쓰리썸을 하는 도중에, 잘린 머리가 여자라기보다는 남자라는 걸 깨닫죠. 그녀는 자기 아내가 사실은 남자에게 끌리는 건 아닌지 늘 의심하고 있었어요. 그날의 섹스 후 둘의 관계는 변해요. 물론 나아진 점도 있고 악화된 점도 있어요. 인생은 그런 거잖아요. 이 소설에 반전은 없어요. 인생이 그렇듯이요. 사람들은 그저 천천히 멀어지죠. 머리통 때문에 그 여자들의 사이가 끝장나지는 않아요. 그들은 그걸 슈퍼마켓에 다시 가져다 놓아요. 머리통은 2주일 동안이나 슈퍼마켓에서 천천히

썩다가 결국 다른 멜론들과 함께 버려지죠. 그 소설의 초안은 더
파격적이었어요. 잘린 머리통에는 고정된 성별이 없었거든요. 성
정체성이 유연했다고나 할까요? 하지만 합평을 해 주는 문우들이
극구 말리더군요. 게다가 문우들은 제가 잘못된 의식을 갖고
있다고 비난했어요. 다자간 연애는 지속 불가능한 것처럼 암시하고
있다면서요. 제가 말했죠. 씨발 그냥 잘린 대가리잖아.

저는 잘린 머리통의 관점에서도 소설을 썼어요. 그 버전에서는
머리통이 맥아더 천재 장학금을 받은 걸로 돼 있어요. 머리가 그
상을 받은 이유는 쓰지 않았어요. 그런 게 궁금할 리도 없잖아요.
그 이야기는 이인칭 시점으로 썼어요. 화자는 '당신'이에요. 결론에
이르면 '당신'이 잘린 머리통이라는 게 드러나죠. 하지만 시작
부분에서는 '당신'은 평범해요. 그냥 다들 천재라고 부르는데다
몸매까지 완벽해서 거리를 걷기만 해도 사람들이 다가와서
하룻밤을 함께 보내자고 유혹할 뿐이죠. 어느 날 집에 돌아온
'당신'이 냉장고를 열어보는데 핫도그가 없어요. 이 우울한
세상에서 그 무엇보다도 사랑하는 핫도그가요. 그래서 가게에
가서 새로 사오지만 예전만큼 맛이 없는 거예요. 그 순간 '당신'은
깨닫지요. 살아 있으면 모든 것이 매일매일 악화될 뿐이라는 것을요.
'당신'은 너무나 섬세한 여자이기 때문에 원형 톱으로 자기 머리를
잘라 버려요. 그 다음에는 죽어서 중성이 된 아름다운 머리통과
오르가즘을 느끼는 여러 커플이 등장해요.

흑인 점쟁이가 머리를 흔들었다. 구슬이 달린 머리카락에서
유리가 빗물처럼 떨어지고 그녀의 벼락같은 목소리가 텐트를
뒤흔들었다. 소설들이 최악이야! 아무도 이 따위 이야기는 안 읽어.
왜 그런 소설을 쓰는 거야?

그녀는 내 대답을 기다렸으나 나는 할 말이 없었다.

그녀는 말했다. 시작과 중간과 끝이 있는 소설을 쓰라고. 3막 구조로, 등장인물들이 귀중한 교훈을 얻고 변화를 겪는 소설 말이야. 신데렐라 스토리 같은 건 어때. 그건 인간 정신의 승리에 대한 이야기잖아. 아무 의미 없이 시체랑 즐기는 얘기 말고. 그런 얘기를 쓰면 독자들이 작가에게 화를 낸단 말이야.

나는 진심으로 그녀의 말에 귀를 기울였다. 그녀의 뒤쪽 벽 액자 속에 뉴요커 매거진에서 온 편지가 들어 있었기 때문이다. 누군가 손으로 직접 쓴 편지였다. 그녀의 글을 거절하긴 했지만 편지는 찬사로 가득했다.

전생에서 그녀는 다른 사람이었을 거다. 이 생에서도 다른 사람이었을 수 있다. 나는 지인들의 얼굴이 떠오르며 궁금해졌다. 다들 전생에 무슨 일을 겪었을까.

사람들은 그냥 걷고 말하다가도 때로는 천둥번개처럼 우리 발밑을 내리쳐서 잠시 머리를 쭈뼛 서게 한다. 하지만 그들은 곧 사라져 버린다. 우리가 알지 못하는 미지의 세계로.

나는 그 점쟁이의 뺨을 매만지며 말해 주고 싶었다. 당신은 이 쇼핑몰에서 살아남지 못할 거라고. 하지만 그녀도 그쯤은 알고 있었을 거다. 단돈 오 달러에 미래를 예측하겠다는 사람들은 아침, 점심, 저녁 끼니 대신 고통을 삼키고, 잠들기 전에는 아이스크림 선데까지 먹어야 하는 불행한 운명에 처한 것이다.

알람음이 울렸다. 내 상담 시간이 끝났다는 뜻이었다. 그녀는 손을 내밀었다. 나는 아기 용의 해골이라고 믿는 척 했던 저먼 셰퍼드의 해골을 돌려주었다.

해골을 돌려받은 다음 그녀는 35달러에 오럴 섹스를 할 수 있다는 뉘앙스를 흘렸다. 텐트 안에 잠시 어색함이 흘렀다. 나는 그녀에게, 한창때는 내 페니스를 입에 넣으려면 50달러는 내야 했다고 말했다.

그녀는 나와 악수하며 말했다. 축하해.

나는 텐트에서 나왔다. 인공 안개와 인공 숲 너머로 차들이 천천히 지나가고 있는 잭슨 거리가 보였다. 우리 마을 인구가 매년 줄어들고 있었기 때문에 나는 어떤 차가 누구 소유인지 잘 알았다.

나는 개구리처럼 웅크리고 앉아 안개에 파묻혔다. 더 이상 지금까지처럼 존재하고 싶지 않았다. 형제여, 제 말을 믿어 주세요. 저는 차라리 프리랜서 동물이 되겠습니다. 야생 동물 말입니다. 미끌거리는 개구리는 어떨까요. 녀석보다 더 프리랜서다운 동물은 없겠지요. 추억도 예술도 의심도 없는 게 차라리 낫겠습니다.

하지만 나는 이 모든 한심한 인간들과 한심한 인간사를 견뎌 내야 한다. 무언가 하늘에서 날아와 나를 덮치고 얼굴을 반쪽 낸 다음 뇌를 후루룩 들이마셔 준다면! 그렇게 해줄 놈이 있을 리 없다. 하지만 그런 일이 일어났으면 좋겠다. 이렇게 표현해 볼까. 나를 먹을 만큼 커다란 매를 찾아낼 수만 있다면 기꺼이 그 매에게 먹혀 죽는 것을 택하겠다.

아, 저기 매가 나타났다. 예전 여자 친구가 모자 가게 주차장으로 들어서고 있었다. 점집을 떠나는 모습을 그녀에게 들키고 싶지 않았다. 그녀는 내가 흑인 점쟁이와 한 판 떴다고 오해하거나, 내가 점이나 보러 다니는 미친놈이라고 여길 것이다. 나는 웃음을 터뜨렸다. 전 여자 친구는 아직도 그 써니컵 타이어를 장착한 채 운전하고 있었다. 조만간 그 타이어들은 터져 버릴 것이다.

안개가 내 주위를 맴돌았다. 점쟁이가 새로운 주문을 외우는 소리가 들렸다. 전화가 왔는지 그녀 휴대폰에서 '얼마나 아름다운 세상인가' What A Beautiful World가 흘러나왔다. 그녀는 전화가 끊어질 때까지 내버려 두었다가 가게 안이 다시 조용해지자 주문을 계속 외웠다.

나는 기다렸다. 전 여자 친구가 커다란 머리통에 새 모자를 얹고 모자 가게에서 걸어 나왔다. 나는 그녀의 차가 움직이기 시작해서 점점 멀어지는 것을, 기꺼이 숨기고 싶은 추잡한 과거 속으로 빨려 들어가는 것을 지켜보았다.

　문을 열자 종이 딸랑거렸다. 나는 밝게 햇살이 비치는 잭슨 거리를 지나 한 바에 들어갔다. 그곳 책장에 꽂힌 습기 먹은 백과사전들 사이에 나의 소설용 공책들이 숨겨져 있었다. 목재소 사람들에게는 내가 작가라는 걸 알리고 싶지 않았다. 그들은 그 바에 갈 꿈을, 꿈도, 꿈조차 꿀 리 없었다.

　묘지를 가로질렀다. 비석들을 뛰어넘으며 점쟁이와의 대화를 떠올렸다. 그녀가 내 소설의 교훈이 뭐냐고 물었을 때 내 대답은 이랬다.

　"사실 제 소설에는 전부 똑같은 교훈이 있어요. 섹스는 사람과 하는 것이 아니라 그 사람에 대한 생각과 하는 것이라는 교훈이요."

　그녀의 눈알이 제자리로 돌아왔다. 그녀의 눈동자는 내 멍청한 본모습을 꿰뚫어 보고 있었다. 아아아아, 이렇게 하면 모든 문제가 해결되겠군. 교훈 같은 건 다 없애 버려.

나는 잘 때도 소중한 기타를 꼭 쥐고 놓지 않았다.

그 정도로 그것을 사랑했다.

하지만 내가 샤워하는 동안 댄 메이웨더가 방에 몰래 들어와 기타를 가져갔다. 나는 그를 잡으러 마을을 가로질러 갔다. 그가 자기 집 앞에서 기타를 치고 있을 거라고 생각했던 것이다. 그러나 그는 거기 없었다.

룸메이트가 말했다. "걔 시카고로 떴어."

나는 주소를 받아 적고 버스에 올라탔다. 시카고에서 문을 두드리자 자주색 모자를 쓴 키 큰 여자가 나와 쪽지를 건넸다.

쪽지에 이렇게 적혀 있었다. 농장에 처박혀 살면서 좋다고 웃는 놈들에게 전해. 나는 바이바이. 활짝 핀 황혼 속으로 그림자처럼 스며들어, 어디에든 있고 어디에도 없으리라. 나와 기타 여섯 줄.

"어디 간 거죠?" 나는 키 큰 여자에게 물었다.

그녀는 메모를 들여다보았다. "흠. 바이바이가 테네시에 있는 마을인가요?"

그녀를 밀치고 집 안으로 들어가 모든 방을 뒤졌지만 그는 보이지 않았다. 나는 화장실에 놓인 두 권의 잡지 사이에서 정부 기관의 편지를 발견했다. 육군 입대를 환영합니다!

"그 새끼가 내 기타를 정글로 가져갔나 봐!"

나는 루이빌로 돌아왔다. 달콤하게 노래하는 가수, 내 사랑 에비가 있는 곳. 그녀가 말했다. "그 기타는 잊어버려. 다른 기타를 한 대 사."

나는 고개를 흔들었다. "그 기타가 있어야 해. 우리

증조할아버지가 심은 나무로 할아버지가 만들어 주신 거야. 그 나무는 비가 올 때마다 번개에 맞았지만 쓰러지지 않았어, 에비. 항상 당당하고 꼿꼿하게 서 있었다 이거야. 할아버지가 베어 버리기 전까진."

"이제 우린 어떻게 음악을 하지?"

나는 입을 열어 대답하려다 고개만 흔들었다.

그녀는 말했다. "아무 것도 누구의 소유물이 아니야. 나도 이렇게 너의 손가락 사이로 빠져나가잖아." 간이 문이 쾅 닫혔다.

나는 그날 밤 머리를 밀고, 아침 태양이 옥수수 위로 솟아오를 때 입대하러 떠났다. 누굴 죽이고 싶은 것도, 신과 조국을 위해 무언가를 증명하고 싶은 것도 아니었다.

내 기타를 찾으려는 것뿐이었다.

훈련 1일째.

"켄터키 출신 왕눈이를 본 사람 없어요? 단풍나무로 만든 어쿠스틱 기타를 들고 있을 텐데요."

훈련 2일째.

"못생긴 놈이에요. 코는 뭉개진 큰 딸기 같고 눈은 혐오스러워요."

훈련 9일째.

"그 새끼는 내 음악을 전혀 좋아하지 않았어. 내가 연주를 하면 방해만 하고, 멍청한 짓을 하게 부추겼어."

훈련 30일째.

"그놈은 기타도 못 쳐. 내가 누굴 찾는지 알 거야. 기타 못 치는 놈. 들어 주는 게 고문인 놈."

훈련 60일째. 폭풍우 속 보트 위에서.

"그놈 이마에 움푹 팬 곳이 있어. 내 오토바이 핸들 위에 타고 트랙터를 뛰어 넘으려다가 박은 거야. 우리가 아직 어려서 무모할 때였지."

소득이 없었다. 그의 행방을 아는 사람은 아무도 없었다.

그래서 나는 죽음을 향해 더 깊이 빠져들었다. 공포스러운 죽음의 숲에서 불과 일주일을 버틴 후 나는 완전히 변했다. "여기 무서운 군인 납신다!" 소리 지르며, 호랑이가 우글거리고 종일 비가 내리는 정글을 누볐다.

기관총을 늘어뜨린 채 순찰을 돌면서 나는 C 코드에 대해 생각했다. C 코드를 짚는 것은 얼마나 쉬운 지 아무나 할 수 있을 정도다. 원시인이라도 할 수 있을 거다.

지붕들 위로 수류탄을 던지며 D 마이너에 대해서도 생각했다. 새끼. 약지. 중지. 집게손가락의 그 달콤한 불협화음. D 마이너는 정말 별 거 아니다.

초가집들을 불태울 때는 F# 코드를 상상했다.

여우 굴과 동굴들을 뒤지면서 나는 댄 메이웨더의 이름을 불러 댔다.

휴가 때, 역에 설 때마다 나는 댄 메이웨더를 보았냐고 물었다. 창녀촌과 썩은 마룻바닥의 바에서도.

전 세계 어디에서 복무하든 계급이 무엇이든, 어떤 미군도 그의 소식을 듣지 못했다.

다낭의 미케 해변에서의 전투 후, 나는 피투성이가 된 손으로 댄 메이웨더의 얼굴을 그렸다. 파도가 밀려와 그림을 쓸어갔다.

폭포 주위를 순찰하면서도 B 메이저를 튕기는 몽상에 빠졌다.

어느 날 밤에는 이국적인 기타 소리에 잠을 깼다. 야자수 잎 침대에서 빠져나와 미끄덩거리는 진흙 속을 기어가 주위를 염탐했다. 쏟아지는 폭포수 아래에서 적군 한 명이 기타를 연주하고 있었다.

나는 소총을 겨누었다.

하지만 발사할 수 없었다.

노래가 너무 아름다웠다. 모르는 곡이었지만.

나는 다시 기어 들어와 잠이 들었다.

다음날 아침, 사방에 폭발음이 일었다. 비행기들이 날아다니며 실수로 우리를 폭격했다. 젠장할 우리 편 비행기들이.

나는 강에 뛰어들었다. 농장에서의 옛 인생에서 더 먼 곳으로 떠내려갔다.

나는 마을들 사이의 그림자가 되었다. 몸을 숨기고 낮에는 이동하지 않았다. 나는 배를 타고 전장에서 벗어났다. 후회는 없었다.

네덜란드의 모텔에 머물렀다. 댄 메이웨더를 뒤쫓을 단서는 하나도 없었다. 그는 암스테르담의 홍등가에 대해 떠벌리곤 했다. 하지만 빨간 창문을 모조리 두드렸는데도 그를 찾을 수 없었다. 나는 모텔 창문 밖 가로등이 켜진 거리를 내려다보면서 패배감을 느꼈다. 이제 갈 곳이 없었다.

쪽지 하나가 방문 아래로 들어왔다.

"네 기타를 에베레스트 산 꼭대기에 가져다 놓았어. 내가 항상 꿈꾸던 대로."

나는 복도로, 거리로 달려 나갔지만 아무도 보이지 않았다.

셰르파들은 고개를 저었다. 내가 등반 훈련을 제대로 받지 못해서 안 된다고 했다. 그곳은 공기가 희박해서 나를 보조하는 데 이만 달러는 든다고 했다. 셰르파 대장이 말했다. "새 기타를 사지 그래요."

나는 말했다. "우리 할아버지가 직접 만들어 주신 기타예요. 증조할아버지가 심으신 나무로요. 그 나무는 비가 올 때마다 벼락을 맞았지만 쓰러지지 않았어요, 텐징. 그 나무는 꼿꼿이 서 있었다고요. 할아버지가 잘라 낼 때까지 말예요."

텐징은 어깨를 으쓱했다.

나는 평생 모은 돈을 건넸다. 농장의 내 지분에 대한 증서도 내놨다. 어느 수요일 아침 우리는 산을 오르기 시작했다.

목요일, 혈관과 심장이 얼어붙을 것 같았고 이빨이 덜덜 떨렸다.

금요일, 왼손, 즉 코드를 잡는 손이 얼었다.

토요일에는 더 꽁꽁 얼었다.

일요일에 그 손이 새까매졌다.

월요일 아침에 깨어 보니 나의 왼손은 사라졌고 온 몸에 열이 나서 불덩이 같았다. 텐징이 잘린 손을 건네주었다. 내 목숨을 구하기 위해 잘라낸 것이다.

그래도 우리는 계속 등반했다.

셰르파 일부는 돌아갔다. 나는 계속 갔다. 그들 대부분이 돌아갔다. 나는 더 높이 올라갔다. 손은 한쪽만 남았지만 계속 갔다.

산 정상에 도착했을 때 예상대로 댄 메이웨더가 눈 속에 그림을 남겨 놓았다. 두 개의 원.

미소 짓는 원 하나. 찡그린 원 하나.

둘 중 하나를 선택하라는 말 같았다.

나는 산 아래로 내려왔다. 집으로 돌아가는 여행은 더 힘들었다.

농장은 고요했다. 놀랍게도 아무도 농장을 빼앗아 가지 않았다. 이제 그것은 내 것이 아니었는데도.

나는 십 삼년 동안 옥수수 밭에 크롭서클을 만들었다.

에비가 한번 만나러 와서 물었다. "지금도 기타 쳐?"

나는 옥수수 대를 들어 보였다.

"아니"

다음 봄에 검은 차가 왔다. 운전자는 수염이 있었고 검은 모자를 썼다. 근처에 사는 사람같아 보이지 않았다. 하긴 요즘 이 동네에 누가 살기나 하나?

그는 차에서 내려 내 이름을 물었고, 나는 대답했다. "네, 그게 제 이름이에요."

그는 말했다. "유감입니다. 댄 메이웨더가 지구를 떠났어요."

"댄이 내 기타를 화성으로 가져갔단 말인가요? 그 얘기를 하려는 건가요?"

"아니요, 그 분이 돌아가셨다는 말씀입니다."

"오, 명복을 빕니다. 싸우긴 했지만 그는 내 절친이었죠. 함께 자랐거든요."

"왜 싸웠어요?"

"기억이 안 납니다."

"이해해요."

기사는 가방을 열었다. 거기에 내 기타가 있었다.

우리는 잠시 묵묵히 서 있었다.

인생이란 무얼까 생각하면서. 그리고 죽음을 사색하면서. 마당 저편에서 새 한 마리가 나무에 앉아 슬프게 노래했다. 일 년 전에 그 나무를 심었다. 하지만 아직 번개가 치지 않았다.

기사는 한숨을 내쉬며 말했다. "정말 멋진 기타네요."

당연하죠. 나는 기타를 집어 들었다.

높이 치켜들어 이리저리 살펴보았다. 감탄스러웠다. 햇빛에 얼마나 반짝이던지.

그리고 나는 기타를 트랙터에 내려쳤다. 나무 파편이 사방으로 튀고 기타줄이 금속 채찍처럼 날아다녔다.

기사는 펄쩍 뛰며 나를 바라보았다. 그리고 차에 올라타 먼지를 일으키며 사라졌다.

기타 안에 들어 있던 사진이 진흙 속에 떨어졌다. 색 바랜 폴라로이드였다. 나는 욱신거리는 손가락으로 깨진 나무 조각과 젖은 쓰레기 사이에서 그것을 주워 들었다. 그리고 표면에 묻은 것들을 털어 냈다.

나와 내 친구의 모습이었다. 기타를 치는 내 옆에 그가 있었다. 예전에 늘 그랬듯이.

사진의 뒷면에 이렇게 쓰여 있었다. "너는 거기 앉아 있기만 했을거야. 언제나, 영원히, 끝까지."

나는 그 사진을 뒷주머니에 넣었다.

없어진 내 손이 들리지 않는 G코드를 연주하기 시작했다.

그 손은 사라진 기타의 부서진 목을 애무하다가 A7 코드로 위치를 바꿨다.

그리고 나는, 나는 기타 줄을 튕기기 시작했다.

여러분 (여러분, 여러분, 여러분)

슬픈 눈의 아이가 자리에 앉아 사망 기사를 쓰고 있다. 하하. 모든 사람의 사망 기사. 자기 자신을 포함해서. 진짜 죽은 사람은 아무도 없다. 그의 부모 말고는. 그들은 선반 위 구리 단지 안에서 쉬고 있다.

수수료를 내야 한다. 아이는 물려받은 돈을 긁어모은다. 송금 버튼을 누른다. 열려 있는 창문 밖으로 컴퓨터를 던진다. 컴퓨터는 정원으로 떨어져 박살이 난다. 아, 기분이 훨씬 좋아진다.

다음 날 모든 이가 알게 된다. 신문에 뉴스는 하나도 없고 사망 기사만 실려 있다. 모든 이의 친구, 가족, 적, 상사, 현재 애인과 전 애인들. 흠, 이 일을 어떻게 받아들이지?

신문의 헤드라인. 삼가 모두의 명복을 빕니다.

그것을 처음 본 사람은 한 번도 휴가를 간 적이 없는 여자다. 그녀는 남편을 깨운다. 남편은 살아 있다. 그는 아직 해도 뜨지 않았는데 왜 깨우냐고 소리 지른다. 그녀가 베개로 얼굴을 내리치자 그는 웃는다. 그는 여전히 숨을 쉬고 살은 분홍빛이고 전부 정상이다. 그녀는 그의 맥박과 당을 측정한다. 그것도 멀쩡하다.

그녀는 24시간 연중무휴인 변호사 사무실로 황급히 달려간다. "안녕하세요, 보험금을 타러 왔어요."

그녀는 주머니에서 남편의 사망 기사를 꺼내어 변호사에게 보여 준다. 변호사는 서류 작업을 시작한다. 하지만 비서에게 인터컴이 온다. 법원에서 온 전화 때문이다. 그는 이제 변호사 일을 할 수 없다고, 오직 묘지의 악령이나 도깨비, 억울하게 갇힌 영혼들만

변호할 수 있다고 전한다. 변호사는 자기 이마로 도장을 찍는다.
지급 거부.

여자는 돈을 받지 못한 채 집에 돌아온다. 남편은 하와이안 셔츠를
입고 파나마 모자를 쓰고 있다. 그녀는 울부짖는다. "당신이 살아
있어서 정말 기뻐."

남편과 아내는 창문 밖을 내다본다. 이미 소식이 퍼졌다. 드디어
모든 사람에게 공통점이 생겼다는 소식이.

대혼란. 또는 환희. 모두가 몰려나온다. 모두가 사망자다. 간호사.
청소부. 성 매매자. 피아노 조율사. 치위생사. 조류 관찰자. 방화범.
술주정뱅이. 기술자. 플로리스트. 이 물질적 세상의 천사와 악마.
모두가 0세였다.

성당 문을 왈칵 열고 벌거벗은 수녀들이 길거리를 달린다.
천국은 없다. 그들은 속았다. 학생들은 학교 건물에 불을 지른다.
와 세상에나. 타는 것 좀 봐, 온갖 색의 향연이네. 아, 저기, 저기!
선생들이 이리 뛰고 저리 뛰는 꼴 좀 봐. 안경이 재로 뒤덮여서
아무 것도 안 보이나 봐. 강으로 달려가 머릿속의 쓰레기들을 씻어
내고 있어. 다른 것들도 불탄다. 감옥, 술집, 그리고 장례식장.
소방관들은 아무도 구하려 들지 않는다. 마음 깊은 데서는 정말
소방관이 되고 싶었던 적이 없기 때문이다. 그들은 도끼로 제과점의
두꺼운 유리창을 깨고 선반 위에서 식어 가던 파이들을 훔친다.
소방수들의 입이 윌귤과 키라임으로 불룩하다. 쿠키와 도넛도 먹고
있다. 이제 토하는 중이다. 어린 애들처럼 어찌할 바를 모르고 마구
지껄이면서. 경찰들은 자기들끼리 비밀 동굴에 숨는다. 촛불에
의지해 카드놀이를 한다. 종말 후 세계에 경찰만 살아남을 방법을
강구하면서. 그동안 시장은 자기 얼굴이 그려진 은빛 풍선을 타고
멀리 날아가고 있다.

여러분 (여러분, 여러분, 여러분)

마을 변두리에서는 한 남자가 창문 안으로 뛰어들어 여동생의
남편과 열정적인 섹스를 한다. 여동생은 광활한 들판에서 혼자 힐링
중이다.

마을 외곽의 칠흑 같은 어둠 속에서 한 소녀가 아기를 낳는다.
새들은 늘 그렇듯 무심하게 지저귄다.

가장 부유한 지역에서는 사망한 의사와 금융가들이 집안
스테레오 볼륨을 최대한으로 높이고 헤로인을 맞는 중이다.
미술관은 피 묻은 핸드 프린트로 가득 찬다. 그것들은 영원하지 않기
때문에 하나하나에 서린 공포가 독특하고 아름답다.

자동차 대리점도 텅 비었다. 사람들이 와서 이렇게 말하기
때문이다. "이봐요, 제일 화려한 차에 풀 옵션을 넣어서 사후 세계를
달려 보고 싶어요. 하게 해줘요, 부탁이에요, 내 말대로 해 줘요."
누가 막겠는가.

사망 기사를 쓴 아이가 방에서 깨어난다. 인터넷을 확인한
아이는 공황 상태로 웃어 대다가 웃음을 멈춘다. 다리가 붕괴된다.
해결된 것은 아무 것도 없다. 그는 모든 것이 산산조각 나고 있다는
것을 인식한다. 그는 여전히 혼자다. 엄마 없이. 아빠도 없이. 그는
휴대폰을 변기에 떠내려 보낸다. 텔레비전을 발로 찬다. 알버트
아인슈타인의 위인전으로 자기 얼굴을 후려친다.

아이를 저주하는 소리가 들려온다. 그늘진 뜰에 사람들이
모여 든다. 그들은 아이가 한 짓을 알고 그의 내장을 먹어 치우려
한다. 소년은 창문으로 기어 나가 가파른 지붕 위로 올라간다.
지붕 꼭대기까지 올라가 풍향계를 움켜잡는다. 군중은 쇠갈퀴와
타오르는 횃불을 들고 있다. 무식한 것들. 훤한 대낮이라 불을 비출
필요도 없고 벽돌집이라 불이 붙지도 않는데. 아이는 모두에게 침을

뱉으려 하지만 침은 그렇게 멀리 날아가지 않는다. 군중은 잔디밭에 불을 지르려 하지만 불이 붙지 않는다.

신경이 곤두선 아이는 지붕널을 떼어 군중에게 던지기 시작한다. 하지만 곧 해결책을 떠올린다. 그는 주머니에서 흰색 크레용을 꺼내어 지붕널에 무언가를 쓴 다음 군중 한가운데로 떨어뜨린다. 한 노인이 몸을 굽혀 그것을 주워 올린다. "이게 뭐냐?"

소년이 소리 지른다.

"씨발, 아무 것도 안 쓴 출생증명서잖아요!"

노인의 눈이 빛난다. "오케이."

"증명서를 채워요!"

한 여성이 지갑을 연다. 여자는 립스틱으로 자기가 원하는 대로 증명서를 채운다. 달라지는 건 없다. 그녀가 다시 태어날 뿐이다. 아이는 그녀가 분노한 폭도 무리에서 걸어 나가는 것을 본다. 사방으로 뛰어다니며 모든 것을 때려 부수는 성난 군중 사이를.

남은 군중은 여전히 광란에 휩싸여 있다. 그들은 그 집 창문을 깨부순다. 안으로 난입해 수도꼭지들을 전부 열고 셔츠를 벗어 하수구를 틀어막는다. 순식간에 집에 물이 흘러넘친다. 군중이 계단으로 쿵쾅거리며 올라오는 소리가 아이에게 들린다. 그들은 그의 방과 물건들을 뒤져 부고의 초고들을 찢어 버린다. 아이가 군중의 부모와 그 자식들 그리고 사랑하는 지인들을 위해 쓴 것이다.

아이는 지붕널을 미친 듯이 던진다.

지붕널 한 장 한 장은 아까처럼 아무 것도 쓰여 있지 않은 출생증명서다.

그것을 받은 사람들은 눈을 반짝이며 주위를 둘러본다.

야호. 이제 나는 내가 아니어도 된다.

아니면, 야호, 나는 나를 좋아했으니까 다시 내가 될 거야. 나는

여러분 (여러분, 여러분, 여러분)

이제 내가 원하는 사람이 되었음을 여기 공식적으로 선서하는 바이다. 은총의 번개에 맞았으니 당신의 위대하심과 자비와 은혜에 감사하나이다.

그래도 사람들은 거실 천장을 뚫고 다락방으로 몰려와 아이가 있는 지붕으로 달려든다. 꽁지머리를 한 소녀가 분노를 참지 못하고 그를 지붕 너머로 밀어 버린다. 그는 아래에 있는 군중 속으로 떨어진다. 사람들이 손을 뻗어 그를 받아 낸다.

그들은 아이를 마을 곳곳으로 끌고 다닌다. 아이는 쓸 수 있는 모든 곳에 출생증명서를 휘갈겨 써 준다. 냅킨, 속옷, 주차권에. 거리에 버려진 고가의 미술품에도.

해가 질 때 즈음, 타오르던 불은 모두 꺼진다. 사람들은 다시 차분해진다. 그들의 마음에 고통스러운 영생의 기쁨이 차오른다.

사람들이 아이를 묘지로 데려가 잎이 날카로운 풀밭에 앉힌다. 인생은 잠시 숨을 참는다. 아이는 긴장을 풀고 보름달을 보며 눈물 짓는다. 달은 외계에서 썩어 가며 이 땅의 피조물에게 기쁨과 고통을 한 방울씩 떨어뜨린다.

아이는 운다. 그의 부모를 위해 새 출생증명서를 쓸 수 없으니까. 침입자들 때문에 단지가 벽난로 선반에서 떨어졌다. 부모의 시신을 태운 재는 러그 위에 쏟아졌다가 계단을 타고 흘러넘친 물에 씻겨 내려갔다.

진짜 죽음 앞에서 할 수 있는 일은 없다. 아이는 자기 자신을 위해 새로운 출생증명서를 쓴다. 이제 그는 누구의 아들도 아니다. 누구와도 혈연관계가 없다. 누구의 소유도 아니다. 그는 부모를 애도하지만 이제 그들에게 속하지 않는다. 그는 다른 사람들에게 속한다.

어쩌면, 뒤죽박죽인 가사로 불확실한 미래를 노래하며 손잡고 있는 묘지 안의 모든 이에게 속할지도 모른다.

산들바람에 사로잡힌 행복한 사람들. 삶이 뒤틀린 사람들. 대격동과 충격에 빠진 덕분에 정지 상태에서 벗어난 사람들. 한때 기어 다녔으나 이제 두 발로 선 사람들.

오 안 돼. 그들만은 안 돼.

노래를 불러라, 희망의 노래를 불러라. 그것이 아이의 새로운 이름이다.

사람들은 앞뒤로 몸을 흔들며 그의 새로운 이름을 큰 소리로 노래한다. 서로 기대어 다정한 포옹을 나누는 사람들. 눈에는 눈물이, 입술에는 아이의 새로운 이름이.

그리고 마침내 아이는 고개를 들고 말한다.

닥쳐. 제발. 좆같은 입을 닥치라고. 잠깐 숨 좀 돌리고 다시 다 죽여 버릴 거야.

여러분 (여러분, 여러분, 여러분)

그의 이름은 '보'라고 정했다. 특별한 이유는 없었다. 내가 이 소설을 쓸 때 게을러졌었는지, 더 나은 이름을 떠올릴 수 없었다.

보는 행복하지 않았다. 종말 이후 몇 개 남지 않은 인간 공동체의 구성원으로 살 수 있다는 걸 감사해야 마땅했는데. 아, 정말 그랬는데.

어느 수요일 아침, 그는 결단을 내렸다. 한 번 뿐인 인생, 위험을 감수하더라도 더 많은 경험을 하고 싶다고. 정신이 마비될 것 같은 안전제일 주의는 이제 그만. 겁쟁이처럼 양떼만 돌보는 생활, 털을 빗질해 주고 배 터지게 먹이고 똥 치워 주는 일도 이제 그만. 32년이면 충분했다.

그는 피난소를 가로질러 양떼의 지도자 토드에게 말했다.

"사직서를 내려고요. 2주 미리 말씀드려요."

토드는 당황해서 말했다. "뭘 낸다고?"

사직서라는 말을 들어 본 사람은 아무도 없었다. 그건 시대가 바뀌면서 사라진 문화였다. 완전히 망해 버린 과거 문명의 흔적.

"제가 어렸을 때 크레이지 찰리가 준 옛 시대의 책에서 그 단어를 알게 됐어요."

토드는 아직도 당황한 듯 했다. 그는 글자를 몰랐다. 책이 뭔지 아예 몰랐다. 미치광이 찰리, 피난소의 골칫덩이 찰리가 바로 보에게 글 읽는 법을 알려준 사람이었다. 그분은 정말 친절했어요. 고마워요, 찰리.

보는 다시 말했다. "2주 전에 통보 드리는 거예요. 닻지를 떠나려고요."

종말 이후의 세상에서, 일을 그만 둔 사람은 단 한 사람도 없었다. 토드는 물었다. "어디를 떠난다고?"

보가 그만둔다는 소식에 피난소 사람들은 모두 불안해했다. 기회 있을 때마다 보를 흉보고 다닌 모트와 린다가 특히 그랬다. "우리 닭 농장에서 새 일자리를 구할 수 있을 거라고 생각하면 오산이야."

"양도 못 다루면 닭은 당연히 못 다루지."

"달걀 관리도 못할 걸."

"닭들이 서로 쪼는 것도 못 말리고."

모두들 동의했다. 그들은 보를 고용하지 않을 작정이었다. 하지만 보는 누구에게도 찾아 가지 않았고 누구에게도 일자리를 달라고 하지 않았다. 피난처에서 보내는 마지막 이 주일 동안 그는 준비를 하느라 바빴다. 물과 식량을 모으고 스푼을 갈아 작은 단도로 만들었다. 피난소 밖에서 만날 지도 모르는 알 수 없는 적에 대한 유일한 방어책이었다.

양떼와 보내는 마지막 근무 시간에 그는 모든 이에게 작별 인사를 했다. 그들은 둥그렇게 모여 그를 걱정스레 바라보았다. 보 바로 뒤에는 녹슨 금속 담이 있었다. 그 담은 금지된 영역과의 경계선이었다. 그 담을 드나드는 것은 아무 것도 없었다.

"어디로 갈 거야?" 클라라가 물었다.

"황무지로." 보는 퉁명스럽게 말했다. "내 운수를 시험해 보려는 거야."

사람들은 놀라 숨을 들이마셨다. 설마 농담하는 거겠지, 그들은 생각했을 것이다. 사람이 정말 담장 밖으로 나갈 수는 없었다.

클라라는 무슨 말을 하려는 듯 입을 열었으나 그녀의 어머니에게 정강이를 걷어 채이고 입을 다물었다.

"참 즐거웠어요." 보가 말했다. "여러분이 싫어하지만 않으시면 다시 들를게요. 저는 이렇게 단순한 생활은 도저히 못 견디겠어요." 그는 준비해 두었던 격언을 이 때 인용했다. "히포의 아우구스티누스가 말했어요. 세계는 책이고, 여행하지 않는 사람들은 한 페이지만 읽는 셈이라고요."

"책이 뭐야?" 군중 속에서 누군가가 물었다.

"오 젠장. 기록들을 말하는 거야." 시장이 말했다. 그는 경비병에게 손짓했다. "데이브, 문 열어. 저 아이를 내보내."

이렇게 될 줄 다들 미리 알았어야 했다. 보는 늘 이상한 꿈을 꾸었다. 그의 꿈에 대해 피난소 사람들은 두 가지 정반대 반응을 보였다. 어떤 이들은 두려워했다. 꿈을 꾸는 사람들은 재앙을 가져오기 쉬우니까. 나머지 사람들은 전혀 두려워하지 않았다. 오히려 자신들이 꿈을 꾸지 않는다는 것에 죄책감을 느끼고 이제라도 꿈을 꾸어야 한다고 생각했다. 그들보다 먼저 떠나기를 꿈 꾼 사람이 나타난 지금은 더욱.

"이 말은 해야겠다, 얘야. 저 밖에는 아직도 핵 괴물이 있을 거다." 말라비틀어진 노파가 말했다. 그녀는 앞을 보지 못했고 거의 걷지도 못했다.

"핵 괴물…. 오랜만에 들어 보는 단어네요." 시장이 말했다.

"바깥에는 늑대 인간도 있겠죠." 보는 분위기를 좀 가볍게 하려고 말했다.

너무 오랜 세월이 흘렀기 때문에 바깥세상이 어떨지는 아무도 상상조차 할 수 없었다. 피난소는 안전을 제공해 준다. 그러나 무엇으로부터의 안전일까? 보는 모든 사람과 악수를 했다. 빗장이 풀렸다. 문은 엄청난 소리를 내며 한 세대 만에 처음으로 열렸다. 그는 떠나면서 진심으로 인사했다. "모두 곧 다시 만나요."

"비밀 노크를 잊지 마." 시장이 말했다.

"암호는 두 단어죠. 면도와 이발."

보가 말했다. 그 말을 남기고 그는 적막한 황야로 걸어 나갔다.

담 밖으로 나가자 그는 또 다른 글귀를 인용했다. "차를 몰고 나와, 평야 저편 사람들이 점점 멀어지고 마침내 점이 되어 흩어질 때의 기분을 뭐라고 할 수 있을까."

문이 완전히 닫히고 다시 빗장이 걸렸다. 그는 녹슨 벽에 대고 이렇게 말했다. "우리를 가둬 두었던 거대한 세상이여, 이제 안녕! 우리는 새로운 하늘 아래, 멋진 다음 여행을 향해 나아가는 거야!"

"아름다운 말이네." 클라라의 목소리가 울려왔다. 몇 미터 앞에서 하는 말인데도 아주 먼 데서 온 것처럼 들렸다.

"잭 케루악이 한 말이야."

그는 잠시 걸으며 크레이지 찰리가 수 년 전에 그에게 해준 말을 생각했다. "네가 양떼 똥을 치우는데 젬병인 이유는 너희 가족이 길 저쪽에 모텔을 갖고 있었기 때문이야. 너는 모텔 주인이 될 혈통인 거지."

"모… 뭐라고요?"

"모텔 말야." 그 노인은 말했다. "휴가 때 가는 곳이었지. 아주 유명한 관광지에 있는 모텔. 사람들이 멀리서부터 놀러 오곤 했어."

찰리는 그 말을 하다가 갑자기 무릎으로 고개를 떨궜다. 모텔과 휴가가 뭐냐고 보가 묻기도 전에 그 노인은 죽어 버렸다. 부풀어 오른 회색 혀가 입 밖으로 축 늘어졌다. 그의 몸은 땅 위로 넘어졌다.

피난소 사람들은 낯선 두 단어를 설명하지 못했다.

"처음 듣는 말인데." 모트가 말했다. 사람들은 곧 모텔과 휴가를 잊었지만 보는 오랫동안 매일매일 궁금해 했다.

보는 메사 지형*을 지났다. 보는 그 꼭대기에 서서 멀리 아래 펼쳐진 풍경에 놀랐다. 오래된 포장도로 옆에 허물어져 가는 하얀 건물이 보였다. 커다란 간판에 색 바랜 글씨로 모텔이라고 쓰여 있었다. 그는 몸을 숨기고 모래 언덕 주위를 살피며 기다려 보았다.

오랫동안 기다려도 아무 움직임이 없었다. 해가 지고 달이 떠올랐다. 달은 얼룩진 금화처럼 보였다. 그는 망을 보던 곳에서 조심스럽게 내려가 모텔로 들어갔다.

보는 거기서 혼자 머물렀다. 외롭고 두려웠다. 몇 날 며칠이 아무 일도 없이 흘러간 후에야 그는 걱정을 떨쳐 내고 모텔 안을 정리하는데 몰두할 수 있었다. 그곳은 핵전쟁을 겪고 살아남은 것처럼 보였다.

그는 잔해 속에 파묻혀 있던 서류를 찾아내 꼼꼼히 읽었다. 광고 책자 덕분에 그는 모텔이 무엇인지 꽤 잘 이해하게 됐다. 자신이 태어나기도 전 오래된 사진들 속 미국의 모습을 보고 그는 경악했다. 66번 도로를 달리던 사람들이 들러 느긋하게 쉬며 얼음처럼 차가운 음료를 즐기던 곳. 와, 상상이 돼? 얼음처럼 차가운 음료라니?

일주일 후에 보가 피난소로 돌아와 그의 새로운 모텔에 대해 이야기하자 사람들은 모두 웃었다. 보는 휴가에 대해서 자세히 설명했다. 그들은 더 크게 웃었다. "황무지에서 휴가라니!" 린다가 말했다.

"그래서 네가 양들의 똥을 치우기 싫어했구나. 넌 코미디언이야. 이제 알겠다." 그의 보스였던 린다가 말했다.

---

* 편평한 꼭대기와 깎아지른 듯한 절벽을 가진 돌산. 미국 남서부에 흔한 지형

보는 화가 났지만 자신의 선택에 만족했다. 그는 잔해 속에서 발견한 물건들을 건네고 필수품을 받았다. 그리고 암벽 너머 그의 새 집으로 돌아갔다.

다음 날 일찍, 처음으로 모텔에 찾아온 사람이 있었다. 클라라였다. 클라라는 예쁜 소녀였다. 그녀도 피난소를 좋아하지 않았다. 그녀는 모텔에서 성매매를 할 생각이었다. 피난소 안에서는 성매매를 할 수 없었다. 대재앙에서 유일하게 살아남은 눈엣가시 같은 경찰관, 로저 때문이었다. 그녀는 모텔에서 먹고 자는 대가로 보에게 몸을 팔기로 했다. 둘 다 그 거래에 만족했다. 아주 프로다운 거래였다. 그들은 악수를 했다.

보는 그녀에게 뒤쪽 방을 주었다. "미안하지만 땅에 큰 콘크리트 구멍이 나 있어. 자금이 충분해지면 공사해서 고칠 거야. 그때까지는 조심해. 저기 떨어지기라도 하면 머리가 산산조각 날 테니까." 클라라는 콘크리트 구멍을 내려다보며 얼굴을 찌푸렸다.

클라라가 온 다음부터 피난소 남자들이 황무지 모텔에 찾아왔다. 그들은 클라라를 만난 다음 모텔 방을 빌려 하룻밤 머물기도 했다. 벌이가 대단하지는 않았지만 보는 만족했다. 그는 창고에서 발견한 오렌지 소다로 자판기를 채웠다.

"사업이 이렇게 계속 발전하면 메뉴에 유럽식 아침 식사도 추가할 수 있겠는데." 그는 말했다.

어느 날 보는 열쇠 꾸러미를 발견했다. 무엇을 위한 열쇠인지 알 수 없었다. 그는 클라라에게 그것을 보여 주었다. 그녀도 짐작하지 못했다. 보는 호기심을 가지고 열쇠를 하나씩 빼내며 살펴보았다. 피난소 소장은 예고 없이 황무지 모텔을 방문했다. 그는 먼지를 날리는 소형차를 타고 굉음과 함께 도착했다.

보는 자랑스러워하며 소장에게 모텔의 각종 시설들을 보여
주었다. 소장은 웃었다. "쓰레기장이잖아." 그때 클라라가 발코니로
걸어 나와 그들을 바라보았다. 그녀는 소장을 자기 방으로 초대했다.
방에서 나왔을 때 그는 웃지 않았다. "아직 이 모텔에 확신은 없네."
소장이 말했다. 그는 소형차에 올라타고 떠났다. 다음 날, 그는
모트의 아내 린다를 데리고 왔다. 그는 방을 빌려 그녀와 잤다.
다음날 린다가 와서 보의 사무실에서 머물렀다. 그들이 소고기
스튜 통조림을 나눠 먹는 사이 소장은 클라라를 데리고 다시 방에
들어갔다.

그날, 보는 열쇠의 용도를 알아냈다. 땅에 있던 커다란 콘크리트
구멍 옆에서 작은 문을 하나 발견한 것이다. 보는 그 문을 열고 어둠
속으로 내려갔다. 목숨을 잃을까 봐 겁을 내면서도 탐험을 이어갔다.
성냥불을 켜자 믿을 수 없는 광경이 눈에 들어왔다. 산더미처럼 쌓인
하얀 비닐봉지였다. 가방 안에는 염소 알갱이들이 있었다. 보는
염소가 뭔지 들어 본 적도 없었지만 비닐봉지의 그림을 보고 금방
알아낼 수 있었다. 땅 속의 구멍은 알고 보니 텅 빈 수영장이었다.
굉장한 일이었다. 사진 속에서 아이들이 원색 수영복을 입고 배구를
하고 있었다.

수영장 아래에 공간이 하나 더 있었다. 보는 그 방에 들어갔다가
빨간 노끈이 담긴 수많은 상자들을 발견했다. 노끈은 1톤은 될 것
같았다. 보는 이 노끈 뭉치 때문에 한동안 어리둥절했지만 어느 날
돌무더기 아래 묻힌 거대한 명판을 발견했다. 명판에는 이렇게 쓰여
있었다. 「세계에서 두 번째로 큰 노끈 뭉치」

얼마나 놀라운 일이었는지.

이제 아무도 보를 비웃지 않았다.

모텔은 피난소 사람들이 즐겨 찾는 곳이 되었다.

그들은 시간이 허락하면 휴가를 보내려고, 혹은 물건을 사고 팔기 위해 모텔에 왔다.

일주년이 되던 날 보는 모텔에서 큰 파티를 열었다. 피난소 사람들 전원을 무료로 초대했다. 그들은 담벼락의 문을 열고 산을 넘어 왔다. 행복한 날이었다.

예전에 얼마나 겁을 먹고 있었는지 생각하다 보면 그들은 스스로가 멍청하게 느껴졌다. 이제 그들은 한데 모여 농담하고 웃고 술도 마시고 수영까지 즐겼다. 차갑고 깨끗한 물속에 뛰어든다는 것, 피난소 밖에 있다는 것은 기분 좋은 일이었다. 목적지를 향해 길을 떠날 수 있던 시대, 사치스러운 차를 타고 도로를 달리던 사람들이 "세계에서 가장 큰 노끈 뭉치"를 보면서 무슨 생각을 했을까, 그들은 궁금해 하며 떠들어 댔다. 그러나 그게 다가 아니었다. "저 길을 따라가면 지금도 어딘가에 도착하겠지요?" 모트가 말했다.

"그렇겠지." 수영장에 둥둥 떠 있던 시장은 수긍했다. 사람들은 미소 짓기 시작했다. 그렇게 오랫동안 파괴되고 닫혀 있는 줄 알았던 세상이 다시 활짝 열리기 시작했다는 생각에 기뻤다. 보는 푸른 하늘을 올려다보면서 태양의 온기를 마음껏 느꼈다. 그는 다른 사람들이 머뭇거리고 마음을 닫고 있을 때 자신이 가장 먼저 피난소 밖으로 나섰다는 것이 자랑스러웠다. 그 덕분에 이제 사람들은 수 세대 만에 처음으로 희망에 부풀었다.

아무도 걱정하고 있지 않고 있을 때, 수영장에 첫 번째 그림자가 드리웠다. 기형의 몸과 피부병이 가득한 얼굴. 머리칼 없는 휴머노이드 로봇. 돌연변이. 언덕의 은신처에서 빠져나와 모텔을 둘러싼 그들은 손도끼, 뾰족한 바위 덩어리, 길고 날카롭게

간 금속으로 무장하고 있었다. 그들의 눈에서는 피가 천천히 흘러내렸다. 그들은 세계에서 가장 큰 노끈 뭉치 따위에 관심이 없었다. 그들의 관심은 오직 수영장 위에 떠 있는 고깃덩어리들에 쏠렸다.

수영장 물 위에 뜬 채 눈먼 노파가 가르랑거렸다. "내 말대로 됐지. 내가 말했잖아. 나는 경고했어."

수영장은 선홍빛이 되었다. 시체들이 찢겨 나갔다.

핵 괴물들이 그것을 먹었다. 서늘한 밤이 왔다. 다시 모텔은 버려졌다. 괴물들은 시체들을 돌산 위로 끌고 갔다. 수용소는 문이 활짝 열린 채 지키는 사람도 없었다. 괴물들은 문을 통과해 들어가 빗장을 질렀다. 그들보다 더 센 놈들이 들어오지 못하게 하려는 조치였다. 양떼는 우리 안에 들어온 낯선 이들을 보고 울어 댔다. 괴물 중 하나가 우리 쪽으로 다가가 쭈그리고 앉아 양들을 바라보았다. 깨진 유리 조각 같은 목소리로, 괴물은 놀란 양떼에게 말을 걸었다. "쉿, 괜찮아, 괜찮아, 우리는 널 해치지 않아." 양떼는 조용해졌다. 그리고 그들을 믿기 시작했다.

　　내 남동생은 세탁기에 빠져 죽을 뻔했다. 동전을 넣은 다음 앞에서 닫는 세탁기 말이다.

　　그때 동생은 가지고 있던 동전을 연하늘색 점프 수트를 입은 소녀에게 주었다. 그 자신도 소년일 뿐이었는데. 아홉 살, 아마, 여덟 살?

　　동생은 세탁기 문의 불룩한 유리창 밖으로 손을 흔들었다. 소녀는 문을 쾅 닫았다.

　　녀석은 빠져 죽지 않았다. 돈을 받은 소녀가 세탁기 투입구에 동전을 넣는 대신 한 블록 위의 가게로 도망가서 사탕을 사 먹었기 때문이다.

　　동생이 디젤 기름에 흠뻑 젖은 채 집에 돌아온 적도 있다. 주유소 뒤쪽에 세워져 있던 덤프트럭의 짐칸에서 드럼통 속으로 뛰어들었다고 했다. 코를 막고, 불 붙인 성냥개비를 손에 든 채.

　　동생이 자신을 인간 횃불이라고 불러 달라고 고집하던 시기였다. 프랭클린이나 프랭키나 프랭크 말고.

　　녀석은 일이 시끄러워지는 걸 원치 않았고 나도 그를 곤란하게 만들고 싶지 않았다. 동생이 악취를 풍기며 내 방 창문 아래로 왔을 때 나는 이동 주택 주차장으로 나가 옷을 태우는 것을 도와주었다. 수도관의 끝, 코요테가 나타나 울부짖곤 하는 자리였다.

　　동생이 총을 쏘며 겨누는 것은 자기 심장이었다. 지난 크리스마스, 눈까지 오던 날이었다. 상상해 봐라.

　　고맙게도 총은 빗나갔다. 다행히 녀석이 아직 멍청해서 심장이 몸의 어느 쪽에 있는지 몰랐기 때문이었다.

나는 알고 있었지만.

부모님이 그렇게 자주 집을 비웠던 것을 나는 아직도 기쁘게 생각한다. 안 그랬다면 우리는 늘 감시당했을 것이다. 오른손을 왼쪽 가슴에 올리고 깃발을 바라보는 법을 배운다든지 하며.

복도의 가장 끝에 있는 방에서, 구멍 뚫린 폐를 통해 쌕쌕거리는 소리로 동생이 내 이름을 부른다.

녀석은 제멋대로다. 한 번도 기회를 얻지 못했다.

동생은 국기에 대한 맹세도 모른다.

너의 얼굴을 만질 때

머리가 곱슬거리고 치아가 뾰족한 여자가 데스크에 앉아 있다. 우리는 옛날부터 아는 사이다.

"넌 사인 안 하고 들어와도 돼." 그녀가 말한다.

그녀는 불붙인 꽁초를 책상 아래에 숨기고 몰래 담배를 피우고 있다. 연기가 떠다닌다. 그녀는 악마 같은 미소를 짓는다.

나는 손짓으로 인사하고 레몬 색과 초록색으로 칠해진 복도를 걸어간다.

매주 목요일 의무 봉사 시간에 나는 시각 장애인들에게 책을 읽어 주러 이곳에 온다.

하지만 이 행성 위의 모든 이와 마찬가지로, 시각 장애인들에게 책은 아무 쓸모가 없다.

거짓말을 한 것은 그 때문이다.

예를 들면 『오즈의 마법사』. 나는 오즈가 손 대신 갈고리를 달고 있고, 뱀이라면 크든 작든 무조건 무서워한다고 했다. 오즈의 나라에는 노란 벽돌이 아니라 마약 덩어리가 깔려 있고, 마녀들은 피 대신 헤로인을 탐하며, 나이지리아 재즈로 주문을 외운다고 했다.

다른 소설들도 내 멋대로 다시 구성했다. 『허클베리 킴』에서 킴은 나무 위의 짐과 동성 연인 사이인데, 짐이 수영을 하고 있을 때 킴이 미시시피 강을 얼려버렸다고 말이다. 킴이 사용한 것은 세계를 멸망시킬 얼음 무기, 아이스 아이스 19 단 한방울 뿐이었다.

『작은 아씨들』의 소녀들은 모두 화염방사기를 가지고 다니고, 잠자는 호랑이의 이마에 손을 대면 미래를 볼 수 있다. 제인 에어는 엘도라도를 찾으러 동굴 탐험에 나섰다가 사고로 죽는다. 롯의 아내는 뒤를 돌아보다가 소금 기둥이 아니라 익룡이 되고, 롯은 익룡이 된 아내의 등에 고급 안장을 얹고 북극 지표면의 구멍 속으로 날아간다. 그곳의 이름은 아가사이고 롯의 아내는 땅 속에서 오래오래 행복하게 산다.

녀석 참 인기 있겠군, 하고 당신은 생각할 것이다.

하지만 나는 여기서 인기가 없다.

청소부조차 나와 눈을 마주치지 않는다.

그는 내가 지나갈 때 바닥 걸레질을 하는 척 한다. 하지만 나에게도 뇌라는 게 있다. 나는 그의 양동이에 물이 없다는 걸 안다.

오늘 내가 맡은 소녀, 이 요양원 전체에서 제일 골치 아픈 여자아이가 창문 옆에 있다.

그 애는 스무 살쯤 됐을 것이다. 그녀를 떠맡다니, 나는 벌을 받고 있는지도 모른다.

아니, 나와 시간을 보내게 된 그 애가 더 심한 벌을 받는 걸 수도 있다.

보이지 않는 힘이 우리 같은 사람들을 한데 몰아넣고 가짜 행복을 강요하는 것 같다.

나는 말한다. "안녕."

그녀가 바라본다. 홍채가 없는 그녀의 눈은 굳은 우유처럼 보인다.

"아, 왔구나!"

그녀가 휠체어에서 벌떡 일어난다. 그녀의 두 다리가 멀쩡해서 나는 깜짝 놀란다.

"휠체어 안 타도 되겠네."

"나? 나는 저기서부터 공중제비를 돌며 올 수도 있어."

그녀는 방울새가 가득 그려진 옷의 주름들을 손바닥으로 편다.

그녀는 춤을 신청 받기를 기다리는 중인지도 모른다. 거품 나는 치아 교정기를 뺀 지 얼마 되지도 않은 음울한 소녀들이 춤 상대를 기다리는 8학년들만의 파티. 하지만 나는 가슴에 꽃을 꽂을 꽃이 없다. 내 담당 보호 경찰관은 내가 시립 쓰레기장에 취직하기를 바란다. 그것도 야간 조로.

"악수만 해봐도 그 사람에 대해 많은 걸 알 수 있어." 그녀가 말한다.

그녀의 손은 녹아 버린 아이스크림 같은 촉감이다.

"나랑 악수해 보니 어때?"

"너 불에 데었구나." 그녀는 미소 지었다.

나는 침대에 앉았다. "그래, 데었다, 낸시 드루."

그녀는 자랑스러운 태도로 다시 휠체어에 앉는다. 아마 요양원의 누군가로부터 나에 대해 벌써 들은 것 같다. 나는 요양원 사람들과 축구를 한다.

그들도 나를 전혀 좋아하지 않는다.

"왜 불이 났어?"

"제발 입 닥쳐."

"알고 싶어. 말해."

"필요도 없으면서 왜 휠체어는 타고 있어?"

"사방에 부딪치는 게 좋아서. 폭주하는 경주마가 되고 싶어. 텔레비전에서 그런 시합에 대해 들은 적이 있어. 재밌겠더라고. 손으로 더듬거리면서 다니는 게 지겨워졌거든. 넌 어쩌다 불에 뎄어?"

"아 멍청한 짓이었어. 오토바이에 불을 지르려고 했는데 폭발해 버렸지. 보험금을 타려다가."

"오토바이 타면 기분이 어때?"

"그 얘길 꺼내면 난 우울해질 거야."

"시끄럽게 노래하는 새가 된 기분일 것 같아."

"시끄러운 새. 그래. 딱 그거야."

"괴물 매가 저공비행하는 것 같겠지."

나는 『라이프 오브 파이』를 커피 테이블 위에 올려 두었다. 보트에 호랑이 대신 독일 나치 부대 전체를 태울지, 아니면 보트를 연으로 바꿀지 아직 생각 중이다.

"다른 사람도 다쳤어? 오토바이에 불났을 때 말이야."

"나만 다쳤어. 내 얼굴 만져 볼래?" 나는 물었다.

"아니, 괜찮아."

"내가 어떻게 생겼는지 궁금하지 않아?"

"목소리랑 네가 말하는 걸로 봐서는 분명히 못생겼겠네. 하지만 오해하지 마. 네 목소리 톤 때문이야."

나는 웃는다. 그녀 말이 맞다. 나는 말한다. "네 얼굴도 마찬가진데 뭐."

"우리는 멋진 한 쌍이야. 돌아이랑 장님 소녀."

"글쎄, 넌 그냥 장님이 아니야. 재수 없는 장님이야. 너에게는 책을 읽어 주고 싶지 않아."

"쯧쯧. 뉴저지 출신처럼 말하네. 뉴저지 사람들은 알파벳도 다 모르더라."

"넌 어디 출신인데 그래?"

"난 지옥에서 왔지."

그녀는 휠체어에서 일어나 다가온다. "생각이 바뀌었어. 얼굴 좀 만져 보자."

"안 돼, 저리 가."

"겁쟁이처럼 굴지 마." 그녀가 속삭인다.

고개를 돌리자 청소부가 복도에서 들여다보고 있다. 나는

쪼끄마한 계집애를 무서워하는 좀생이같이 보일지도 모른다는
생각에 사로잡힌다. 그래서 항복한다.

나는 눈을 감는다. 그녀는 손가락으로 내 뺨의 주름과 눈썹, 턱,
그리고 비뚤어진 코를 더듬거린다.

"바보 같은 짓을 했구나." 그녀가 말한다.

"다들 그렇게 말해."

"안경도 안 썼네. 콘택트렌즈 써?"

"아니."

"시력이 좋구나."

그녀는 다시 미소 짓는다. 그녀는 치아가 완벽한데도 교정기를
끼고 있다.

"내게 보이는 걸 너에게도 보여 주고 싶어. 때로는 그게 꿈보다 더
멋진 것 같거든."

"장님은 뭐에 대한 꿈을 꾸지?"

"쉬잇."

나는 그녀가 내 눈을 감기게 놔둔다. 내 눈꺼풀이 내려와 완전히
닫힌다.

"긴장하지 마. 그냥 편안하게 있어."

"긴장 안 했어."

그녀는 내 눈두덩이에 손가락을 가져다 대고 살짝 누른다.

그러자 세상이 소리를 낮춘다. 세상은 콧노래를 섞어 작별 인사를
하며 깊은 틈 속으로 하강한다. 하늘도 구름도, 눈이 가득 쌓인
허무의 틈으로 빨려 들어간다.

이래서 사람들이 명상이나 설거지를 하는 걸 거다.

그녀는 더 세게 누른다.

내 혈관이 보인다.

너의 얼굴을 만질 때

희미한 보라색 빛이 떠오른다.

그 다음은 분홍색.

점점 밝아진다. 오렌지색으로 변했다가 흰색, 그리고 다시 분홍색이 된다.

그녀는 살짝 더 누른다.

나는 한숨을 쉰다. 아무 것도 안 보인다, 아무 것도.

"이제 진짜 한다." 그녀가 말한다.

"뭘?" 나는 대답한다. 눈앞에 떠올랐으면 하는 것들을 생각하며. 덩굴로 둘러싸인 신비의 사원. 번개 같은 재채기를 하는 백마. 화산처럼 분출되는 정답들. 저절로 지워지는 질문들. 들어 본 적은 없지만 듣고 싶은 인생의 음악.

그러나 그 대신,

그녀는 내 속눈썹을 잡아 뜯는다.

"너 씨발 장난하냐!"

그 순간 청소부가 달려들어와 그녀를 휠체어에 떠민다.

그녀는 마치 슈퍼볼 경기에서 결승 필드골을 찬 것처럼 기뻐한다. 내가 그녀의 트로피다.

나는 손을 얼굴에 대고 복도를 걸어간다. 피는 살짝 났을 뿐이지만 그 통증은…. 청소부가 말한다. "괜찮아? 괜찮은 거야?"

"아무렇지도 않아요."

"쟤가 그런 짓 할 줄 알았어."

"미리 알려주시다니 고맙군요."

"천만에." 그는 내 등을 두드린다.

안내 데스크에 앉아 있던 여자는 담배를 다 피웠다. 그녀는 진짜 스파이들만 지을 것 같은 미소를 짓는다. "여기 사람들이 다들 널 좋아해."

그 순간 나는 증오심으로 가득 찬다.

그녀가 내 서류에 서명한다.

곁눈질로 보니 공동체 봉사 시간이 두 시간 추가되었다. 길가의 쓰레기나 주울 걸 그랬다. 경찰서에서 세차를 하거나 빈민 보호소에서 수프를 나눠 줄 걸.

"또 올 거지?" 그녀가 묻는다.

얼굴에서 흐른 핏방울이 그녀의 손에 떨어진다. 타임카드와 널찍한 철제 책상 위에도.

내가 말한다. "여기 사람들은 전부 아프고 화가 나 있어요. 제가 제대로 온 거죠."

"봉사 시간 좀 더해 봐." 그렇게 말하며 그녀는 내게 서류를 건넨다.

4 부

휴대폰을 운전하는 토끼

모두들 휴대폰만 보고 있어. 저 바깥세상에서 말이야. 이 그림 좀 봐. 토끼가 운전하면서 휴대폰으로 통화하는 중이야. 심지어 저 차는 수동 기어 같은데. 너 수동 기어로 운전할 줄 알아?

운전을 하고 있는데 친구가 문자를 보냈어. '유모차를 탄 아기가 휴대폰으로 문자를 보내더라. 믿어져? 대체 누구에게 문자를 했을까?'

나는 답했지. '유모차에 타고 휴대폰을 하는 다른 아기에게.'

그림을 더 자세히 보면 토끼가 타고 있는 것은 사실 차가 아니야. 그건 휴대폰이야. 동물들은 휴대폰에 타고 초고속으로 나아가고 있어. 배기관 밖으로 구름같이 뿜어져 나오는 연기 좀 봐. 구름이 생길 정도로 수분이 생기려면 얼마나 빨리 달려야 하는지 알아?

네 휴대폰에서 검색해 봐.

내가 마지막으로 길을 잃은 게 언제였더라. 분명히 2008년쯤이었어. 2008년 이후에는 길을 잃은 적이 없어. 내가 처음 아이폰을 산 후로는 말이야. 이제 우리 주머니에는 항상 인스턴트 지도가 있어. 자기가 어디 있는지 모를 때라도 LCD 스크린 위에서 빛나는 파란 점으로 자기 위치를 확인할 수 있지. 그 점은 위성을 통해서 계속 위치를 바꾸고. 알아 둬. 위성마저도 네가 하는 일을 들여다보고 있어.

그림 속 돼지는 셀카를 찍고 있어.

다음 번에 셀카를 찍을 때 이 그림을 생각해. 만화 속 돼지 말이야. 너 자신을 만화 속 돼지라고 생각하라고.

그림 속에 강아지도 있네. 청바지를 입고 태아처럼 웅크린 채 휴대폰만 들여다보고 있어. 강아지들이 차에 탔을 때 보통은 엄청 행복해 하지. 차 안에서 껑충껑충 뛰고, 창문 밖 풍경에 정신을 못 차리고, 운전하는 사람과 차에 탄 다른 사람들에게 애정 표현을 하며 헉헉대잖아. 그런데 이 그림 속 동물들은 서로 아무 애정을 보이지 않아. 다들 휴대폰만 하고 있어.

그림에는 책벌레도 한 마리 있어. 하지만 이 책벌레에게는 파먹을 책이 없어. 그래서 자기 자신의 사망 증명서를 검토하고 있어. 킨들 앱으로 말이야. 그래, 킨들 앱으로.

우리 아버지는 돈이 별로 없었어. 내가 어릴 때 우리 가족은 뉴저지의 싸구려 쇼핑몰을 돌아다니면서 어떤 가게의 토스터 값을 알아낸 다음에 두 번째 가게로 가서 토스터 판매원에게 "그렇게 많이 낼 수는 없어요. 저쪽 가게는 똑같은 토스터를 일 달러 싸게 팔아요."라고 항의하곤 했어. 그렇게 허비한 시간이 내 유년기의 25퍼센트도 넘을 거야.

하지만 요즘엔 세일즈맨이라는 건 없어. 모두 휴대폰으로 물건을 팔아. 집에서. 직업도 없고 가게도 없이. 토스터를 살 때도 자기 차를 운전하면서 휴대폰으로 주문하니까.

심지어 지금 너도 휴대폰으로 이 글을 읽고 있겠지. 직장에서 몰래 읽든지, 아니면 의자에 앉아서 달이 뜨기를 기다리며, 아니면 생일에 사랑하는 이를 기다리면서.

너도 저 그림 속에 있어. 달려가는 휴대폰 위에 타고 있는 작은 휴대폰이 너야. 너는 선글라스를 끼고 있어. 진짜 세계로부터 빠져나와 네가 더 좋아하는 빛나는 세계로 가려고 하는데 그곳은 지나치게 밝거든. 네 주머니 속에 간직하고 있는 그 세계 말이야.

5부

내 아버지는 뭐든 독학으로 배우는 사람이었다. 그는 거울도 안 보고 머리를 잘랐다. 심지어 보기 좋게 잘랐다.

범죄자가 된 것도 독학을 통해서였다. 그는 대낮에 남의 집 대문을 따고 들어가는 것을 즐겼다. 넘어지고 자빠지고 땅에 뒹구는 것도 마다하지 않았고 슈퍼마켓에도 몰래 기어들어 갔다.

아버지의 범죄는 내가 커 갈수록 심해졌다.

내가 일곱 살이 되던 해에 아버지는 클라라벨 심스킨이라고 서명한 위조 수표를 만들었다.

열 살 때는 아버지의 낡은 부츠 속에서 분해된 권총이 발견됐다.

고등학교 1학년 때는 어둠 속에 불이 났다. 비싼 보험을 들어 놓은 나무들이 활활 타며 돈벼락을 내렸다. 나는 드럼 세트를 선물 받았다.

엄마는 아버지를 떠났다. 내 말은 엄마가 현관 열쇠를 바꿨다는 뜻이다.

눈이 내리던 어느 오후, 아버지가 나를 만나러 왔다.

우리는 김 서린 버스를 타고 동네를 셋이나 지나 아버지의 새로운 집에 갔다.

그는 조그마한 벽돌집을 가리키며 말했다. "안으로 뛰어가서 식탁 위에 있는 소금과 후추통을 가져와라. 너에게 보여 주고 싶은 게 있어."

나는 거부했다. 그 집은 아버지의 집이 아닐 것 같았다.

내 생각대로였다.

그 후 아버지는 훔친 쉐보레 트럭으로 수동 기어 조작하는 법을 가르쳤다.

아버지는 농담처럼 "네가 운전을 잘 하게 되면 내 도망 전용 운전수로 써 주마."라고 말했다.

나도 농담처럼, 저는 정말 도망가고 싶어요, 라고 했다.

한번은 우체국에 아버지의 현상 수배 사진이 붙어 있는 것을 보았다. 그래서 나는 아버지에게 면도 도구와 도수 없는 안경을 크리스마스 선물로 드렸다. 슈퍼맨이 그걸로 변신할 수 있었다면 그도 할 수 있을 거다.

영화 촬영장의 스턴트맨이 되었을 때 아버지는 자신이 드디어 정신을 차렸다고 말했다.

죄를 저질러서는 자유로워지지 않는다고 했다. 이제 그는 어깨 아래까지 머리를 길렀다.

그는 영화 세트장에서 모험심과 스릴을 느끼고 돈도 벌면서 드러나지 않는 다른 존재가 되는 것을 즐거워했다.

엄마는 가끔 촬영장에 설치된 스낵바에 가서 간식과 음료수를 먹었다.

엄마가 이혼 수당으로 받은 건 그게 다였을 거다.

엄마는 먼발치에서라도 무비 스타들을 보고 싶어 했다. 그들이 엄마에게 눈길을 주길 원했던 것 같다.

인생은 그런 것이다.

엄마는 거기서 활짝 피어났다. 엄마는 우유 배달원과 데이트를 했다. 경찰과 데이트를 하고 이어서 다른 경찰과도 데이트를 했다. 부활절 식사 때는 소방관이 우리 집을 방문했다.

나는 텔레비전에서 아버지가 50층짜리 건물 창문에서 떨어지는 것을 보았다. 아버지는 안전하게 자유낙하 했다.

다정한 사람들

그때부터 나는 아버지의 공범이 되어야 하는 운명에서 벗어났다.

나는 세상을 따르기 시작했다.

마지막 어금니까지 깨끗이 이를 닦았다. 온갖 대학에 지원서를 냈다. 하지만 우편함이 찌그러져서인지 답장은 하나도 오지 않았다.

미신이었겠지만 나는 우편함을 반듯하게 폈다.

그래도 답장은 오지 않았다.

나는 버스가 요란한 소리를 내며 묘지를 지나가는 동안 숨을 참았고 기찻길을 지날 때마다 다리를 꼬아서 들어올렸다.

생활지도 상담사는 다섯 번의 성모송을 마치면서 이렇게 한 마디 했다. "금고만 제대로 털면 넌 빚 걱정은 안 할 거다."

하지만 나는 엄마 생일날 바닷가에 여행을 갔다가 금고털이용 청진기를 바다 속에 빠뜨렸다. 우울한 날이었다. 우리는 솜사탕을 먹었고 엄마는 아버지가 처음으로 선물을 준 날에 대해 말했다. 누구 소유인지도 모르는 트럭의 짐칸에 가득 차 있던 빨간 장미 천 송이.

엄마는 즉시 사랑에 빠졌다고 했다.

어느 비 오는 날 아빠가 엄마의 집에 나타났다. 불꽃과 해골이 그려져 있는 빨간 해치백 자동차를 타고 있었다. 한 번도 본 적이 없는 차였다.

"스턴트용 차야. 빌려왔어. 어서 가자."

나는 아버지가 멀리 떠나서 다시는 돌아오지 말자는 줄 알았다.

그러나 그는 이렇게 덧붙였다.

"파커스타운 다리로 가자."

자정이 다 된 시간이었다. 아침에는 학교에 가야 했다. 운전을 하자 아버지의 얼굴 위로 불빛이 깜빡였고 나는 그때서야 그의 이를 처음으로 보았다. 입이 이상했다. 코는 가짜 같았다. 턱도 마찬가지였다. 이 남자는 누구지?

우리는 밖으로 나가서 다리 위에 섰다. 난간에 기대어 아래의 물을 바라보았다. 강물이 거세게 흐르고 있었다.

"입학 허가 받았다며?" 아버지가 말했다.

"처음 들었는데요" 나는 놀라서 말했다.

"저번에 내가 이걸 빼돌렸지…"

그는 편지 봉투를 하나 들어 올렸다. 찢어져 불에 탔다가 스카치테이프로 다시 붙여진 것 같았다.

그 안에는 내가 지원한 학교 중 가장 높은 레벨의 학교에서 온 합격 통지서가 들어 있었다. 먼 지역의 학교였다.

"아마 다시는 널 못 보겠구나." 그는 말했다.

아버지 말이 맞을 것 같다는 생각을 하며 나는 어깨를 으쓱해 보였다.

"떠나기 전에 내 일 좀 도와 다오."

그는 자동차의 뒤쪽을 가리켰다. 나는 아버지를 따라 그리로 가서 짐칸을 열었다.

그 안에 검고 길고 울룩불룩한 가방이 있었다.

"저건 뭐예요?"

"시체야." 그가 말했다.

"강에 버리려고 했는데 너무 무겁더구나. 네 도움이 필요해. 크고 강하고 젊은 사람의 체력 말이야" 그는 가방의 지퍼를 내렸고 나는 얼굴이 피투성이가 된 남자를 보았다. 넓은 눈덩이가 달의 표면처럼 보였다.

"도와주겠니?"

나는 망설이지 않았다. 내가 가방의 한쪽 끝을 잡자 그는 다른 쪽 끝을 잡았다. 우리는 온 힘을 다해 그것을 파커스타운 강의 난간 위로 끌어올렸다.

다정한 사람들

나는 가방이 수면을 때리며 떨어지는 것을 지켜보았다. 시체가 가방 밖으로 흘러나와 물에 뜨는 것도 보았다.

아버지가 내 어깨를 잡아당겨 귀에 세게 키스를 했다. 그 바람에 며칠 동안 귀가 울렸다.

"네가 정말 자랑스럽구나."

아버지에게 그런 말을 들은 것은 처음이었다. 아버지에게 사랑받는 기분이 너무나 좋아서, 이제 내가 원하는 건 아빠와 범죄를 저지르는 것뿐이라는 생각까지 들었다. 이 은행 저 은행 털기. 함께 살인하기. 불을 질러 보험금 타기. 트레일러를 폭발시키고 비행기 납치하기. 빌딩들을 통째로 날려 버리기. 도망 다니기.

눈물이 뺨으로 흘러내렸다. 나는 당황해서 고개를 숙였다.

흐르는 강물이 보였다. 문제가 있었다.

"저, 아버지…"

"왜?"

"시체가 가라앉지를 않아요…"

"가라앉지 않을 거다. 가짜거든. 세트장에서 가져온 거야."

"오."

"인체 모형이야."

우리는 다시 차에 탔고 그는 나를 집에 데려다 주었다.

아버지는 화학 약품을 몸에 발랐다. 스턴트 감독은 아버지의 몸에 불을 붙여 주고 연기를 시작하라고 재촉했다. 아버지는 계획된 대로 멋지게 뛰기 시작했다. 그 장면은 편집실에서 적절한 속도로 편집될 예정이었다.

그는 우아하게 움직였다. 팔 근육을 과시하며 머리와 턱은 치켜

들고, 9번 촬영장, 행복을 연기하는 핵가족들의 거리를 과장된
몸짓으로 걸어 나갔다.

하루에 50달러와 샌드위치를 받고 환호를 보내는 엑스트라들이
그에게는 진짜 가족이었다.

그를 사랑한 가짜 구경꾼들.

한 명만 예외였다. 엄마는 간식 가게에서 신선한 분홍 연어를 얹은
베이글을 입에 밀어 넣고 있었다.

"세트장에서는 조용히 하세요!"

조연출이 외쳤다. 감독은 확성기에 대고 외쳤다. "액션!"

나는 대학으로 떠났다.

아버지는 내가 지내던 방으로 이사했다.

그는 다시 머리카락을 잘랐고 엄마의 머리카락도 손질해 주었다.

소방관들은 소방서로 돌아갔다.

경찰들은 경찰서로 돌아갔다.

우리가 파커스타운 다리에서 던져 버렸던 인체 모형은 바다로
흘러가 작은 섬 주변을 떠다녔다.

그가 라디오 소리를 줄인다. 그녀는 소리를 높인다.

"자꾸 거슬리게 하지 마. 나 운전 중이야."

차 한 대가 끼어든다. 그녀는 빵빵거리며 속도를 올린다. 거의 부딪힐 뻔 한다.

"대체 왜 그래?"

"운전하고 있잖아. 입 닥쳐."

그들은 아침 내내 싸웠다. 그가 라디오 볼륨을 줄이자 그녀가 그의 손을 때린다. 파란 신호등이 켜지자 차가 돌진한다.

"차 세워. 난 내릴래."

아기용 좌석에 타고 있던 여자 아기가 울음을 터뜨린다.

"이년아, 차 대라고."

"헛소리 하지 마. 내가 차를 왜 세워."

그들은 바깥쪽 차선으로 달리고 있지만 그녀는 속도를 줄이지 않는다. 그는 차문을 열고 차 밖으로 뛰어내린다.

그는 땅에 떨어졌다가 몸을 굴려 일어선다.

여자아기가 울음을 터뜨리지만 여자는 라디오 볼륨을 높이며 운전을 계속 한다. 아주 넓은 주차장이 있다. 남자는 그곳을 가로질러 걷는다.

술집은 한산하다. 시간이 일러서일 거다. 카일 혼자 앉아 있다. 반대편에서 바텐더가 중국 음식을 먹고 있다.

밥이 말한다. "여기서 가장 독한 술 한 잔 주세요. 가장 큰 잔으로요." 그는 자기 머리에 피가 심하게 난다는 걸 모른다.

"술 못 드려요. 나가세요." 바텐더는 문을 가리킨다.

카일이 일어나 말을 건다. "밥?"

"오, 이게 누구야!" 우연이다. 그들은 고등학교 이후 만난 적이 없다.

"바닥에 피가 떨어지잖아요. 나가세요, 아니면 경찰을 부를 거예요."

카일이 말한다. "아니, 내 일행이야. 괜찮아, 브로." 결국 그들 둘 다 거부당한다. 바텐더는 팔짱을 끼고 그들을 바라본다. 카일은 자동차 키를 들고 밥에게 말한다. "가자. 이 집은 별 볼 일 없어."

그들은 그의 폰티악에 타고 주차장을 빠져나와 고속도로를 탄다. 카일은 그제서야 묻는다. "어쩌다가 다친 거야?"

"와이프 차에서 뛰어내렸어."

"와, 미쳤구나. 천국에서의 슬픔인가?"

"그 여자는 사이코야."

"미친 건 그 여자인데 뛰어내린 건 너라 이거지. 오, 잠깐만."

카일은 도로 한복판에서 차를 세우고 창문을 내린 다음 구토를 한다. 차들은 멈춰선 폰티악을 피해 돌아가며 빵빵 거린다.

"빨리 차 빼!"

카일은 창문을 올린 다음 기어를 넣는다. 이제는 재떨이로 쓰이지 않는 듯한 재떨이를 열어 입 냄새 제거용 사탕을 꺼낸다.

"미안, 오늘 비 온다고 해서 일하러 가질 않았어."

밥은 끝없이 펼쳐진 푸른 하늘을 올려다본다.

그들은 마트 주차장에 멈춰 선다. 이유는 두 가지다. 카일이 소변을 봐야 하고, 재활용 쓰레기통 옆 나무 그늘에는 피크닉 테이블이 있어서다. 카일은 자동차에 술을 가지고 다닌다. 짐칸에 대형 버번 위스키와 보드카가 대형 병으로 실려 있고 심지어 이글루 모양의 아이스박스에 얼음과 함께 필스너도 있다.

그들은 피크닉 테이블에 앉아 노닥거린다.

"원래 어디 가려던 거야?"

"장모님 집에. 이게 더 낫지."

"거기엔 왜?"

"생신이라."

카일은 밥에게 떡갈나무에서 딴 커다란 잎을 건넨다. 밥은 피가 뚝뚝 떨어지는 머리의 상처에 잎을 붙인다. 효과가 있는 것 같다.

그들은 이제 럼주를 돌려가며 마신다. 슈퍼마켓 뒤의 공기는 아주 시원하다. 다른 세계에 온 것 같다. 지저귀는 새들이 초원에 가득하다.

밥이 말한다. "마지막으로 새 노래 소리를 들은 게 언제인지 기억도 안나."

"나는 저 소리가 유일한 낙일 때도 있어."

밥은 어떤 일이 떠오른다. 언급하면 안 되는 걸 알면서도 그는 혀끝에서 맴도는 말을 그냥 뱉는다. "그레그 폴락이 스쿨버스 앞에서 네 엉덩이를 발로 찼던 날 말야. 나도 그걸 봤지만 제지하지 못했어."

"아, 그건 괴로운 기억인데."

"생각나게 해서 미안해. 너도 그때 머리에서 피를 흘렸지. 지금 나보다 더 심하게."

"그레그가 왜 그랬는지 알아?" 카일이 말한다.

"소문은 들었지."

"내가 남자를 좋아해서. 나는 호모니까, 그 자식들 말대로."

"미친 새끼들." 밥이 말한다.

카일은 어깨를 으쓱한다.

"다들 서로를 내버려 두질 않아."

"우리 아버지가 알았으면 나에게 총을 쐈을 걸."

"아버지가 총을 쏠 리가."

"정말이야. 그 노인네는 그러고도 남지. 예전에 정말 쏜 적도 있어."

밥은 티셔츠의 소매를 걷어 올리고 이두박근 위의 총알 자국을 보여준다. 삼두에도 흉터가 남아 있다.

"뭐 때문에? 아버지가 아들을 쐈다고?"

"아버지는 나에게 운전을 가르쳐 준다면서 어딘지도 모르는 곳까지 데리고 갔어. 내가 집에 돌아왔을 때 연료통이 비었다고 쏘더군. 연료를 안 넣었다고."

"와, 심하네."

"아버지는 나랑 숲 깊이 들어갔거든. 산길을 세 시간은 운전했을걸. 드디어 차가 멈췄을 때 픽업 트럭이 보이더라고. 아버지 친구 거라나. 아버지는 나에게 작별 인사를 하고 그 트럭에 탔어. 이렇게 인사하더군. '집에 돌아올 수 있어야 넌 진정한 남자다.'"

"사람들은 가끔 개새끼같이 굴지."

"그레그 폴락이 사막에서 폭발 사고를 당했대!"

"잘됐네."

카일은 마지막 남은 럼주를 털어 마시고 말한다. "자, 나는 잘난 고양이 사료를 채우러 가야 해. 재밌었어. 또 보자고, 알았지?"

"물론이야. 여기서 일해? 몰랐네."

"인생은 어두운 방 같은 거지. 하지만 여닫을 커튼이 있는 법이야."

그는 밥에게 차가운 맥주를 건네고 마트의 유니폼을 입고는 손을 흔들며 떠난다.

밥은 다시 고속도로의 갓길을 따라 걷는다. 피가 거의 멎었다. 소매로 피를 닦아내자 그는 혼자 어슬렁거리는 살인자처럼 보인다.

경찰차가 멈춘다. 두 명의 여자 경찰관이 차에서 내린다.

"어디서 오시는 길이죠?"

"하하, 아직도 숲에서 나오는 중인데요."

경찰 중 한 명인 팸이 고등학교 친구였던 밥을 알아보고 인사한다.

"오, 안녕 팸. 이건 다 내 피야."

"좋아. 차 태워 줄까?" 그녀는 경찰차의 뒷문을 연다. 밥은 저항하지 않고 올라탄다.

"무슨 일이 있었어요?" 상사인 듯한 경찰이 묻는다.

"달리는 차에서 뛰어내렸어요."

"병원에 데려다 줘?"

팸은 자동차 앞좌석의 사물함에서 구급상자를 꺼낸다. 그녀는 가림막 너머로 거즈를 건네준다.

"괜찮으면 집으로 가고 싶어."

"신분증 줘 봐. 수배자가 아닌 것만 확인되면 집으로 모셔다 드리지."

밥은 창문 밖을 내다본다. 아무 것도 보이지 않는다. 쇼핑 몰, 미국.

"카일 얼링을 오늘 만났어. 걔 기억해?"

"아아…" 팸이 말한다. "물론이야. 졸업 무도회의 킹이었잖아."

"잘 지내는 것 같더라고."

"다행이네."

"참선도 하고 낙관주의자에 고양이 먹이도 주고 술도 즐겁게 마시던데."

"훌륭해."

밥의 휴대전화가 울린다. 딸이다. 그 여자 아이다.

"아빠 어디 계세요?"

"경찰차."

"다른 차요? 아빠, 저는 뭐가 뭔지 모르겠어요. 차에서 왜 뛰어내렸어요?"

"사람은 가끔 실수를 한단다."

"네."

"어제 네가 땅콩버터 샌드위치를 마룻바닥에 떨어뜨린 거 기억하지?"

"네."

"아빠가 어떻게 했지?"

"샌드위치를 주웠어요."

"그래, 주운 다음에 너에게 샌드위치를 새로 만들어 줬지. 네가 던져 버린 건 아빠가 먹고."

"네."

"내가 왜 그랬는지 아니?"

"아빠는 절 사랑하니까요."

"그래."

"아빠랑 엄마 이혼할 거예요?"

"아니, 이혼 안 해."

"좋아요. 아빠, 끊어야겠어요. 케이크가 나왔어요. 빠이빠이."

"빠이."

팸은 신분증을 돌려준다. "가자. 통과야."

밥은 창문에 몸을 기댄다. "집 말고 생일 파티에 데려다 줄래?"

"생일 선물도 준비해야 해?" 팸이 물었다.

"선물은 필요 없어."

"갑시다."

포크, 나이프, 스푼

　부엌 벽과 싱크대 사이에 작은 틈이 있다. 세월이 흐르는
동안 우리 집 포크는 전부 그 틈에 빠졌다. 다시 주워 올릴 방법이
없다. 우리는 이제 손으로 먹는다. 나는 몰래 비상계단으로 나가서
두 층을 올라가곤 한다. 거기서 책상에 앉아 있는 전 아내를 엿본다.
분명히 그녀는 밖에 있는 나를 인식한다. 그녀는 우리 결혼식
사진들을 형광 페인트 통에 담가 추억을 지운다. 그게 오히려 더
낭만적이기도 하다. 그녀는 형광액이 덧묻은 사진을 방 안 빨랫줄에
널어 말린 다음 가느다란 선으로 동물, 장소, 사람들, 전쟁, 음악 등을
그려 넣는다. 전부 내 사진보다 멋지다. 나는 기분 나쁘지 않다.

　샘은 손바닥으로 오트밀을 퍼먹는다. 그만의 새로운 방식이다.
그는 표정 하나 변하지 않는다. 나는 말한다.
　"스푼이 있잖아, 이 또라이야."
　"하지만 얼마나 더 참아야 해?" 그는 말한다.

　조시는 나에게 알려주고 싶은 것이 있다.
　"어제 네 와이프 베를린이 뛰어가는 걸 봤어. 좋아 보이더라."
　"우린 이제 부부가 아니야."
　"그래? 카브리니 대로에서 웨딩드레스를 입고 뛰고 있었어. 내가
경적을 눌렀는데."
　"행위 예술 하는 중이었나. 저기, 월세 낼 날짜야."

　팀도 월세 낼 돈이 없다. 하지만 그는 거북이 한 마리를 발견한다.

나는 그 거북이 등딱지 밖으로 머리를 내미는 것을 한 번도 본
적이 없다. 그는 그것을 집으로 가져왔고 우리 셋은 바닥에 앉아 그
거북을 바라본다.

"집안 분위기가 좋아지겠어."
"길 한복판에 있더라."
"거기서 뭘 하면서?" 나는 묻는다.
"그냥 가만히 있더라고. 꼼짝 안하고. 아마 자포자기했었나 봐."
"자살인가." 나는 말한다.
우리는 모두 욕실을 바라본다.
"샘이 저기서 두 시간은 있었던 것 같은데."
"걔는 저 욕실을 참 좋아해."

별의 별 시도를 다 해봤다. 자석, 강력 테이프와 철사, 빗자루,
심지어 상수도를 잠그고 전체 싱크대 옮기기 까지. 다 소용없었다.
어느 날 밤, 나는 마지막 남은 버터칼마저 싱크대 뒤로 떨어뜨리는
꿈을 꾼다. 나는 종말 시대의 황무지에 혼자 살아남는다. 하지만
토스트에 버터도 바를 수 없게 된다. 애초에 토스트기도 없지만 그건
중요한 게 아니다.

조시가 갑작스럽게 이사해 나간다. 그는 쪽지에 몇 가지 이유를
남긴다.
  1. 욕조가 필요해.
  2. 우리 엄마가 나에게 보내 주었던 야채 칼은 어디 갔어? 맥주
따개도.
  3. 저 거북이 때문에 미치겠어. 기분 나쁜 징조야.

4. 인터넷이 너무 느려.

마지막으로 그는 이렇게 쓴다.

"정말 진지하게 하는 말인데, 나는 하수구로 이사하려고 해."

팀은 데이트를 하러 간다. 그런데 태도가 좀 이상하다. 그 후 또 데이트에 가는데 이번에도 태도가 이상하다. 그가 말한다. "나 사랑에 빠진 것 같아. 그런데 상황이 좀 복잡해." 그는 여자의 가족을 만나러 갔다 와서 빈 방에 대해 묻는다. "내 새 여자 친구를 그 방에 데리고 오고 싶어." 우리는 전체 투표를 한다. 결과는 "물론"이다.

그러나 그의 새 여자 친구가 나타나자 나는 걱정스러워진다. 수많은 이삿짐 상자 속에 책은 한 권도 없다. 그녀는 우리와 눈을 마주치지도 않는다. 프라이버시를 어찌나 중시하는지 방에서만 머물고 절대 나오지 않는다. 밤이 되면 그녀는 은은하게 바이올린을 켠다. 하지만 그녀의 방을 아무리 뒤져도 바이올린을 찾을 수 없다. 가장 곤란한 것은, 그리고 물론 팀이 "설명하기 좀 복잡해"라고 말했던 이유는 그녀가 자기만의 식기를 갖고 있다는 점이다. 그녀는 그것을 자기 방의 창가에서 씻고 절대로 문지방 밖으로 들고 나오지 않는다.

베를린은 광장에서 웨딩드레스를 태워 버린다. 그리고 그 장면을 녹화한 영상이 극장에 오른다. 나는 초대받아 간다. 우리는 열정적으로 키스한다. 베를린은 일시적으로 내 방으로 이사한다. 그건 오래 가지 않는다. 나도 그녀의 방으로 잠시 이사한다. 그것도 오래 가지 않는다. 우리는 예전과 똑같은 문제에 부딪힌다. 우리는 다시 이웃이 되기로 한다.

어느 날 오후, 나는 거북을 들고 그녀의 아파트로 간다. 거북을 방수포 위에 올려 두고, 페인트가 담긴 작은 수영장을 만든다.
머리는 여전히 숨긴 채, 거북은 페인트를 휘젓고 돌아다닌다. "저
녀석은 자기가 가는 방향조차 쳐다보질 않네."

"근데 얼마나 예뻐졌는지 좀 봐."

"뭐가? 페인트 그림, 아니면 거북이?"

샘은 욕조 안에서 죽는다. 조시도 장례식에 온다. 팀은 샘의 옷
중 하나를 입고 다채로운 색으로 변한 거북이를 들고 있다. 그의
여자 친구는 방에 처박혀 있다. 아마 바이올린을 연주하고 있겠지.
장례식이 끝난 후 우리는 골목의 바에 간다. 조시는 우리에게 하수구
속이 얼마나 살기 좋은지 말한다. 나는 정신이 다른 데 팔린다.
우리의 결혼 기념 사진이었던 사진들이 벽에 걸려 있어서다. 나는
오렌지 색 바탕 위에 섬세한 기하학적 선으로 엘라 피츠제럴드를
그려 넣은 사진을 가리킨다.

"저거 멋진데."

"우리 참 행복했었지." 베를린이 말한다.

내 결혼식 반지는 싱크대와 벽 사이에 떨어져 있다. 그녀의 결혼식
반지도 그 아래 있다. 두 개의 휴대폰도, 자동차 키도, 사백 개나 되는
포크와 나이프와 스푼도, 수많은 요리 도구들도 거기 있다. 소설로
반쯤 채워진 노트도 떨어졌다.

거기, 거기에.

　　그녀가 집 안에 갇힌 고양이의 유튜브 영상을
보냈다. 고양이가 입을 벌릴 때마다 고양이 울음소리 대신
"헤이이이이"하는 말이 흘러나왔다. 누군가 소리를 덧입힌 듯 했다.
　　나는 그 영상을 되풀이해서 봤다.
　　창 밖 하늘에 태양이 떠올라 보송보송한 하얀 구름에 불을 놓았다.
구름들은 강에 떨어져 치익 하고 식었다. 목요일이었던 것 같다.
　　소파가 불편했다. 나는 일어나 쓰레기통 쪽으로 갔다. 왠지
모르지만 그녀가 내 발가락 샌들을 거기에 버렸기 때문이다. 나는
샌들을 꺼내 신었다.
　　소방서 옆 우즈베키스탄 식당에서 파는 로스트 비스트
샌드위치를 먹고 싶었다. 소파에서 벗어나 긴 여정을 떠난 건
그래서였다. 무너질 듯한 아파트를 떠나 들끓고 있는 세상으로 나간
것이다.
　　아, 이것 봐라. 건물 밖 계단 아래에 거대한 콘크리트 단지, 늘 비어
있던 그 안에 보라색 꽃들이 피었다. 나는 이 도시의 조상들이 그
솥에 이단자들을 넣고 산 채로 삶았을 거라고 상상했었다. 오케이,
보라색 꽃이라니. 멋지다.
　　폐쇄된 루터 교회 앞마당에 들어서는데 한 남자가 내 뒤에서
휘청거리며 걸어왔다.
　　연약한 좀비처럼 보이는 그 남자 역시 발가락 샌들을 신고 있었다.
　　아까 내 친구 중 한 명이 트위터에 이런 글을 올렸다. "초강력
헤로인 구할 데 없나? 올해를 뿅 가게 할 놈으로?"
　　나는 그에게 @을 했다.

"진짜 최고급 헤로인에 관심 있으면 우리 아파트 옆에 있는 루터 교회에서 얻을 수 있어."

아주 살짝 도와주려 하다가 차단 당할 수 있다.

나는 다른 SNS를 통해 그에게 메시지를 보냈다.

나는 돌아서서 교회 사진을 찍은 다음 인스타그램에 올리고 그를 태그했다.

"내 사진을 찍은 거요?" 발가락 샌들을 신은 좀비가 물었다.

"헤이이." 나는 인사했다. 그러나 그는 더 이상 아무 말이 없었다.

그쪽 길에는 태양빛이 너무 뜨거웠기 때문에 우리는 입을 다물고 길을 건넜다. 건너편 길에는 가톨릭 여대 건물의 그늘이 드리워져 있었다. 그 건물의 거대한 입구는 벽돌로 치장되어 있었고 지붕 위에는 기관총을 든 천사들이 서 있었다. 나는 슬로우 모션으로 슬리퍼들의 추격전을 촬영 중인 것 같은 기분이 들어 자꾸 웃음이 나왔다.

하지만 소방서 방향으로 반쯤 가자 재미는 시들해졌다. 그의 샌들 소리는 확성기를 갖다 댄 것처럼 시끄럽기 짝이 없었다. 탁탁탁탁 탁타타타탁.

내가 더 빨리 걷자 내 샌들도 달그락거렸다.

호화로운 콘도 앞에 고장 난 스프링클러 때문에 물이 고여 있었다. 그는 그것을 밟고 지나갔다. 그의 샌들은 물에 젖어 더 시끄러워졌다. 철퍽 탁 철퍽 탁 처얼퍽 타탁 철퍼덕 탁.

나는 그 남자가 앞서 가도록 비켜섰다. 더 이상 그 소리를 듣고 싶지 않았다.

그의 셔츠 뒤에 이런 글씨가 있었다. 만일 인생이 당신에게 준 것이 레몬이면, 그냥 레몬과 섹스를 해라.

그는 골목길에서 사라진 다음 다시는 눈에 띄지 않았다.

나는 걸어서 우즈베키스탄 식당에 도착했다. 그 식당에는 우즈베키스탄 출신 직원은 한 명도 없고 우즈베키스탄 음식도 하나도 팔지 않았다.

이 지역 자영업계에는 변화의 물결이 순식간에 밀려왔다가 순식간에 빠져나간다. 잠깐이라도 고정되어야 하는 것들, 예를 들어 간판 같은 것은 그 속도를 따라잡을 수가 없을 것이다.

나는 문을 열었다. 90년대 힙합을 듣고 있던 종업원이 음악을 껐다. 정적 속에 나를 훑어보더니 그는 다시 버튼을 눌렀다. 스피커에서 라커빌리* 곡이 흘렀다. 쿵쿵 울리는 드럼과 길게 깔리는 베이스, 그리고 유 아 마이 선샤인 풍의 기타. 헐떡이는 보컬.

"난 라커빌리 안 좋아해요, 브로."

나는 말했다. 하지만 그의 눈빛을 보고 깨달았다. 그의 세계관에서 나는 라커빌리를 좋아하는 사람이어야만 했다. 그 생각을 바꿀 방법이 없었다.

지금부터는 하얀 티셔츠만 입자. 포마드를 바르고 인디고 리바이스를 입고 컨버스 신발을 신기로 하자. 발가락 샌들은 버릴 수밖에.

나는 로스트 비스트 샌드위치를 주문했다. 그 호화판 콤도 때문에 샌드위치 가격이 3달러나 올랐다. 높은 벽 앞에 선 기분이었다. 나는 온라인 리뷰 사이트에 글을 남겼다. 가격이 3달러나 올랐다고 불평하고 별은 두 개만 남겼다. 더 할 수 있는 일이 없었다. 내 권력은 온라인 리뷰에서 시작하고 거기서 끝났다.

---

* 로큰롤과 컨트리 음악이 혼합된 미국의 대중음악 장르

갑자기 비싸진 샌드위치를 기다리는 동안 내 휴대폰이 울렸다. 또 그녀였다.

또다른 영상을 찾았다고 했다. 우리에서 탈출하고 싶었던 아기 고양이가 오르기 불가능해 보이는 유리벽을 기어오른다. 옆의 우리로 뛰어내렸지만 거기에 악어가 있다. 다행히 악어는 잠들어 있다.

어두운 바탕에 밝은 초록빛 얼룩무늬의 삼각형 주둥이를 향해 고양이가 기어간다.

그때 악어의 눈 한쪽이 열린다. 잘 익은 레몬 속에 검은 느낌표처럼 생긴 홍채를 담고 있는 눈이다.

악어는 턱을 벌린다. 천천히, 기계적으로, 마치 위에서 차가 달리고 있던 도개교가 열리는 것처럼. 고양이는 무슨 일이 일어나고 있는지 알아차리지 못한다.

그러나 고양이는 호기심이 많다. 그래서 악어의 콧구멍을 넘어 입 가장자리에 매달린다. 아기 고양이는 날카롭게 들쑥날쑥한 이빨과 기분 나쁜 뜨거운 숨으로 가득 찬 동굴을 들여다보며 몸서리친다.

악어는 미소 지으며 상냥하게 말을 건다.

"헤이이이이이이…"

　날씨가 다시 따뜻해진 밤 나는 창문을 비틀어 연다.

　여기 못 박은 놈 누구야?

　방은 어둡고 아파트 안은 조용하다. 오늘 나는 일곱 시간 동안 목욕을 했다. 욕조 마개를 조금 열고 뜨거운 물을 살짝 틀어 놓은 채.

　목욕 여섯 시간 째, 나는 문득 이 고집불통인 인류에게 애정을 느꼈다.

　한 잡지 기사에서 우리가 세상에 태어날 확률은 사천만 분의 일이라는 이야기를 읽었다.

　그런 사투를 겪은 후인데, 여기에 왔다고 해서 우리가 서로에게 친절할 거라고 생각하다니.

　오늘 밤, 드디어 라디에이터가 조용해졌다.

　나는 그동안 나를 괴롭힌 모든 이를 용서한다.

　밖에는 지나가는 차가 하나도 없다. 이 도시 외곽을 따라 도는 고속도로가 텅 비어 있다. 새들은 아직 돌아오지 않았다. 개미도. 아이스크림 장수도.

　하지만 스위스 치즈를 닮은 달이 떠 있다. 나는 달을 향해 손을 흔든다. 오리털 베게를 밀어내고 돌아눕지만 아마 나는 다시 잠들지 못할 거다. 그냥 밤을 새우자. 좋은 게 좋은 거다. 풀도 흙도 좋다. 도시도 좋다.

　심장이 벌떡거린다. 태어난 것 자체로 복권에 당첨된 셈인 모든 사람. 그 수많은 거주자와 함께 숨을 들이마시고 내쉬는 큰 건물과 벽들.

　내가 살아온 더러운 거리에는 예술이 없다. 중국 약초나 침술도 없다. 발레도, 건물 지붕 위를 가로질러 달리는 경찰과 도둑도. 마법도. 구불구불한 복도에 오페라를 부르는 사람도, 계단에서 흐느끼는 자도 없었다. 아주 높은 건물도 분명히 없다.

곧 그런 것들을 볼 수 있으면 좋겠다.

그냥 지루해져서 내 원수에게 화풀이를 했었다. 길 건너에 사는 그놈. 나는 눈을 가늘게 뜨고 불 꺼진 그의 창문을 바라본다.

나는 최신 기기들은 다 갖고 있다. 이 지포 라이터를 포함해서. 나마스테.

침대에서 담배에 불을 붙인다.

한숨을 쉰다. 블라인드를 올리고 거리로 머리를 내민다.

으악, 저게 뭐야?

쉬익.

길 건너편에서 날카로운 소리가 난다. 하늘을 지배하던 독수리가 추락하는 것 같은 소리다. 빨간 불덩이가 내게 날아온다… 세상에! 나는 폴짝 뛰어 로켓을 피한다. 수염에 불꽃이 스친다. 나는 담배를 침대에 떨어뜨린다. 날아온 것은 불 붙은 불꽃놀이 스틱이다. 옷장 문을 강타한 불꽃은 세탁 바구니 안에 떨어진다. 바구니는 더러운 빨랫감으로 가득하다.

나는 외친다. "씨발! 씨발!"

펄쩍 뛰어오른다. "씨발! 씨발!"

부엌으로 달려간다. 문기둥에 발가락을 찧는다. 빨랫감에 불이 붙는다. 보관함을 열고 소화기를 꺼내 방으로 달려간다. 씨발, 불꽃이 날름거린다, 나는 허겁지겁 소화기 안전핀을 뽑는다! 손잡이를 누른다! 가스가 새어 나오지만 소화액은 방사되지 않는다.

발가락이 부러져 피가 난다.

나는 다시 부엌으로 달려가 스토브의 스파게티용 냄비를 주워 든다. 스파게티가 남아 있지만 냄비에 물을 가득 채운 다음 불 속에 부어 버린다. 화재경보기가 비명을 지르고 나는 동물처럼 헐떡인다.

푸시식 소리가 나며 불이 꺼진다.

못 입게 된 옷들. 새까맣게 탄.

남은 불꽃이 튀고 물이 흘러내린다. 김이 나고 연기가 피어오른다.

나는 콜록거리며 창가로 돌아가 밖을 내다본다.

길 건너편 오렌지색 불빛.

그의 침실 불이 켜져 있다.

놈은 창가에 앉아 있다.

내가 때린 머리통에 붕대를 두르고 있다. 어제 나는 상한 우유가 든 주전자로 그의 머리를 가격했다.

"이 새끼 제법인데!"

그는 가운데 손가락을 들어 보인다. 나도 그를 향해 양손의 가운데 손가락을 세운다.

"비겼지?" 나는 외친다.

"미친, 싫어, 이 늙은이야."

미소.

우리 둘 다 창문을 쾅 닫는다.

둘 다 미소 짓는다.

제일 아끼는 베개가 담뱃불에 타고 있다. 나는 담배를 집어 입에 문다. 손바닥으로 불을 두드려 끈다.

침대보 위로 개미 한 마리가, 알 수 없는 겨울로부터 기어 나온다. 바로 거기. 그 겨울로부터 기어나온 첫 번째 개미가.

파랑, 파랑, 밝은 파랑

한 청취자가 라디오 프로그램에 전화를 한다.

그의 차인 빨간 색 포드 에스코트를 주차장에 세우고 가게에 갔다 왔더니 차가 없어졌다고 말한다.

"어디에 주차했는지는 확실했어요. 항상 카트 모아 두는 곳 가까이에 두니까요. 하지만 돌아왔더니 차가 없는 거예요. 결국 멀리 원예품 가게 근처에서 찾았지요."

"무슨 일이 있었다고 보십니까?"

진행자가 물었다.

"전혀 모르겠어요." 청취자가 말한다.

나도 자주 그런 기분에 빠진다. 그래서 내가 이곳에 오게 된 거다. 나는 나 자신을 찾으려고 매트리스 아래를 들춰 본다. 카펫도 살핀다. 작은 단서라도 나올까 싶어 밝은 파란색으로 칠해진 벽을 더듬는다. 나사가 가득 든 비닐봉지를 들고 가게에서 걸어 나와 자기 차가 왜 원예품 가게 옆에 세워져 있는지 어리둥절해 하는 남자와 나는 다를 게 없다.

메이가 들어와 창가의 의자에 앉는다. 마치 우리가 오랜 친구인 것처럼. 내가 입원했을 때 내 카세트테이프를 빼앗아 가고 이 공책에 글을 쓰게 한 다음 매일 밤 가져가 읽는 사람은 자기가 아닌 것처럼. 거기 앉으세요, 메이. 어쨌든 그 라디오 프로그램은 끝난다. 시끄러운 광고가 이번 주 일요일에 펼쳐질 자동차 경주를 알린다. 이번 일요일. 일요일! 일요일! 어린이는 무료입니다! 메이가 전원을 꺼 버린다. 그녀가 뭘 켜는 사람은 아니다. 하지만 원 세상에, 저런 식으로 꺼 버리다니.

"어떤 일이 있었는지 말하고 싶어요."

"언제 일인가요?" 그녀는 휴대용 녹음기를 누르며 묻는다.

"임무 수행 중 실종이라고나 할까. 그 비슷한 얘기가 라디오에서 나왔어요. 하지만 저는 처음 샀던 차를 잃어버렸던 얘기를 할래요. 거기 관련된 일들."

"어쩌다가 차를 잊어버리셨죠?"

"3주 연속 잠을 못 잤어요. 그러다가 이유를 알아냈어요."

"왜죠?" 내가 여기 온 이래로 메이가 듣고 싶어 하던 것은 바로 이런 얘기다.

"물론 세상이 끝나 가고 있었기 때문이죠. 문제는 그걸 아는 사람이 나 뿐이었다는 거예요. 그래서 뭘 했는지 아세요? 제 계좌에 있던 돈을 다 털어서 친구들에게 나눠 주었어요. 친구들은 당연히 좋아했죠. 날이 추웠어요. 1월이었거든요. 하지만 저는 차를 몰고 하느님에게 가야만 했어요. 옷을 입은 채로 하느님을 만날 수는 없다는 걸 알고 있었기 때문에 저는 치킨가게 앞 쓰레기통에 옷을 버리고 차에 탄 다음 가속페달을 밟았죠. 꽤 속도를 냈어요."

"어디로 간 거예요?"

"바다로요. 바네갓 만이요. 꽁꽁 언 바닷물 위로 해가 지고 있었어요. 얼음에 불이 붙은 것 같았죠. 마치 하느님이 얼음 위에 서 계시는 것 같았어요."

"하느님을 만났어요?"

"아니요. 못 만났어요."

나는 입을 다물었다.

"무슨 일이 있었어요?"

"제 차가 산책로가 끝나는 곳에 있던 모래 언덕을 들이박았어요. 차가 박살났어요. 해는 져버렸고요. 하느님은 만날 수 없었어요.

그냥 산책만 했어요. 벌거벗어서 죽도록 추운데도 산책로를
걸었어요."

"지금도 세계가 끝나 간다고 생각해요?"

내가 무슨 말을 하려고 입을 열었는데, 맹세컨대, 창 밖에서
충돌 사고가 난다. 메이는 의자에서 뛰어올라 철망 달린 유리창을
내다본다.

"아 안 돼!" 그녀는 외친다.

작은 파란색 폭스바겐이 소나무 옆에 구겨져 있다. 문이 활짝
열린다. 제리 노웨어가 수풀 속으로 뛰어든다. 그는 맨발에, 조그만
오렌지색 별무리가 그려진 하얀 가운을 입고 있다.

뚱뚱한 경비원이 잠시 후 숲으로 달려간다. 나는 지금도 제리의
입장에서 그 사건을 듣고 싶다.

내가 들은 건 반대편 이야기다. 친절하고 착한 저스틴이라는
남자가 성당에 기증된 책들을 이 요양소에 가져다주곤 했다.
축축하고 냄새나고 좀벌레가 있을 것 같은 문고판 책이었다.
폭스바겐은 그의 차였다. 제리 노웨어가 올라타기 전까지는.
기증할 책들을 건물 안으로 옮기는 동안 차의 시동이 켜져 있다. 거
봐. 선행은 항상 벌을 받는다니까. 차를 타고 하느님에게 가거나
하느님에게서 도망가는 건 불가능한가 보다.

메이가 방 밖으로 달려 나가려고 할 때 나는 그녀를 막아서며
말한다. "잠깐만요."

"안 돼, 스캇. 비켜 봐."

"차가 없어졌던 청취자에게 진행자가 물었어요. '당신 차가
어떻게 이동했는지 짐작 가는 거라도 있나요?'"

"너는 이상한 말만 하고 있어."

그녀는 큰 소리로 도움을 청했지만 사람들은 사고 현장을

파랑, 파랑, 밝은 파랑

구경하러 요양원 앞에 나가 있다.

　나는 그녀의 어깨에 손을 얹고 다시 창가의 의자로 데리고 온다.

　그리고 나는 말한다. "사회자는 누군가가 비슷한 열쇠를 가지고 쇼핑하러 왔을 거라고 생각했어요. 아마 다른 쇼핑객이 길을 잘못 들어서 그 포드 에스코트를 보고는 자기 걸로 착각하고, 차에 타서 열쇠를 꽂으니까 시동이 걸렸을 거라구요. 그렇게 일이 풀리기도 하잖아요. 차를 잃어버렸던 남자가 원예품 가게 옆에서 자기 차를 발견했을 때 그 안에서는 CD 플레이어가 돌아가고 있었어요. 볼륨을 최대한 높여 터질 듯한 소리가 났구요. 누군가 착각을 했겠죠. 하지만 알아서 차를 다시 가져다 놓았잖아요. 아무도 참견할 필요가 없었어요. 저절로 해결됐어요. 남의 차는 제자리에 갖다 놓고 다시 일상으로 돌아갔다구요."

　"오케이, 알겠어. 알아들었어." 그녀가 말한다.

　그래서 나는 그녀를 방에서 내보낸다.

　이제 내겐 라디오가 없다.

　이젠 이 공책뿐이다.

　이 공책도 뺏기려면 어떻게 해야 하지? 좀 알려주세요.

아들은 내 귀에 입을 가까이 대고 나를 깨운다.

"우리 옆집 말이에요."

나는 어둠 속에서 벌떡 일어난다.

"우리 옆집에 사는 사람, 진짜 아멜리아 에어하트예요."

나는 불을 켠다. 조명이 아들을 비춘다. 손에 백과사전이 들려 있다. 하얀 가죽. 금박 글자.

아들은 엄마의 행방에 대한 단서를 찾고 싶을 때 그 책을 본다.

엄마가 죽었다는 걸 그는 믿지 않는다. 심리치료사는 아이가 그 순간을 목격하지 못했기 때문이라고 했다.

무슨 일이 있었는지 보여 주려고 내가 만화를 그린 적이 있다. 하지만 아들은 말했다. "그건 그냥 그림이잖아요. 가짜예요."

들것에 실려 앰뷸런스 안으로 옮겨지는 엄마의 그림이 특히 가짜라고 했다. 앰뷸런스가 온 적은 없잖아요. 검시관만 왔지. 어린아이에게 설명하기가 쉽지 않다.

오늘은 아들이 엄마에 대해 묻지 않는다. 처음이다.

"아멜리아 에어하트라, 그럴 수도 있겠지." 나는 말한다.

"분명히 그 분이었어요! 최초로 비행기를 타고 세계여행을 한 여자요! 옆집에 가 봐요."

"아니, 안 된다. 내일 나는 일을 하고 너는 학교에 가야해."

"아빠는 일 안하잖아요. 그림만 그리면서."

"참 예쁘게도 말하는구나."

그는 창밖을 내다본다. "에밀리 에어하트 집에 불이 켜져 있어요."

"그래서?"

"그래서라니요! 그 분이 창문 앞을 지나갔어요!"

"침대로 가라." 나는 말했고 그는 방을 나갔다.

밖에서 요란한 소리가 들린다. 나는 창문 밖으로 목을 빼고 바라본다. 월터가 옆집 문을 두드리고 있다. 문이 열리자 누군가가 금색 조명을 받으며 나타난다. 내 아들은 그 집 안으로 들어간다. 나는 소리조차 지르지 못한다. 문이 닫힌다.

나는 거리에 맨발로 뛰어나간다. 뜰에는 유리 조각들이 널려 있고 어둠 속 배수지 저편에는 어느 집에선가 풀려나온 개가 서성이며 짖고 있다.

나는 문을 두드린다. 여자가 나를 들여보내 준다. 그녀의 얼굴에는 붕대가 감겨 있다. 그녀는 말한다. "방금 아드님이 왔어요…. 학교 숙제 때문에 조사할 게 있다고 하더군요."

"뭐에 대해서요?"

"사라진 여자들이요. 실종된 여자들."

나는 흘끗 방을 둘러본다. 낚싯줄에 매달린 모형 비행기. 책장들. 집게발을 치켜든 게들이 뒤덮은 해변 그림.

"아이 걱정은 마세요." 그녀는 붕대 뒤에서 미소 짓는다. "그런데 한 번도 뵌 적이 없는 것 같네요."

"전 밖에 잘 안 나와서요."

그녀는 어깨를 으쓱하며 말을 돌린다. "아드님 참 귀여워요. 뜰에서 노는 모습을 보곤 했지요. 저에게 아멜리아 에어하트냐고 묻더군요. 그렇다고 했어요. 괜찮지요? 그 애는 아빠에게 보여줄 증거를 찾겠대요."

나는 월터를 부른다. 멀리서 그 애의 대답이 들린다.

여자는 나에게 소파에 앉으라고 권한다.

우리는 무거운 침묵 속에 앉아 있다. 나는 그녀의 붕대를
바라본다.

"성형수술을 했어요." 그녀가 말한다. 문득 내가 그녀의 이름을
모르고 그녀도 내 이름을 모른다는 것을 깨닫는다. 그녀의 정체를
몰라도 괜찮다. 내 이름을 알려주지 않아도 된다면.

그녀는 내 무릎을 찰싹 친다. "의사 말로는 사람들이 제 얼굴을
알아볼 수 없을 거래요."

"잘됐네요." 나는 말한다.

월터가 타닥거리며 계단을 내려오는 소리가 들린다. "아빠, 제가
찾은 것 좀 보세요."

책 한 권이 내 무릎 위에 떨어진다.

리누스 던컨 작품 모음집: 일리와 리의 십 년.

"아빠 책이에요."

에밀리아 에어하트가 놀란다. 그녀 앞의 내가 그 유명한 만화가다.
이제 조용히 살고 있지만.

나는 말한다. "이놀라 게이*의 파일럿을 만나게 되어 저도
영광입니다."

"절 다른 사람으로 착각하시는 것 같네요." 그녀가 말한다.
"요즘엔 신문에서 작가님의 만화를 본 적이 없어요. 지금도 그림은
그리세요?"

"그립니다."

그녀는 말한다. "요즘 신문 만화들은 형편없어요. 그 때문인지 온
세상이 형편없는 것 같아요."

---

* 히로시마에 원자폭탄을 투하한 비행기 중 한 대

"세상은 우리가 생각하기 나름이죠." 내가 말한다.

월터가 여자의 어깨를 톡톡 치며 묻는다.

"비행기에 대한 책이 왜 이렇게 많아요?"

"난 비행사니까. 비행장에 내 비행기도 있단다."

"정말 비행사예요?"

"정말이지. 내 비행 면허증을 보여줄 수도 있어. 지금은 가명을 쓰지만. 나는 진짜 파일럿이야."

그녀는 걸어 나간다. 나는 아들의 무례한 행동을 제지했어야 한다. 그녀를 귀찮게 하지 말고 혼자 게임이나 하라고. 문제는 내가 만화를 보며 울고 있었다는 것이다. 아내와 내가 해변에서 유모차를 밀고 있다. 아기가 유모차에서 뛰어내린다. 아기는 물결에 떠내려간다. 곧 큰 파도에 휩쓸려 사라진다. 유모차 안에는 바다사자가 혼자 풋볼을 튕기면서 놀고 있다. 나는 책으로 얼굴을 가린다.

그 집을 나오기 전에 나는 이 상상 속의 여자와 상상 속의 비행기를 타고 비행을 하겠다고 맹세해야만 했다.

수요일에 우리는 정말 비행을 떠난다.

그녀의 비행기는 하늘에서 내려와 우리가 사는 고요한 거리 한복판에 착륙한다. 고개 숙인 채 흐느끼던 수양버들 가지들이 프로펠러에 잘려 사방에 흩날린다. 아무도 신경 쓰지 않는다. 우리는 흐느끼지 않는다.

아들은 내가 그림을 그리고 있던 사무실 앞 복도에 서 있다. 하지만 놓치면 안 될 마감일이 코앞이다.

"난 비행 못 간다." 하지만 아들은 내 셔츠를 붙들고 현관까지 나를 끌고 간다. 일단 문지방을 지나고 나면 돌이킬 수 없다.

우리는 그녀의 비행기를 탄다.

붕대를 푼 그녀의 얼굴은 새벽녘 바다처럼 매끈하다.

아멜리아는 조종간을 당긴다. 속도를 올리자 양 날개가 점차 기류를 타고 올라간다. 우리가 살아온 소박한 세상 위 높은 곳으로 날아오른다.

"어디로 가고 싶어요?" 그녀가 우리에게 묻는다.

월터가 대답한다. "엄마가 마지막에 간 곳이 어디였을까요?"

"아무도 모르지."

그래서 우리는 그냥 솟아오른다. 들리는 것은 엔진과 프로펠러 소리뿐이다.

우리 아래로, 슈퍼마켓 옆 들판에 푸른 드레스를 입고 깨진 아스팔트길을 건너고 있는 작은 소녀가 보인다. 들판에는 들꽃이 널려 있었다. 분홍과 노랑과 하얀 점들.

"저 여자애는 뭐하고 있는 거죠?"

"나비를 잡으려고 하네, 손으로."

나는 얼굴을 유리창에 대고 다들 들으라는 듯 말한다.

"그래, 바로 저기 있잖아."

"누가 있다구요?"

"네가 보고 싶어 하는 바로 그 사람."

자넬

금방이라도 빗방울이 떨어질 것 같다. 어떤 여자가 길가의 제단을 고치고 있다.

여름 햇빛에 바래고 겨울바람에 망가진 파란색과 보라색의 조화들. 옷걸이에 못을 박아 만든 떡갈나무 위 십자가.

고가도로 한쪽에 세운 차 안에서, 우리는 그 여자를 바라본다.

할 일이 없다. 벌거벗은 소방관 모양의 방향제를 손가락으로 툭툭 칠 뿐. 신디와 나는 가끔 그 곳에 주차를 하고 시간을 보낸다. 그녀는 수다를 떨고. 나는 소방관의 불알을 손가락으로 튕기고.

이 위에서는 마을의 구석구석을 적나라하게 볼 수 있다.

마을의 삐져나온 갈비뼈, 나른한 눈, 벗겨진 머리 같은 곳들. 차들이 충돌하는 것도.

신디는 프랑스식으로 담배를 피운다. 입으로 연기를 내뿜었다가 코로 다시 들이마신다. 우리 앞에 펼쳐진 저 넓은 세상에 독가스를 퍼뜨리는 거야. 한바탕 웃고 난 그녀는 고객들에 대해 떠들기 시작한다. 나는 그녀를 조용히 시키려고 몸을 기댄다.

"왜 이러는 거야, 이 바보야."

"저 사람 좀 봐. 나무에 뭔가 쓴다. 경고문인가."

우리는 꼼짝도 하지 않고, 톰 소여가 울타리를 흰색으로 칠하듯 그녀가 말뚝만한 붓으로 한 글자씩 쓰는 광경을 지켜본다.

내 딸 이름은 자넬!

과속은 죽음이다!

"저 아줌마 자기 딸 이름을 잘못 썼네."

"딸이 차에 치었나. 아니면 흥분제를 너무 많이 먹었을까?"

"뭐라고 쓴 거야?"

"과속. 마약."

"오."

"며칠 전에도 어떤 차가 저 제단에 충돌했대. 경찰 무전기로 들었어. 여기서 사고가 얼마나 많이 나는지 놀라워. 세상에서 차 사고가 가장 많이 나는 곳이야."

"우리 마을에 이렇게 특별한 곳이 있었다니."

그 여자는 페인트 통을 차에 싣는다. 비가 오기 시작했으니 페인트 칠 할 타이밍은 아니다. 그렇지 않은가? 글자가 하얀 줄이 되어 나무를 타고 흘러내린다. 차가 떠난다. 딸이 태어난 해와 죽은 해의 연도가 차창에 스티커로 붙어 있다. 그녀는 열일곱 살이었다. 그녀의 이름도 정확한 철자로 붙어 있다.

오렌지색 글씨들.

빨간색 미등.

초록색 구름에서 쏟아지는 물방울들.

나는 진저에일 뚜껑을 따서 우리의 머그컵에 나눠 붓는다. 그녀의 컵에는 "나는 승자다"라고 쓰여 있다. 내 컵은 무늬 없는 분홍색이다. 신디가 버번을 따른다. 그녀는 팝콘도 가져왔다. 우리는 영화를 보러 갈 돈은 없지만 자주 이 모퉁이에 와서 무료 쇼를 감상한다.

"죄책감이 들어." 그녀가 말한다. "나는 끔찍한 일이 일어나는 걸 볼 때 너무 흥분하거든. 난 나쁜 사람일까?"

"아니야." 나는 컵을 들어 한 모금 마신다. 진저에일과 술을 입에 머금자 구멍 난 치아에서 날카로운 통증이 느껴진다. 숨바꼭질을 하는 것 같다. 나는 묻는다.

"타인을 위해서 네가 했던 가장 좋은 일이 뭐야?"

"가장 좋은 일? 아, 전에 말했잖아."

"다시 말해 봐."

"테라본 스트리트 다리에서 야간 경비를 선 적이 있다고 한 거 기억 나? 간호사 시험 준비할 때. 다 떨어졌지만."

나는 고개를 끄덕인다. "기억하지. 기억나."

"어느 날 밤에, 한 남자가 차를 세우고 도보로 걸어가더니 난간을 넘어가는 거야. 그 남자가 뛰어내리기 직전에 내가 소리를 질렀지. 내가 헛소리를 한마디 한 덕분에 그는 뛰어내리지 않았어. 이 얘기 기억나?"

"약간. 강에 상어가 있다고 했어?

"아니, 거기서 떨어져도 안 죽을 거라고 했어. 다리나 골반은 부러지겠지만 빠져 죽을 리는 없다고 했지. 그냥 다칠 거라고. 아주 심하게. 상황만 더 나빠질 거라고."

"그래서 안 뛰어내렸다는 거지."

"응. 더 확실히 죽을 수 있는 다리가 있다는 걸 알려 줬거든. 월터가 살아 있을 때 함께 갔던 다리. 코스타리카. 아래에 악어들이 우글거리는 아주 높은 다리였어. 나랑 월터가 닭고기를 조각내서 던졌더니 악어들이 미친 듯이 덤비더라고. 그 얘기가 완전히 먹혔지."

"아주 착한 일을 했네. 그 사람은 코스타리카로 가서 자살했어?"

"아니. 요즘도 여기 돌아다녀. 체중이 좀 늘은 것 같더라."

"우리도 그렇잖아."

나는 신디에게 시선을 돌린다. 그녀는 완전히 초연해 보인다. 그녀는 지구에서 가장 초연한 생명체다. 그녀는 오지도 가지도 않는다. 만들지도 부수지도 않는다. 입술에서 연기를 뿜지만 코로 다시 빨아들인다. 들이쉬고 내뿜고. 눈 화장도 안 하고 대학 졸업장도 없는 영원성의 상징.

　나, 나는 분열의 상징이다.

　나는 손가락으로 소방관 얼굴 한가운데를 튕긴다. 누구든 자신을 영웅이라고 자처하거나 그렇게 믿는 사람은 제 정신이 아니다.

별 장식

샘은 믿지 않는다.

그녀는 크리스마스가 너무 싫어서 가게에 불을 질러 잿더미로 만들고 싶다고 했다. 아니, 녹은 플라스틱 장난감 더미라고 해야 하나.

"선물 살 사람들은 허접한 거라도 벌써 샀어. 불은 내년에 질러. 미리 계획 세워서."

"달력 하나만 훔쳐다 줘."

우리는 얼어붙은 콘크리트 위에 앉아 있다. 약국의 벽돌 벽에 등을 기댄 채.

처방전은 없지만 약들을 모조리 갖고 싶다.

점점 추워진다. 못 견딜 정도는 아니다. 쓰레기통이 바람을 막아 준다.

엉덩이가 저리다. 어린 시절 친구들은 아마 전부 죽었을 것이다. 빨간 코 사슴 루돌프가 암컷이었다니.

진짜 인간이 굴뚝에 들어가면 죽는다. 도둑놈이나 질투에 눈 먼 연인이 시도할 수는 있겠지만 질식사할 거다. 인간의 폐는 확장되지 않는다. 엘프처럼 마법의 폐가 아니니까.

이렇게 되는 거다. 그대는 굴뚝 아래로 내려가려다 결국 미로에 빠진다. 엇갈린 길들을 헤매면서 당황하다 보면 아빠 어깨에 앉아 북극성을 관찰하던 어린아이는 어느 새 멀어져 있다.

샘은 이곳 출신이다. 그녀는 집을 떠나기도 전에 굴뚝 아래로 추락해 빛나던 얼굴을 바닥에 부딪혔다.

"쇼핑몰에 가서 사람들에게 네 피를 떨어뜨릴까?"

"그럴 기분 아니야"

그녀의 푹신한 코트에서 깃털이 빠져나온다. 칼로 찔렸던 위치다. 상처는 다 나았지만 깃털은 계속 빠진다.

크리스마스이브다. 나도 사람들에게 피를 묻히고 싶지 않다. 하지만 샘을 행복하게 해 주고 싶다. 골판지 쓰레기통에서 잘 때 그녀의 따뜻한 품이 필요해서만은 아니다.

내 생일에 그녀는 내게 고양이를 주었다.

그 고양이는 우리와 함께 천막촌 전깃줄 밑에서 살았다.

경찰들이 천막촌을 습격했을 때 고양이는 숲으로 도망갔다.

그 후 녀석을 보지 못했다. 똑똑한 고양이. 배신자 고양이. 실세 고양이.

그 녀석을 빼고 나머지 우리는 모두 체포됐다.

나는 약에 취할 때마다 녀석이 더 행복해졌을 거라고 상상한다. 그럴듯한 사무직을 구했을 테고 헤링본 무늬 양복을 입고 있겠지. 고양이용 컨버터블 자동차도 샀을 거다. 아마 티탑 지붕으로. 비치보이의 노래들을 터질 듯 틀어 놓고 운전할 테고. 매력적인 고양이 와이프와 멋진 모래 화장실을 갖춘 폼 나는 집에 살면서!

여기 우리는 얼마나 멍청한지, 걸어서 서부에라도 가면 우리의 더러운 몸이 따뜻해지긴 할 텐데 그것조차 안한다.

샘의 왼쪽 젖꼭지에 무정부주의자를 상징하는 문신이 있다. 오른쪽 젖꼭지에는 거꾸로 된 십자가 문신이 있다. 십자가의 선은 그녀의 함몰 유두에서 끝난다.

"사람들 집 마당에서 크리스마스 장식이나 훔쳐서 팔까?"

난 턱이 아프다. 왼손도 아프다. 얼마 전에 탈골되었던 무릎은 아직도 부어 있다.

"움직이기 싫어" 나는 그녀의 초록색 머리카락을 매만진다.

"라이터 줘 봐."

그녀는 내게 약이 있는 줄 안다. 약은 없다.

나는 가스 토치에 불을 붙여 우리 사이에 놓는다. 따뜻해진다.
나는 묻는다.

"어때?"

"사랑에 빠질 정도야." 그녀가 말한다.

내 주머니에는 그녀에게 줄 크리스마스 선물이 있다.
스크루드라이버 끝에 용접해서 달아 놓은 별모양 놋쇠 장식. 출근길
눈을 치워 주는 대가로 철물점 가게 직원이 만들어 준 것이다.

종소리가 멎는다. 오후 내내 종을 흔들며 돈을 요구하던 여자가
드디어 가 버린다. 캐럴을 불러 대지 않은 게 그나마 다행이다.

피할 수 없는 반경 어딘가에서 항상 비명 소리가 들려온다. 귀를
기울일지 무시할지는 선택하기 나름이다.

샘이 보지 않을 때, 나는 별 장식을 부탄가스 불꽃에 대고 하얗게
될 때까지 달군다.

샘은 꾸벅꾸벅 졸며 몸을 움찔거린다. 꿈속에서 그녀는 툰드라의
끝, 얼음처럼 차가운 이글루에 아무 희망도 없이 갇혀 있다.

"손 좀 내밀어 봐." 나는 말한다.

그녀가 눈을 뜬다. 벌겋게 달구어진 별을 보고 그녀는 미소
짓는다.

"아, 존나 최고야, 자기야."

나는 눈이 오기를 바란다. 눈이 오지 않기를 바라기도 한다.

샘은 장갑을 벗고 새하얀 손목을 드러낸다.

그녀의 혈관은 희미해서 거의 보이지 않는다. 하지만 입안의 이는
전부 다 보인다.

살이 타는 소리가 속삭인다. "사탄이여 영원하라."

그녀는 잠시 나를 꼭 안는다.

별은 분홍색으로 펄떡인다. 나는 빈 병을 그녀의 피부에 대서 상처를 식힌다.

그녀는 말한다.

"넌 나에게 너무 잘해 줘. 왜 그러는지 모르겠어."

나는 말한다.

"네가 나에게 왜 이렇게 다정한지 나도 모르겠는데."

"복수하려고."

"복수. 그럴 줄 알았어. 큰 복수지."

샘은 내 품에 기댄다. 그리고 엉덩이 아래에서 돌 하나를 집어 든다.

그녀는 그것을 쓰레기통에 던져 버리고 말한다.

"내가 너에게 주고 싶은 게 뭔지 알아? 핵전쟁으로 망해 버린 세상을 주고 싶어. 아무 것도 남지 않은 세상." 그녀는 콧물을 닦는다.

다시 종이 울리기 시작한다. 멀리서. 끊임없이. 샘이 말한다.

"온 세계 사람들이 한방에 그냥 죽어 버리면 얼마나 좋을까. 상상해 봐. 너랑 나만 남는 거야. 아무 것도 없이 앉아 있는 거지. 우리가 일어나서 벽 주위를 살펴보고 거리를 내려다봤을 때 어떤 교통 신호도, 경찰도, 직업도, 갈매기도, 종도, 세금도, 사람도 없는 거야. 영원히. 어때 멋있지 않아?"

마이크 아버지의 생명 유지 장치를 떼기로 한 날 밤, 우리는 울타리를 넘어 워터 슬라이드 '패럴라이저'의 꼭대기에 갔다. 죽고 싶었던 것은 아니었다. 머릿속이 멍했을 뿐.

워터파크에는 물이 다 빠져 있었다. 그래도 우리는 마대 자루를 들고 가장 높은 슬라이드로 올라갔다. 50미터가 넘는 길이를 미끄러져 내려오며 눈을 꼭 감고 오 세상에, 오 세상에 비명을 질러 댔다.

마대 자루는 내가 일하던 철물점에서 훔쳐왔다. 이탈리아 산이어서 이탈리아라는 글씨가 찍혀 있었다. 그럴듯 해 보였다.

그 마대 자루는 값비싼 분수대와 동상들을 내 키보다도 큰 나무 상자 안에 넣어 옮길 때 빈 공간을 채우는데 쓰던 것이었다. 대개 이탈리아인들이 동상을 사서 해변의 여름 별장 입구나 바다가 보이는 뒤뜰에 세워 두었다.

내 일생일대의 계획은 철물점의 지게차 담당자 스캇이 대학에 가면 그 자리를 차지하겠다는 것이었다. 그러나 그는 결국 대학에 가지 않았다. 그는 아마 지금도 지게차를 운전하고 있을 것이다. 별 것 아닌 놈이 그런 특혜를 받다니 퍽이나 잘된 일이다.

나는 해고당했다. 업무 후 대형 망치로 동상들을 부수며 기분 풀이를 했기 때문이다.

이쯤에서 물리 공부. 당신은 알까? 그 밤의 패럴라이저는, 워터파크에 물이 가득 차 있고 뉴저지 아이들이 북적이던 주말보다 속도가 세 배는 빨랐다. 물도 흐르지 않는데 마대 자루만 깔고 미끄러지니 슬라이드 위의 기름 덩어리가 된 기분이었다. 염소

처리된 물줄기의 부력이 없어서 엉덩이가 뜨거워졌다. 나는
머리카락을 휘날리며 이를 앙 다물었다. 청소부와 놀아나는 엄마와
자정 뉴스에 나오는 전쟁터로 간 아빠는 머릿속에서 까맣게
지워졌다. 평소 100미터 같던 높이가 1킬로미터처럼 느껴졌다.

오호호호호 끝내 주네!

보통 때라면 미끄럼틀 밑에서 속도를 줄여 줄 물웅덩이가 텅 비어
있었다. 우리는 콘크리트 바닥에 나동그라졌다.

튀어 오르고 미끄러지면서 팔꿈치와 무릎의 피부가 벗겨졌다.

살이 찢어져 피가 줄줄 흘렀다.

하지만 마이크는 벌떡 일어나며 말했다.

"또 타자!"

우리는 쿵쾅거리며 패럴라이저 위로 올라갔다.

참 이상한 일이지만, 그 모든 추억이 되살아난 것은 한 지방 신문
때문이었다. 어제 나는 신문에서 그 워터파크 '스플래시 캐슬'에
대한 소식을 읽었다. 패럴라이저가 불에 타서 무너져 내렸다는
것이다. 패럴라이저의 가장 높은 슬라이드가 30미터에 불과했다는
사실에 나는 깜짝 놀랐다.

마이크와 나 단 둘이 워터파크를 차지한 건 마이크의 아버지가
이름도 모르는 병과의 싸움에 진 밤이었다. 마른 번개까지 내리쳤다.
해변 저편 하늘은 이상한 보라색으로 물들고 놀이기구들 위 구름은
초록빛을 띄었다.

계단을 백 칠십 개 올라가 미끄럼틀 위에 서자 솜사탕 같은
에메랄드 색 구름을 손으로 딸 수 있을 것 같았다.

그 꼭대기에서는 해안 산책로와 모래에 밀어닥치는 파도와
대관람차가 내려다 보였다. 바구니에 사람들을 태워 바다를 향해

내동댕이쳤다가 거대한 고무 밴드로 다시 안전하게 끌어당기는 '휴먼슬링샷'도 보였다. 내가 신문을 배달해서 번 돈을 몽땅 털어 넣곤 했던 뽑기 기계들도 보였다. 나는 거기서 겜보이나 워크맨, 하다못해 하트 모양 인형이라도 뽑아 우리 집에 대해 아무것도 모르는 같은 반 여자애들에게 주곤 했다.

패럴라이저의 꼭대기에서는 우리 집으로부터 세 블록 떨어진, 우리 집 만큼이나 형편없는 마이크네 집이 보였다. 만으로부터 잠시도 쉬지 않고 불어오는 바람이 그 우울한 단층 주택의 뜰에 쓰레기들을 늘어놓았다. 마이크의 엄마도 병원에 가 있어서 그 집 전등은 꺼져 있었다.

어제 신문에서 마이크의 엄마가 그 후 두 번 더 결혼했다는 기사를 읽었다. 그 남편들은 둘 다 중환자실 신세가 되었다. 그녀가 게토레이에 독을 탔기 때문이다. 세 번째 남편의 경우에는 그가 밤마다 마시던 스카치와 물에 독을 탔다고 했다. 하지만 결국엔 그녀가 저지른 일들이 그녀의 어깨를 두드렸다. 그녀는 돌아서서 자기가 한 행동의 결과와 직면하게 되었다.

우리는 사물이나 사람에 대해서 아무 것도 모른다. 그들이 당신을 구해 주기 전까지, 혹은 죽이려 들기 전까지는.

패럴라이저는 강화 플라스틱으로 만든 슬라이드 두 개로 되어 있었다. 워터파크에 물이 차 있을 때 슬라이드 밑에 서서 사람들을 바라보면 재미있었다. 양쪽 트랙의 사람들은 자기가 더 대담하다는 듯 경쟁하며 내려왔다. 여자애들의 옷이 찢어지거나 엉덩이에 옷이 꽉 끼는 걸 훔쳐볼 수도 있었다. 앞니가 하나 빠진 나이에, 그것은 내가 누리는 최고의 재미였다.

그러나 그날 밤 공원은 적막했다. 마이크와 나 뿐이었다. 마이크는 언제나 문제를 일으켰고 이번에는 나까지 문제에 끌어들였다.

상관없었다. 나도 지루했기 때문이다. 우리는 동상을 전부 깨뜨렸다. 별 효과도 없었지만 바나나 껍질로 약을 잔뜩 만들어 피웠다. 셔먼 애비뉴를 돌아다니며 주차된 차들에서 5달러어치의 동전을 훔쳤다. 창문을 열어 놓은 뉴욕 번호판 차들만. 엿이나 먹어라. 휴먼슬링샷은 우리가 조작할 수 없으니 다시 미끄럼틀로.

미끄럼틀을 네 번째 내려올 때 울타리 너머 대로에 경찰차가 보였다. 그 차는 경광등도 번쩍이지 않고 다가오고 있었다. 경찰들은 보도 가장자리에 서서 미끄럼틀 꼭대기에 또 올라간 우리를 바라보았다. 누가 신고한 건지 궁금했다. 거리를 훑어보자 한 쌍의 남녀가 뒤뜰에서 담배를 피우면서 올려다보고 있었다. 내일 그들의 노란색 차 카마로를 열쇠로 긁어 버려야지.

"내려가서 도망치자."

마이크가 말했다.

"좋아! 하나 둘 셋!"

우리는 패럴라이저의 쌍둥이 슬라이드를 타고 내려갔다. 내 다리는 콘크리트 바닥에 긁혀 길게 상처가 났다. 경찰들은 아직 안으로 들어오지 못했다. 다행히 우리는 울타리를 넘지 않고 워터파크 밖으로 나가는 법을 알고 있었다.

'블랙 버트의 동굴' 뒤에 숨은 관리실로 들어가면 '레이지 라군'에 물을 대는 거대한 수영장 필터와 배관을 통해 빠져나갈 수 있었다. 좀 더 대담하다면 쇠창살을 들어 올려 보도 아래의 작은 터널을 기어갈 수도 있었다. 그 터널은 길 건너편 주차장 빗물 저장고까지 이어졌다. 주차 미터기를 신경 쓸 필요도 없이 종일 3달러만 내면 되는 주차장이었다.

우리는 닌자 거북이를 흉내 내며 하수구 속을 통과했다. 반 블록 만에 마이크네 동네로 나가는 사다리와 하수구 뚜껑이 나타났다.

커다란 쥐처럼 생긴 마이크의 개는 약에 취한 사람들에게 한 수
가르침을 줄 것도 같았다.

　도로 위로 올라간 다음, 우리는 차 뒤에 숨어 경찰을 바라보았다.
경찰들은 담당자가 열쇠를 가지고 오기를 기다리고 있었다. 그
사건은 마이크의 아버지가 지구를 떠난 날 밤의 기분 전환으로
나쁘지 않았다. 탈출. 내게 얼마 안 되는 승리의 추억이다.

　지난겨울에 쇼핑몰에서 마이크를 보았다. 이십 년만이었다.
떨어져 있는 동안 사람이 그렇게까지 변할 수 있다는 것이 신기했다.
　나는 크리스마스 날에 선물 포장 아르바이트나 하고 있다는
생각에 부끄러웠다. 포장을 잘 하지도 못했다. 하지만 시급 8달러를
주던 사장은 내게 대단한 것을 기대하지 않았다. 내가 칵테일에
취해 헤드폰을 끼고 퍼블릭 에너미의 카세트테이프를 듣고 있어도
상관하지 않았다.
　마이크는 마우스트랩이라는 보드 게임을 들고 걸어왔다. 나는
마우스트랩이 여전히 판매 중이라는 것조차 몰랐다.
　나는 처음에 그를 못 알아봤지만 마이크가 나를 알아보았다. 나는
헤드폰을 벗었다. 그의 목소리는 옥타브가 변해 있었다.
　마이크는 이제 내 기억 속, 바짝 자른 옆머리에 번개 자국이 있는
재빠른 소년이 아니었다. 그의 얼굴은 창백했고 상처가 나 있었다.
　머리를 한쪽으로 넘겨 빗고 분홍색 새틴 양복을 입은 마이크는
자기보다 십 센티미터쯤 커 보이는 여자와 손을 잡고 있었다. 그는
그녀를 릴리라고 소개했고 나중에 척추지압실에서는 "내가 만나 본
최고의 베트남 연인"이라고 고백했다.
　콧수염을 길러서인지 그는 소아성애자처럼 보였다. 하지만 그가
나를 보고 "이가 다 어디 갔어? 너 주머니에 그거 맥주야? 나 만나서

반갑니?"라고 이것저것 묻지 않은 것만도 어디인가.

그는 떠나기 전에 척추지압 서비스 카드를 주었다. 나는 말했다. "난 괜찮아, 진짜야. 내 등은 아주 건강해. 문제가 있었던 적이 전혀 없어."

그는 재미있다는 듯 나를 바라보며 말했다.

"등이 아플 때만 오는 건 아니야. 알잖아."

그는 척추지압 약으로 온갖 병을 고칠 수 있다고 했다. 내 평생 들어 본 가장 말도 안 되는 소리였다.

나도 세 번이나 침을 맞았으면서 왜 그렇게 생각하는지는 모르겠다. 예전에 쇼핑몰 안 타이어 가게 옆에 침을 놔주는 곳이 있었다.

갈 때마다 달랐다.

밀빌 공업사에서 모래 분사 작업을 시작했을 때 내 얼굴 전체에 심각한 여드름이 돋았다. 그래서 손바닥에 침을 맞았다. 수백 개의 바늘이 꽂혔다. 한 달 만에 내 피부는 깨끗해졌다. 하지만 모래 분사의 영향일 수도 있다. 나는 그 달 말에 해고되었기 때문이다. 잘 모르겠다.

한번은 술을 끊으려고 양쪽 귀에 침을 다섯 대씩 맞았다. 그 날 하루는 효과가 있었지만 그 후 음주는 더 심해졌다.

그 다음 번은, 겨울이 길었던 어느 해, 내 약혼녀가 날 떠나기 직전이었다. 그녀는 샴록 모텔의 내 방에 달력을 가져왔다. '마지막 날'이라 쓰고 동그라미까지 쳐 두었다…. 나는 발기가 되지 않았다. 절박한 마음에 나는 다시 침놓는 사람을 찾아갔다. 그는 내 왼쪽 무릎 뒤에 침을 놓았고, 또 한 대는 심장 위에, 마지막 침은 목의 울대에 놓았다. 덕분에 발기 문제는 해결됐다. 그래도 약혼녀는 떠났다. 자기 달력도 가지고 갔다.

마술이 어떻게 펼쳐지는지 누가 알겠는가.

패럴라이저

크리스마스 선물 포장 아르바이트가 끝난 다음, 나는 집세를 내기 위해 다른 일자리를 구했다. 살충제 스프레이 공장의 야간 조 작업이었다. 작업 조 관리자는 나를 고용하면서 종이를 세 장 주었다. 거기에는 마약 검사를 받으러 갈 수 있는 의원 세 곳이 적혀 있었다.

그 당시 나는 마약에서 손을 뗐지만 검사를 받는다고 생각하니 떨렸다. 내 짧은 인생에서 어떤 테스트도 통과한 적이 없었다. 검사 장소 중 한 곳이 마이크의 척추지압실이라는 것을 깨달았을 때, 나는 망설임 없이 그곳으로 갔다.

앞마당에 낡아빠진 디젤 BMW가 서 있었다. 금색이었다. 현관 옆에 깃발 두 개가 휘날렸다. 하나는 이탈리아 국기였고 다른 하나는 염색된 바탕에 연꽃이 그려진 깃발이었다.

척추지압실은 건물 뒤쪽, 진흙 먼지 속으로 돌아내려 가는 벽돌 계단 아래에 있었다.

그의 사무실은 외로이 서 있는 낡은 집의 지하실이었다. 창문에는 보이는 곳마다 쓸데없는 물건들이 잔뜩 쌓여 있었다. 위층이 그의 집인 것 같았다. 한 창문에 그의 옛 침실에서 본 기억이 있는 힙합 그룹의 포스터가 붙어 있었다.

장미 정원도 있었다. 하지만 꽃들은 관리 받지 못해 시들었고 부처상의 왼팔이 떨어져 있었다. 워터파크 옆에 있었던 그의 엄마네 집이 떠올랐다. 다만 그 집을 우스울 정도로 최대한 늘인 것처럼 보였다.

장미 정원 때문이었을 거다. 그의 엄마의 낡은 집과 함께 식물을 키우는 데 들이던 그녀의 정성이 떠오른 건 말이다. 그 옛 정원에서 마이크는 마리화나를 키웠다. 그것이 크게 자라, 부어오른 엄지손가락처럼 눈에 띌 때도 아무도 뭐라고 하지 않았다. 사람들은 아버지를 잃은 마이크를 불쌍히 여겼던 것 같다. 아니면 마리화나가 어떻게 생긴 지 몰랐든지.

이상하게도 요즘엔 어디든 마리화나가 있다. 아이들조차 마리화나 잎이 그려진 티셔츠를 입거나 자동차 범퍼에 마리화나 스티커를 붙이고 다닌다. 그것은 기본적으로 경찰을 조롱하는 짓이다. 나는 경찰을 비웃거나 노려보지 않는다. 그들을 한번 따돌렸던 것만으로도 내 운은 이미 다했다고, 경찰 뿐 아니라 누구를 대할 때도 또 운이 따를 거라고 생각하지 않는다.

초인종을 누르기도 전에 마이크가 문을 열었다. 그는 내 손을 잡고 흔든 다음 나를 안으로 끌어당겼다. 그는 여전히 분홍색 수트에 라임 색 드레스 셔츠를 받쳐 입고 있었다. 삼십 대 후반이 되었는데도 그의 걸음걸이가 똑같은 것을 보고 나는 웃음이 터질 뻔했다.

그는 원숭이 마이크라고 불렸었다. 고등학교의 복도에서 구부정하게 서서 팔을 덜렁거리며 걷는 그의 모습이 마치 침팬지 같았기 때문이었다. 시간은 눈 깜빡하는 순간에 흘렀으나, 그의 걸음걸이는 여전히 똑같았다.

마지막으로 만났을 때 우리는 더블트러블 로드에서 달리는 차들을 괴롭히곤 하는 열일곱 살짜리 애들에 불과했다.

아무에게도 말한 적이 없는 얘기다. 우리는 꽤 심각한 사고를 일으켰다.

우리는 잡화상에서 구한 가짜 경광등을 차 위에 얹고 달리고 있었다. 운전은 마이크가 하고 나는 조수석에 탔다. 마이크는 가속페달을 세게 밟으며 어떤 차를 쫓아갔다. 이유는 없었다. 비가 내렸고 태양이 소나무 뒤로 지고 있었다.

내가 마구 웃어 대며 손을 뻗어 운전대를 쿵쿵 쳤던 것, 경적 소리가 불길하게 빵빵거렸던 기억이 난다. 우리가 쫓던 차는 길이

굽어지는 곳에서 아스팔트 밖으로 미끄러지며 나무를 정통으로 박았다. 우리는 계속 차를 몰았다.

한 식당의 테이블에 앉아 우리는 죽은 닭고기 조각들과 붉은 케첩에 덮인 감자튀김을 멍하니 내려다보았다. 진짜 경찰차와 앰뷸런스와 소방차가 요란하게 달려가는 소리가 들렸다. 9번 도로, 우리가 초래한 비극의 현장으로. 지금 이 일에 대해 쓰는 것은 내가 당신을 사랑하고 믿으며, 나는 만취했으며, 당신이 결코 이 일을 누설하지 않을 거라 희망하기 때문이다. 어릴 때 저지른 멍청한 짓거리들을 생각하면 나는 감옥에 다섯 번은 갔어도 싼 사람이다.

지난 밤, 나는 어둠 속에서 침대에 누운 채 여섯 개 들이 팩에 든 맥주 캔을 하나씩 비우면서, 그 차에 타고 있던 사람들을 생각했다. 그들은 누구였을까? 그날 살아남았을까?

도서관에 가서 필름으로 스캔 된 옛날 신문들을 찾아볼 수도 있는 일이다. 하지만 만일 내가 상상하는 일이 정말 일어났다는 것을 알게 된다면 나는 스스로에게 나쁜 짓을 할 것만 같다. 차라리 전부 악몽이었다고 믿는 척 하는 게 나을 거다. 아니면 지금이 꿈속이라고, 꿈에서 깨어나면 내가 이 세계에서 상상할 수 있는 것보다 더 강력하고 기이한 천벌을 받을 것이라고 믿든지.

이 맥주 캔 하나하나에 어떤 마법이 담겨 있다. 그 마법은 현실을 감춘다. 워터 파크와 산책로, 회전목마 건너편의 가판대에서 튀겨 파는 체폴레의 달콤한 냄새 같은 흐릿한 그림자 아래에. 내 서른 번째 생일 날, 나와 거의 결혼할 뻔 했던 여자가 치과비를 내주었다. 덕분에 나는 치아 본을 뜨고 의치를 만들었다. 그 의치는 지금도 어딘가에 있지만 나는 그걸 끼지 않는다. 의치는 아프다. 현재의 모든 것은 아프다. 아 잠깐, 그 의치는 이제 내게 없다…. 그걸로 뭘 했는지 방금 기억났다. 서른다섯 번째 생일 날, 나는 꽁꽁 언

산책로 가장자리에서 야구 방망이를 내려쳐 의치를 부숴 버렸다.
대관람차는 불이 꺼져 있었다.

자동차 사고 이후 마이크는 전과 같지 않았다. 우리는 지금까지
그 일에 대해 말한 적이 없었고, 그가 살아 있는 한 나도 결코 말하지
않을 작정이었다.

그 오랜 세월이 흘러 척추지압 지하실에서 만났을 때, 나는 첫눈에
알아봤다. 예전의 마이크는 사라졌다는 것을. 텅 빈 마음을 가진
다른 세계의 사람이 그 자리에 대신 들어앉아 적응하려 애쓰고
있다는 것을. 그런데도 걸음걸이는 같단 말이지, 하. 게다가 그는
신발도 신지 않았다. 내가 작업용 장화를 신고도 불쾌함을 느끼는
더러운 러그 위를 그는 맨발로 돌아다녔다.

비좁은 대기실 안에 수백 권은 될 것 같은 잡지가 꽂혀 있었다.
"읽을 것 필요해? 갈 때 여기서 맘에 드는 것 가져가. 릴리가 쓰레기
더미에서 찾아온 거야. 천사 같은 여자야"

무언가 달랐다. 쇼핑몰에서는 알아차리지 못한 무언가가 있었다.
그의 말투는 예전보다 느렸다. 그의 말투는 예전의 두 배쯤 느린
속도에 갇힌 것 같았다. 눈썹은 땀에 흠뻑 젖어 있었다

내가 알았던 소년이 아니었다. 그는 날 보고 무슨 생각을 했을지
궁금했다.

우리는 모두 잠들었다가 다른 사람이 되어 일어난다. 난파선에서
걸어 나오는 건 낯선 사람이다. 잔해 더미에서 살금살금 빠져 나오는
이상한 오리들. 각자의 인생을 무작위로 상영해 주는 2달러짜리
영화관에서 눈을 감고 있는 사람들.

"등은 어때?"그가 물었다.

"등은 괜찮아. 등에는 아무 문제가 없어"

나는 말했다. 나는 그에게 공장에 낼 서류를 보여 주었다. 그는

그것을 자세히 들여다보았다.

"너 마약 테스트 통과할 수 있어?"

"응." 나는 대답했다.

그는 고개를 끄덕였다. 감동받은 듯 했다.

"필요하면 가짜 소변을 쓸 수도 있어."

나는 거절했다.

"공장? 거기서 뭐하게?"

"지게차를 운전하고 싶어."

"우리 어릴 때 너 그거 하지 않았어? 철물점 옆에서?"

"딱 한번. 근데 실수로 상자를 떨어뜨려서 주인아저씨 트럭 짐칸이 부서졌지."

"이번에는 행운이 있겠지."

그는 잠시 나를 뚫어지게 바라보았고 나는 마음이 불편해졌다. 나는 말했다.

"좋아. 그 컵인지 뭔지 줘 봐. 네가 내 오줌을 보게 되다니. 완전히 새로운 장이 열리는 거네."

그는 웃는 척 하고 컵을 가져왔다. 화장실에 가니 불이 켜지지 않았다. 상관없었다. 창문이 하나 있었다. 바깥에 뭔가가 쌓여 있었지만 그래도 빛이 새어 들어왔다.

소변 검사가 끝난 후, 플라스틱 통은 특수 마개로 꼭 닫혔다. 내 소변은 각기 다른 열 개의 약 성분에 반응하지 않는 것으로 판정됐다. 마이크가 말했다. "이리 와. 내 사무실을 보여 줄게."

나무판자로 된 그의 사무실은 곰팡이 냄새가 났다. 여러 가지 등 통증을 설명하는 포스터들이 벽에 가득 걸려 있었다. 보는 곳마다 해골이 있었다. 척추에 대한 만화들도 곳곳에 쌓여 있었다.

인생의 사다리에서 행복이라는 발판이 빠지는 이유는 아무도

모른다. 우리 인생은 각기 다른 방식으로 딱딱한 땅바닥에
내동댕이쳐진다. 고통은 행복을 삼켜 버릴 만반의 준비를 하고
기다린다. 어떤 사람들은 다시 일어나지 못한다.

마이크는 서랍을 열어 파이프를 꺼냈다. 비닐 지퍼백에 들어 있던
마약으로 파이프를 채우기 시작했다.

성냥으로 불을 붙여 깊이 빨아들였다.

그는 내게 파이프를 넘겼다. 무사히 건강검진표를 받아 일자리를
얻게 된 아침이므로 나는 초대를 받아들이기로 했다.

나는 그것을 피웠다. 눈이 게슴츠레해졌다. 그는 손을 뻗어 전축을
틀었다. 카세트가 윙하고 돌아가며 생명을 얻었다. 이국적인 노래가
흘러나왔다.

"그거 좋네." 나는 말했다. "저 기계는 뭐야?" 나는 스테레오를
가리켰다. 그것은 방에 앉아 있는 또 다른 사람 같았다. 날 사랑하고
내게 세상을 가르쳐 줄 것만 같았다.

"Đàn bầu, and Đàn đáy." 세계의 상처가 태양빛과 폭포에
녹아내리는 것 같은 음악이 테이프에서 흘러나왔다. 빛나는 새들의
물결. 그리고 플루트 소리.

"멋지네. 나도 하나 사야겠어." 나는 뒤로 기댔다. "아직도 기타
쳐?"

그는 손을 치켜 올렸다. 왼손의 중지와 약지가 보이지 않았다.

"시간이 흐른다는 건 파멸을 향한 경주야. 알고 있었어? 승자는
아무도 없어."

"승자가 없다고? 나는 놀라서 말했다. 한 번도 그런 생각은 해본
적이 없었다. "승자가 있어야지. 안 그러면 왜 경기를 해."

그는 어깨를 으쓱했다. 그의 턱이 떨어졌다. 미끄럼틀 같은 혀.

약에 PCP가 섞여 있다는 사실을 그는 미리 말하지 않았다. 우리는

거의 두 시간 동안 횡설수설하면서 침을 흘렸다. 무슨 생각을 하고 무슨 말을 했는지는 하나도 기억나지 않는다. 마치 그곳을 방문한 적이 없는 것처럼. 위층에서 릴리의 발자국 소리가 들렸다. 척추 그림 옆의 회담은 막을 내렸다. 그가 손바닥으로 테이프 플레이어를 내리치자 천국이 덜컥 튀어 나왔다. "재밌었어." 그가 말했다.

벽돌 계단 위를 올라와 다시 거리로 나오다가 나는 내 발에 걸려 넘어졌다. 얼굴부터 장미 덤불에 넘어져 온통 상처가 났다. 본 사람은 아무도 없었다. 무슨 일이 있었냐고 묻는 사람도 없었다.

평생 처음이자 마지막으로, 나는 차를 거리에 주차시켜 둔 채 택시를 타기로 했다. 두려워서, 개인적으로 성장한 날이어서 그랬다고 해 두자. 마트의 주차장에서 한 블록 떨어진 곳에 택시가 서 있었다. 나는 운전사에게 집으로 데려다 달라고 애원했다. 그는 한참 샌드위치를 먹는 중이었다. 그가 샌드위치를 다 먹을 때까지 나는 차의 뒷좌석에 앉아 기다렸다. 다 먹고 나자 그는 쓰레기를 창문 밖으로 버렸다. 갈매기 떼가 몰려왔다.

"어디로 갈까요?"

"더블트러블 거리요." 나는 말했다.

"저를 나무에 들이박아 주세요. 기사님이 하실 수 있는 최고 속도로요."

"당장 내려."

"그럼 샘록 모텔이요." 나는 말했다.

"7달러야. 지금 돈 보여줘."

나는 돈을 들어 보였다. 그는 팔을 뒤로 뻗어 돈을 가져갔다.

"한마디도 더 하지 마, 미친 새끼야."

패럴라이저가 불타 무너지는 장면이 보안 카메라에 찍혔다.

뉴스는 그 화면을 되풀이해서 내보냈다. 곧 노래를 부르러 나올 사람의 예고편처럼.

그 영상에서, 분홍 수트를 입은 남자가 콘크리트 위에 나타나 보라색과 노란색 미끄럼틀 아래로 걸어간다. 두 미끄럼틀은 구부러진 빨대처럼 공중에서 서로를 가로지른다.

나는 그 구부러진 빨대들이 뭐라고 불렸는지 모른다는 것을 깨닫고 놀란다. 너무 늦었다. 그것들은 이제 녹아 끈적이는 덩어리, 쓰레기통에 들어간 잿더미라고 불릴 것이다.

영상 속 분홍 수트의 남자는 왼손에 연료통을 들고 있다. 그는 첫 번째 플랫폼에 도착한 뒤에 연료통을 오른 손에 바꿔 들고 꼭대기까지 올라간다. 미끄럼틀 꼭대기에 이르자 그는 뒷주머니에서 무언가를 꺼낸다. 아무도 그것의 정체를 알지 못한다. 경찰도 전혀 감을 잡지 못한다. 하지만 나는 안다. 그것은 길모퉁이에 있는 철물점에서 가져온 마대 자루다.

그는 꼭대기에서 미끄럼틀 아래로 연료를 뿌려 댄다. 그가 성냥에 불을 붙이자 미끄럼틀은 순식간에 불에 휩싸인다. 마대 자루를 탄 그는 소리를 지르며 화염을 통과하여 패럴라이저의 바닥까지 곤두박질친다.

그는 콘크리트 위로 나동그라진다. 벌떡 일어나 몸을 턴다. 화면 속의 그는 마지막으로 한 번 더 미끄럼틀 위로 달려간다.

225

내 연인 트레이시는 아이를 셋이나 키운다. 그중 그녀가 낳은 아이는 한 명도 없다. 그녀는 그 애들을 발견했을 뿐이다. 내가 상관할 문제는 아니다. 당신이 상관할 바도 아니고. 애초에 말을 꺼낸 내가 잘못이다.

그녀 말로는 부모님 집 뒤 배수로에서 첫째 아들 에블을 발견했다고 한다. 지붕에서 선탠을 하다가 저 아래 배수로 바닥에서 꼬물대고 있는 아기를 보았다고, 에블은 사냥 중인 동물처럼 갈대 사이를 기어가고 있었다고 했다.

그때 트레이시의 부모님은 디즈니랜드 여행 중이었다. 트레이시의 아버지가 마흔 살이 된 후 그들은 매년 그곳에 갔다. 정작 트레이시가 어릴 때는 한 번도 간 적이 없었다.

나는 누구에게나 사랑을 입증할 수 있다고 생각하지는 않는다. 사람인 척 하면서 짐승같이 굴고, 혹은 저주받은 것처럼 행동하는 더럽고 추한 존재들을 보고 만족하기란 거의 기적 같은 일이다. 그래도 사랑은 우리의 의무다. 그렇지 않으면 '산다'는 것은 '눈 한번 깜빡할 때마다 파괴되다'라는 말과 동의어가 될 뿐이다.

그러니까, 이 디즈니랜드 어쩌고 하는 헛소리에 슬픔을 느낄 만도 하지만, 나는 그냥 그러지 않기로 했다.

나는 트레이시에게 말했다. "거긴 끔찍한 곳이야. 내가 두 번 가봐서 알아."

그녀에게 내가 아프가니스탄에 두 번 파견됐다고 말했다. 하지만 그 이상은 할 말이 없었다. 당신에게만 하는 얘기지만 나는 지도에서 아프가니스탄을 찾을 줄도 모른다. 때로 우린 그저 아무 말이나

한다. 때로는 미국 국기를 아침 식사로 먹고, 점심으로도 하나 먹고, 저녁으로도 그냥 먹는 거다.

하수로. 하수로 얘기로 돌아가자.

벌거벗은 에블은 초록색 진흙에 뒤덮여 철벙거리고 있었다. 트레이시는 형광색 비키니를 입은 채 높이 자란 풀을 헤치며 하수로 가장자리까지 내려갔다. 그리고는 몸을 숙여 에블을 그 오물 덩어리에서 끄집어냈다. 에블의 몸이 빠져 나오며 이상한 소리가 났다. 트레이시는 그렇게 처음으로 엄마가 됐다.

에블은 그림을 잘 그렸고 집 주위에서 춤추는 것을 좋아했다. 그는 '남동생' 짐처럼 닌텐도에 혼을 빼앗기지도 않았고 '여동생' 킴처럼 햇빛에 뛰어다니고 달빛에 트램펄린을 타지도 않았다. 에블은 일곱 살이 됐을 때도 트레일러 밖에서 배로 기어 다녔다. 마치 보이지 않는 누군가를 따라다니는 것 같았다. 성장한 후에도 벗어나지 못하는 것들이 있는 법이다.

뜨거운 마트 주차장에 옷 안 입은 아기들, 짐과 킴이 누워 있었다.

트레이시가 주차 중이었다. 우리는 아기들을 거의 칠 뻔했다. 하지만 내가 외쳤다. "멈춰!" 에블도 비명을 질렀다.

"아기들이 있어요! 멈춰요!"

우리는 땀에 젖은 아기들을 안고 가족인 것처럼 가게 안으로 들어갔다. 갓난아기들이 몸부림치는데 고객서비스센터에서 줄까지 섰다. 마트 스피커로 음악이 흐르고 한 고객이 할인 쿠폰을 요구하고 있었다. 나는 약자에 대한 의무를 이 세상의 고통스런 심연 속에 내던지고 회피할 생각은 없었다. 서비스센터의 여자분이 "무엇을 도와드릴까요?"라고 물었을 때 "아닙니다! 됐습니다."라고 대답했던 건 그래서였다. 우리는 마트를 떠났다. 훌륭한 성적표를 받아온 에블에게 장난감 선물도 사 주지 못했다.

트레이시가 운전을 했다. 나는 두 아기들을 안고 있었다. 킴은 처음에 심한 사시였고 짐에게는 이가 하나밖에 없었다. 그러나 둘 다 얌전하고 사랑스러웠다. 그날 밤 에블은 자기 방에서 킴을 안고 자기까지 했다. 나는 그에게 말했다. "학교 가서 이 아기들에 대해서는 말하지 않는 게 좋을 거다."

"왜요?"

"사람들이 화를 낼 거야."

"저렇게 예쁜 아기들을 우리만 발견해서요?"

"그거지, 그래. 그런 이유도 있고."

"다른 이유는 뭐예요?"

"우리는 경찰에 신고했어야 하는 거야."

"왜요?"

"원래 그렇게 해야 해."

"왜요?" 그가 물었다.

"뭐가 왜냐?" 나는 말했다.

"왜 뭐가 왜냐예요?"

"넌 아는구나. 넌 존재라는 걸 이해하고 있어."

나는 땀 맺힌 그의 이마를 토닥여 주었다.

에블은 내 팔의 장미 타투를 꼬집었다. 오랫동안 그는 나를 괴롭히면서 시험하려 했다. 그때 나는 잡화점의 점원이 아니라 특공 대원인 척 하고 있었다. 군인은 고통을 느끼지 않는다.

다른 방에서 나는 트레이시가 짐을 무릎에 눕히고 어르며 하는 말을 들었다. "아기야, 참 착하구나. 정말 착한 아기야. 곧 재밌는 곳에 데려가 줄게." 그녀는 생명의 나무에서 몸을 길게 늘어뜨린 뱀처럼 속삭였다. "디즈으으으니랜드 말이야."

개가 밤새 짖는다. 새벽에도 짖는다. 그 소리가 푸른
산에 울린다. 그들은 회색 불빛 아래 돌현관에 서서 계곡 저편을
응시한다.

"저 집 사람들은 분명히 변태야." 그녀가 말한다. 댄은 여동생을
내려다본다. 어디서 그런 말을 배웠을까 궁금해 하면서.

"그런 말 하지 마."

"왜?" 앨리가 말한다.

"네가 생각하는 그런 뜻이 아니야."

"내 말은, 추우니까 개를 들여놔야 된다는 말이야."

앨리는 자갈이 깔린 앞마당을 걸어간다. 그녀는 반짝이는 보라색
발레리나 슈즈를 신고 있다. 댄은 그네에 앉아 팔짱을 낀다. 그렇게
하면 몸이 떨리지 않는다. 댄은 아직 장작을 패기 싫다. 아침 먹은
다음에 해야지.

그들은 누가 아빠에게 가서 살지 정해야 한다. 쌍안경으로 멀리
야자수를 볼 수 있는 사막. 눈도 내리지 않고 엄마도 없는 곳.

누가 여기에 머물 지도 정해야 한다. 아빠도 없고 피아노 조율도
안 되어 있지만 셋이서 머펫 쇼에 나왔던 노래들을 음도 맞지 않게
부르곤 하는 곳.

개의 목청이 약해지기 시작한다. 창밖의 눈은 하얗지 않다. 그것은
푸른색이다.

"저 개 풀어 주러 가야지!" 앨리는 문 밖으로 뛰쳐나가면서
노래를 흥얼거린다.

"그러지 마!"

"풀어 줄 거야!"

앨리의 모습이 점점 더 작아진다. 이제는 멀리 자갈길을 뛰어가는 조그마한 인형처럼 보인다. 댄은 아빠가 버리고 간 군용 코트에서 둘둘 만 담배를 꺼낸다. 그것이 마리화나가 아니라 일반 담배라는 걸 깨달았을 때 그는 삶의 희망을 잃은 기분이다.

앨리는 대문을 열고 계단을 걸어 올라간다. 작년 크리스마스에 걸어 둔 화환, 갈색이 된 침엽수 나뭇잎들. 개는 뒤뜰 울타리를 부술 듯 달려들며 더 맹렬히 짖어 댄다.

댄이 여동생을 지켜보고 있다. 앨리는 스키 타는 사람처럼 길게 계단을 뛰어내린다. 종종걸음으로 마당 입구로 나온다. 그러나 마지막 순간에 돌아서서 문을 연다.

개가 뛰쳐나와 그녀 주위를 맴돈다. 그녀는 웃는다.

개의 이름은 에녹이다. 암컷. 무슨 종인지 알 수 없지만 투탄카멘 왕이 길렀다는 개를 연상시킨다. 개는 소파에 누워 방석을 물어뜯는다. 어항을 넘어뜨린다. 물고기는 오래 전에 죽었고 물은 말라 있다. 에녹이 깨진 유리 위를 뛰어다니자 앨리가 소리 지른다. 아무도 다치지는 않았다. 에녹은 깨진 유리 위를 달리는 능력까지도 있는 것 같다. 그들이 에녹의 이름을 알게 된 것은 그 개의 배에 문신이 있기 때문이다. 에녹. 정말 대충 새긴 문신이다.

댄은 말한다. "이 개를 훔쳐 오지 말았어야 했어."

"아무도 돌보지 않는데."

"문신을 새길 정도면 잘 돌보는 거잖아."

"그건 안 돌본다는 거야."

"해석하기 나름이지."

댄이 장작불에 나무를 던져 넣는다. 불꽃이 인다. 에녹은 눈에

광기를 담고 턱을 딱딱거리며 불꽃을 잡으려고 한다.

앨리는 엄마 방에서 소리친다. "왜 이름을 에녹이라고 지었는지 알겠다. 광신도들인가 봐! 성경에 나오는 이름이었어!"

"뭐?"

"에녹서 말이야. 카인의 아들. 아니 천사인가? 모르겠다."

"어떻게 알았어?"

"구글에서."

"컴퓨터 좀 그만 봐."

잠시 조용해진다.

앨리는 소리친다.

"으웩! 하하하, '변태'라는 단어에 대해서 오빠가 한 말이 맞네!"

"컴퓨터 그만 하라니까!"

댄은 하루 종일 방에 처박혀 기타를 친다. 앨리는 소파에서 춤을 춘다. 거실을 뛰어다니고 복도를 달리면서. 개가 그녀 뒤를 쫓아다닌다.

아빠랑 함께 살 때 키우던 사라라는 개가 놀던 모습과 똑같다.

앨리가 잠깐 욕실에 간 사이, 에녹은 기타를 치고 있는 댄의 방문을 긁어 댄다. 댄은 개를 들여놓아야 할지 결정할 수 없다. 개가 기타 소리를 따라 하울링하기 시작하자 댄은 발을 뻗어 양말 신은 발가락으로 손잡이를 돌려 문을 연다.

엄마는 새벽 세 시에 집에 돌아온다. 에녹이 어둠 속에서 달려들자 엄마는 심장마비를 일으킬 뻔 한다. 엄마가 바닥에 쓰러진다. 에녹이 엄마의 품에 뛰어든다. 에녹이 엄마 얼굴을 핥는 바람에 안경이 벗겨진다. 에녹은 엄마의 머리카락도 킁킁댄다. 엄마가 비명을 지른다. 아이들이 침대에서 뛰쳐나온다.

"아빠가 개를 보냈어요!"

"맞아요! 아빠가 개를 줬어요!"

"조용히 좀 해라!"

"특별 배송으로 왔어요! 진짜예요!"

"너희 좀 진정해!"

"제 생일 선물이에요!"

"부지깽이 내려놓으세요!"

"그만하라니까!"

엄마는 주방 의자에 주저앉아 와인 마개를 딴다. 졌다는 의미로 미소를 짓는다. 에녹은 엄마의 발치에서 잠 든다.

빨간 픽업트럭이 계곡의 진입로에 서 있다. 하얀 야구 모자를 쓴 남자가 휘파람을 불며 그의 집 현관에 앉아 있다.

앨리는 에녹의 머리를 쓰다듬는다.

그녀는 말한다. "걱정하지 마. 이제 넌 내 친구야." 개는 반응이 없다.

남자가 다시 휘파람을 분다. 개는 머리를 앨리의 자주색 신발에 얹고 엎드린다.

다음날, 댄은 악기 가게에서 잃어버린 개를 찾는다는 전단지를 본다. 초등학교에서도 본다. 앨리는 그 전단지가 버스 정류장의 전신주에 붙어 있는 것을 보고 운다.

"왜 울어?" 리사가 묻는다.

"안 울어." 앨리는 대답하며 전단지를 찢어 도시락 상자에 구겨 넣는다.

세상이 끝날 것처럼 눈이 내린다. 전화를 건 엄마의 목소리 뒤로 공장 소리가 시끄럽다. "엄마 여기서 잘게. 아침까지 둘이 있을 수 있지?"

"눈 내리기 전에 장작 들여왔어요."

"냉장고에 수프 있다. 앨리에게 브로콜리 많이 먹여라. 자는 동안 머리카락을 잘라 버리겠다고 위협해서라도 무조건 먹게 해."

"알겠어요."

앨리는 바닥에 앉아 공책에 그림을 그리고 있다.

"뭘 만들어?"

"에녹을 위한 계획표야."

"그게 뭔데?"

"장애물 경기. 에녹이 뛰어오르게 불꽃 링도 만들고 미끄럼틀도 타게 하고 수영장도 만들어 주고 원반도 잡게 하고."

"그렇게까지는 못 할 거야, 앨리." 댄이 말한다.

"당연히 할 수 있어."

"그럼 옆집에서 보고 개를 데리러 올 걸. 그 하얀 모자 쓴 남자 말이야. 휘파람 부는 사람."

"난 바보가 아니야. 놀이터는 아빠네 집에 만들어야지. 아빠한테 가서 살 거야. 그 수밖에 없어."

그녀는 계속 그림을 그린다.

"사라랑 또 같은 방을 써야 할 텐데."

"상관없어."

"난 상관이 있어."

댄은 그릇 두 개에 수프를 똑같이 나눠 담고 전자레인지 문을 뾰족한 팔꿈치로 밀어 연다.

남매는 온기를 유지하려고 난로에 가까운 소파에 눕는다. 지금은 텔레비전이 나오지 않는다. 보드 게임이 바닥에 펼쳐져 있다. 안타깝게도 잃어버린 조각들이 있다. 게임을 할 수도 있지만 안 해도 그만이다. 우선은 없어진 조각의 대용품을 찾아 집을 뒤져야 한다. 엄마의 립스틱, 엄마 옷장에 있는 아빠가 쓰던 커프링크스, 고무 밴드, 공처럼 뭉쳐 놓은 드라이어 보풀, 깨진 어항 속의 장식품 궁전 첨탑 같은 것.

"난 네가 아빠랑 살면 행복할 것 같지 않아."

댄이 말한다.

"안장을 만들어서 에녹 등에 타고 기지를 돌아다니면 되지. 사막 동물들을 쫓아다닐 거야."

그것도 문제다. 아빠는 군대 기지에 산다.

"사람들이 나를 전쟁에 보낼 것 같아?"

"넌 벌써 전쟁 중이야."

소년은 방 저편의 피아노를 바라본다. 그리고 피아노를 한 방에 폭파시키려면 화약이 몇 개나 있어야 할지 궁금해 한다.

문을 두드리는 소리가 난다.

개가 짖기 시작한다. 그들은 동시에 뛰어내린다. 에녹이 낮에 짖은 적은 없다.

문은 잠겨 있지 않다.

문이 열린다.

"계세요?"

하얀 야구 모자를 쓴 남자다. 화난 표정이다.

집안으로 들어온다.

신발이 들어오고 몸이 보인다.

개의 이빨이 소용돌이 속에 번쩍인다. 에녹이 그를 공격한다. 그는 놀라 소리 지른다.

남자와 개는 현관 쪽으로, 집 바깥으로, 눈보라 속으로 굴러간다.

그의 머리가 맨 아래 계단에 부딪힌다.

그의 몸은 갑자기 축 처진다.

개가 굳어 버린 그의 몸을 킁킁댄다.

아이들은 창밖을 바라본다. 그들은 개를 다시 들어오게 해서 눈을 털어 준다. 그들은 어떻게 해야 할 지 고민한다. 잠시 후 남자는 다시 움직이기 시작한다. 신음하고 머리를 문지른다. 에녹이 창문을 보며 낑낑거린다. 그들은 문을 열어 개를 내보낸다. 남자와 개는 함께 떠나 언덕 아래 집으로 돌아간다.

그로부터 얼마 지나지 않아 아이들도 헤어진다.

어젯밤 무전기 호출 소리를 들었을 때 내 키는 9미터였고 입에는 붉은 빛이 가득 했다. 새벽 네 시였다. 항상 그렇듯이.

호출 내용은 다음과 같았다. "부부싸움. 디비전 거리 601번지. 출동 가능한 팀?"

응답이 없었다.

나는 걸레질을 멈추고 벽에 걸려 있는 도로 지도를 바라보았다. 디비전 거리는 우리 시설 바로 뒤였다.

나는 거리 청소부인 척 하며 쓰레기차에 탄 적이 있다. 다른 청소부들은 상관하지 않았다. 그들은 내게 무거운 쓰레기통을 옮기게 했다. 나와 젖은 손으로 하이 파이브도 했다.

그때 가져온 부서진 텔레비전을 지금도 내 좁은 방에서 본다.

언젠가 나는 오렌지 색 조끼에 노란 안전모를 쓰고 밑창에 스파이크가 달린 신발까지 신고, 예전 여자 친구의 집 밖에 서 있는 전신주에 올라갔다. 윙윙 거리는 전기선 바로 아래에서 그녀 집에 불이 켜지기를 기다렸다.

그림자들이 창문 옆을 지나는 것이 보였다. 그게 인생의 전부 아닌가? 그림자가 되어 창문 옆을 지나가는 것?

사랑은 또 다른 수수께끼를 이용해서 풀 수 있는 수수께끼가 아니다.

나는 몸을 내밀어 변압기에 입을 맞췄다.

변압기를 핥았다. 검은 전선을 물었다. 윙윙. 부우웅. 더 위쪽에 있는 전선을 향해 팔을 뻗었다. 실연에 괴로워하는 원숭이답게 거기 매달렸다.

나는 죽지도 못하나 보다.

"아무도 없어요?" 경찰 무전기의 목소리가 더 절실하게 말한다.

"부부 싸움 건입니다. 디비전 거리 601번지…"

나는 경찰이 아니다. 하지만 출동한다.

마트 뒤 69번 길에 경찰차 두 대가 주차되어 있을 거라고 상상한다. 잠들어 있는 네 명의 경찰. 침을 흘리면서.

아침이나 되어야 세상은 붕대를 새로 감는다.

나는 걸레를 복도에 던진 다음 셔츠를 벗고 경찰복으로 갈아입는다. 셔츠, 모자, 배지, 경찰봉, 고무로 만든 가짜 총. 전기 총.

보일러실은 자동 조절 장치에 의해 작동되는 중이다. 나는 20분 후면 돌아올 것이다. 재미있을 것 같다.

몰래 뒤뜰로 간다. 병원 쓰레기장과 철망 사이를 전속력으로 달려 거리로 나간다.

팔 근육을 터뜨릴 것처럼 알통을 부풀려 본다.

그 집은 두 블록 위다. 우편함에 쓰인 번지수 1000부터 세어 간다.

여자는 집 앞 계단에 조용히 앉아 있다. 울고 있었던 것 같다. 울음 냄새를 맡을 수 있다. 공기에서 눈물 맛이 난다. 땋아 내린 검은 머리와 카나리아 같은 노란 결혼식 들러리용 드레스(이건 내 추측이지만).

그녀는 내가 마당으로 걸어오는 것을 보고 일어난다. 맨발이다.

"괜찮으세요?" 가쁜 숨을 애써 가라앉히며 나는 묻는다.

"그 사람이 들여보내 주지 않아요."

"누가요?"

"대릴이요."

찻길에 헤드라이트가 다가와서 나는 잠시 긴장한다. 다행히 경찰차가 아니다. 우유 배달원이다.

나는 손을 흔든다.

배달원은 화답하지 않는다.

"안에 무기 가진 사람 있어요?"

나는 그 여자에게 묻는다.

"네? 아니요. 무기는 경찰관님이 갖고 계시죠."

"좋아요. 가지고 나와야 할 게 뭐죠?"

"옷이랑 개인적인 물건들이요."

나는 손전등을 비추며 살펴본다. 여자의 아랫입술은 맞아서 부어 있다. 콧구멍에 말라붙은 핏자국이 있다.

"개인적인 물건이요? 마약 말씀이신가요?"

그녀는 시선을 피한다.

"괜찮아요. 마약이건 옷이건 앨범이건 가져와야죠. 원하시는 건 뭐든 간에요."

위층 창문이 열린다. 웃통을 벗은 한 남자가 밖을 내다본다. "법원이 저 여자에게 접근 금지 명령을 내렸어요."

"자기 아내한테 잘하는 짓이다!"

"앨리슨, 입 다물어." 남자가 외친다.

나는 손을 입술에 가져다 댄다. 쉬잇. "선생님, 내려오셔서 문을 여십시오. 안 그러시면 선생님 집을 폭파시킬 겁니다. 은유적인 표현입니다만."

"뭐라고요?"

나는 엉덩이에서 총을 빼낸다. 남자에게 겨눈다. 다들 그렇듯 그도 총에 혼이 빠진다. 아, 이 경우는 진짜가 아니라 고무총이니까, 총이라는 생각에 혼이 빠진 거지만. 그는 아래로 내려와 문을 연다. 그는 사과를 하면서도 그는 자기 아버지가 경찰이라고 말한다.

나는 대꾸한다. "저는 선생님 아빠가 아닙니다만."

우리는 안으로 들어간다. 나와 앨리슨만. 보라색 가방을 들고 방마다 돌아다닌다. 그녀가 가리키면 내가 가방에 담는다.

나는 웃통을 벗은 남자에게 부엌에 가서 물을 한 잔 마시며 기다리라고 한다.

"금방 끝날 겁니다."

주인이 원치 않는데 남의 집에 들어갔다는 것만으로 마음속에서 새가 지저귀고 폭죽이 터진다. 뼈마디까지 전율하는 행복감이 밀려온다.

"저 인간이 바람을 피웠어요."

"저도 그런 경험이 있어요."

나는 그녀의 손을 잡으며 말했다. "여자 친구가 갑자기 로봇같이 굴더군요. 한때 아름다워 보이던 얼굴이 화면 조정 시간처럼 치직거렸구요. 그녀가 발을 디디는 곳마다 초록색 거품이 보글거리는 것 같았어요. 사모님도 남편에게 그런 느낌이 들었나요?"

앨리슨은 나를 빤히 쳐다본다. "비슷해요."

"저는 단순한 경찰이 아닙니다. 저는 심리상담사이기도 해요."

"멋지시네요."

"사모님 마음은 점점 더 편해지실 겁니다. 남편이 말벌에 쏘이거나 독수리에 채이는 그림을 그려보세요."

"그래야겠어요. 해 볼게요.

여자는 내 배지를 자세히 살핀다. 얼굴도 살펴본다. 눈길이 이쪽저쪽을 훑는다. 그녀는 훌륭한 마술사가 되긴 틀렸다. 포커 선수도. 무언가를 믿는 사람이 되기도 틀렸다.

접시들이 우리 근처 싱크대에 던져졌다가 튕겨 나온다. 대릴이 소리를 지른다.

우리는 침실에 간다.

그녀는 맨 위 서랍을 열어 그 안에 있는 콘돔을 전부 가방에 넣는다. 나는 침실용 탁자에 있던 대릴의 텔레비전 리모컨을 들어 창문 밖으로 던진다.

"저 남자가 사모님을 때렸습니까? 제가 때려 드릴까요?"

"아니에요." 그녀가 말한다. "저도 때렸어요. 그이 불알을 발로 차 버렸죠. 그랬더니 그 인간이 절 넘어뜨리고 제 장화를 벗겨서 정원에 던진 거예요."

"그렇군요."

남편은 조용히 저편에 서 있고 자신은 갑자기 그곳을 떠나게 되었다는 생각에 여자가 미소 지은 것 같다. 하지만 그녀의 입술이 부어오른 채 떨리고 있어서 확신할 수는 없다.

"감사합니다." 그녀가 말한다. 나는 그녀가 할 일을 마쳤다는 것, 가방을 다 채웠으니 떠날 시간이라는 것을 깨닫고 슬퍼진다. 두려움이 되돌아온다. 현실의 불이 다시 켜졌기 때문이다. 얼마나 안타까운 일인가.

희미한 브레이크 소리가 들린다. 창 밖에 진짜 경찰들이 다가온다.

"화장실에 가서 문을 잠그세요. 사모님의 안전을 위한 겁니다. 저 남자, 총을 갖고 있는 것 같아요." 나는 말한다. 그녀는 내 말을 따른다. 그녀는 내가 대릴에 대해 말한 줄 안다. 그녀도 총이라면 혼이 빠진다.

나는 옷장 안으로 들어가 기다린다.

웅얼거리는 소리가 들려온다. 부엌에서 진짜 경찰이 대릴과 대화 중이다. 경찰이 복도를 걸어오는 소리가 들린다. 무거운 발자국 소리 뒤에. "에르난데스? 자네 여기 있나? 오코너?"

내가 숨어 있던 방의 문이 열린다.

나는 뛰쳐나간다.

벨트에서 빼내 들고 있던 테이저 건을 경찰의 목에 겨눈다. 방아쇠를 당기자 뚱뚱한 경찰은 바닥에 쓰러진다.

나는 그의 팔을 뒤로 돌려 수갑을 채운다. 그는 옷장 안에 처박힌다.

앨리슨은 샤워 부스 안에 숨어 있다. "이제 안전해요. 갑시다."

그녀는 내 손을 잡고 유리 여닫이 문 밖으로 따라 나온다. 그녀는 혼란스러워 보인다.

"저것 보세요!" 우거진 나뭇가지 사이를 가리키며 나는 말한다. "저기 제 오랜 친구가 있어요. 바보 같은 태양 말입니다. 제 순찰 시간이 끝났군요."

나는 왼손에 고무총을, 오른손에 진짜 총을 들고 있다. 코를 긁으려다가 비로소 그것을 알아차린다.

그녀는 나무들이 줄지어 서 있는 곳에서 부츠를 발견한다. 벌써 달팽이 한 마리가 부드러운 가죽 위에 올라가 있다. 손으로 털자 그것은 끈적이는 나뭇잎 위로 굴러 떨어진다.

앨리슨은 이제 맨발이 아니다. 우리는 걸음을 재촉한다. 하지만 멀리 가지는 않는다.

나는 앨리슨을 이웃집 뜰에 놓인 야외용 가구에 앉힌다. 나는 그녀의 눈을 감게 하고 말한다. "1000에서부터 거꾸로 세세요. 0이 되면 당신은 자유로운 여인이 되는 거예요. 처음부터 다시 시작하세요. 당신 자신을 예전 인생에 가두지 마세요. 이제 당신은 에스컬레이터에 탄 겁니다. 알 수 없는 구름 위로 끝없이 올라가는 여행을 하는 거예요. 멋지지 않습니까? 새로운 당신이 여기 있어요. 바로 이 의자에 앉아 있어요. 새로워진 당신에게는 미지의 세계가 펼쳐집니다. 당신의 인생은 빛나는 궤도를 따를 거예요. 당신의 이 완벽한 손에서부터 시작해서 끝없이 확대되는 궤도 말입니다."

나는 그녀의 손에 키스한다. 그녀는 그것을 좋아하는 것 같지 않다. 그래도 그녀는 눈을 감는다. 그리고 숫자를 세기 시작한다.

그녀가 981을 셀 때쯤, 나는 이미 숲 안에 깊숙이 들어와 있다. 나는 올림픽 경기에 참가한 장애물달리기 선수처럼 통나무와 수풀을 뛰어넘는다.

그녀가 820에 도달했을 때 나는 이미 시설로 돌아와 있다.

600. 나는 이미 유니폼을 입고 있다. 땀이 나고 숨이 가쁘지만 걸레질을 시작한다.

400. 이웃 사람이 뒤뜰 창문을 내다보고 그녀가 거기 앉아 있는 것을 알아본다.

200. 진짜 경찰들이 더 많이 도착한다. 사이렌 소리가 들린다.

100. 나는 자동판매기에서 땅콩을 사고 있다.

50. 에르난데스와 오코너 경관이 뜰로 걸어 들어간다. 그들은 앨리슨에게 말을 걸지만 그녀는 대답하지 않는다.

눈을 꼭 감은 채 그녀는 숫자를 세고 있다. 일곱, 여섯, 다섯, 넷, 셋, 둘. 그녀는 새로운 인생을 살아갈 준비가 되었다.

이삿짐 인부들이 누군가 다른 사람의 인생을 짊어지고 들어온다. 처음에는 그녀도 알아차리지 못한다. 그래서 인부들이 '부엌' 상자를 우리의 새로운 부엌에 놓게 내버려 둔다.

나는 먼지 뭉치를 미친 듯이 쓸어 낸다. 페인트칠 할 돈은 없으니 바닥이라도 깨끗해야지.

우리는 월급날까지 이 울퉁불퉁한 바닥 위에서 자야 한다.

그녀는 소파가 우리 것이 아니라는 것을 알아차린다. 격자무늬도 아니고 구멍도 없다. 그녀가 다른 방에 있던 나를 부른다. 나는 빗자루를 삼지창처럼 거꾸로 들고 그녀에게 간다.

"뭔가 이상해." 그녀가 소파를 가리키며 말한다.

짐꾼들이 소파를 거실 한가운데 내려놓고 갔다. 아내와 나는 윤기가 흐르는 가죽의 곡선과 주름에 감탄하며 서 있다. 예술적인 버튼들, 완벽한 목재로 만들어진 섬세한 다리.

이때 짐꾼들이 '침실', '침실4', '서재'라고 표시된 상자들을 들고 들어온다.

그들은 우리가 가리키는 곳에 간다. 하지만 존재하지 않는 방도 있다.

"잠깐 멈추라고 하자." 그녀가 속삭인다.

"저 사람들이 우리 말을 들을까."

나는 삼지창에 기대며 말한다.

우리가 이사 온 집에는 침실 두 개와 화장실 하나, 풀도 없이 이끼 낀 돌만 가득한 마당이 전부다.

그늘지고 비가 많이 오는 뒤쪽 테라스는 늘 미끌거릴 게 뻔하다.

소파가 계속 들어온다. 고급 가구지만 일부는 잔디나 트럭 짐칸에 놓아 달라고 할 수 밖에 없다.

보기 흉한 골격만 남았던 이 집을 우리의 몸뚱이와 물건들이 가득 채우는 중이다.

나는 항우울제 500밀리그램에 의존한다. 치아나 날씨, 혹은 회색 늑대의 생태 복원 따위에 관심이 없다. 오늘의 사태에 대해서도 어깨를 으쓱할 뿐이다.

그녀는 내 손을 잡고 부엌으로 내려간다. 우리는 이삿짐 상자를 더 열어 본다. 상자 표면에 '식당'이라고 쓰여 있다. 하지만 우리에게는 따로 식당이라고 부를 방이 없다. 세상에, 상자는 고급 도자기로 가득 차 있다. 연한 청색 소용돌이와 금박 나뭇잎 무늬.

나는 이 접시들을 전자레인지에서 쓸 수 있는지 궁금하다. 그렇지 않을 것 같다는 생각이 들자 관심이 사라진다. 우리는 사춘기 이후로 오븐이나 스토브에서 요리를 한 적이 한 번도 없다. 이제 성인이므로 그런 평범한 요리 방식으로 되돌아 갈 생각이 없다. 42달러짜리 전자레인지의 능력을 알게 됐기 때문이다. 신은 전자레인지 제어판 위에 계시다.

"사람들은 아직도 도자기를 차이나라고 불러?"

"제기랄, 우리 전자레인지는 어디 간 거야!"

짐꾼들이 '침실2'와 '사우나실' '샤워실'이라고 쓰인 상자들을 들고 들어온다.

"샤워실과 사우나실이라니. 뭐가 달라?"

"우리는 평생 가도 모를 거야."

"사우나 박스는 문 밖 석판 위에 놔 주세요."

짐꾼들은 빠르다. 한 시간 만에 이사가 끝난다. 우리가 줄 수 있는 팁은 일인당 5달러뿐이다. 이런 일이 있을지 예상하지 못했고 우리는 가난한 사람들이니까. 이게 다 뭐람. 커다랗고 묵직한 고급 마호가니 책장과 스테인리스 표면의 기기들, 가죽 양장을 한 백과사전 세트, 머리가 깨졌으나 성기는 발기된 실물 크기 남자 동상.

그녀는 짐꾼들이 나갈 때 고급 도자기 중에 원하는 것을 골라 가져가게 한다.

나는 커다란 텔레비전 네 대를 바라보고 있다. 경이로울 뿐이다. 나는 그것들을 거실의 낮고 낡은 천장 아래에 일렬로 세운다.

이제 집안이 고요해진다.

우리는 가죽 소파에 앉아 뒤로 기대며 깊은 한숨을 쉰다.

"이거 아마 우리 차보다 더 비쌀 거야."

우리는 높은 기둥에 바다처럼 푸른 천이 드리워진 술탄의 침대에서 잠든다.

그 침대는 오리털 수백만 개로 채워진 것이 틀림없다. 마법 같은 스프링이다. 우리가 원래 자려고 했던 에어 매트리스는 어디로 갔는지 알 수 없다. 전자레인지도 마찬가지다.

상관없다. 그 전자레인지 안을 보면 마치 도축장을 보는 것 같았다. 사방 벽에 빨간 덩어리들이 들러붙어 있었다. 보글거리던 토마토 수프가 잠깐 고개를 돌린 사이 터진 것이다.

그날 밤 나는 꿈을 꾼다. 술탄의 침대를 타고 바다 위를 난다. 저 아래 헤아릴 수 없는 바다 생물들이 보인다. 연체동물, 달팽이류, 조개류의 속살들이 물 위에서 미친 듯 헤엄친다. 그들은 껍데기를 되찾으려고 애쓰는 중이다. 하지만 아름다운 껍데기들은 조류에 휩쓸린다. 분홍색으로 끈적이는 몸통들은 그 속도를 따라잡지 못한다.

아무도 우리에게 연락하지 않는다. 값비싼 스쿠버 장비를 찾으러

오는 사람도 없다.

우리 귀중품들, 결혼식 사진이나 엄마의 뼛가루 같은 것들은
안전하게 닛산 트렁크에 보관되어 있다. 그러니까 우리가 잃은 것은
별로 없다. 잘못 배달된 상자 중 하나에서 우리가 잃어버린 것과
같은 종류의 물건들이 나왔다. 확실히 우리 것보다 업그레이드
버전이었다.

이제 그녀는 나를 알 아이 피 R.I.P. 라고 부른다. 누군지 모를
사람의 옷들에 그 이니셜이 새겨져 있기 때문이다. 나는 추측해본다.
라이언 이고 팔론.
로버트 이안 파이퍼.
로버트 아이키 피터슨.

우리는 그들의 상자 중 일부를 열어보지도 않고 버린다.
특히 '지하실'이라고 쓰인 것.
우리 둘 다 지하실에 들어갈 상자 따위는 열어 보고 싶지 않다.
그녀가 집에 없을 때 나는 헛간으로 나가 남은 상자들을 뒤진다.
선물로 줄 것이나 받을 만한 것이 있을지. 그녀의 생일이나 우리
기념일, 내 생일을 잊었을 때, 네가 누구인지, 내가 누구인지를
기억나지 않을 때를 대비해서 빼 둘 것이 있을지. 스페인 가죽으로
만든, 카누만큼 커다란 부츠를 신어 보고 나는 기뻐한다. 예전에
신던 내 캔버스 운동화들이 너무 작아졌기 때문이다.
누군지 모를 그 사람들은 가면을 좋아했나 보다.
가면이 여섯 상자나 있다.
정교한 것도 있고 단순한 것도 있다.

그녀는 상어 가면을 쓰고 바닥에 앉아 상어가 숨 쉬는 흉내를 낸다. 나는 소파 위에서 아이처럼 뛰고 있다. 어차피 내 것도 아닌데 뭘.

　잔디에 버려진 여분의 소파들은 쥐와 이끼와 지네에게 파 먹히고 있다.

　"상어는 아가미로 숨을 쉬는데!" 나는 웃으며 말한다.

　"글쎄, 난 아가미가 없어. 송곳니로 가득 찬 가짜 입이 있을 뿐이야."

　그녀는 가면을 벗는다. 어찌된 일인지 그녀의 광대뼈가 훨씬 더 도드라져 보인다.

　"요즘 기분이 어때?"

　"다른 사람이 된 것 같아."

　"어딘가 대저택에 사는 사람이 네 고등학교 이름이 새겨진 재킷을 입고 지하실에 쇠사슬로 묶여 있는 거 아닐까?"

　"어차피 작아진 옷이었어. 차라리 잘됐어."

언젠가 거인 안드레는 레드 와인을 열여섯 병이나 마시고 나서 남자 스무 명과 싸워 이겼다. 물론 처음부터 끝까지 연출된 것이긴 했다. 그래도 그는 굉장했다.

지난달에 타이어가 터졌다. 휴게소에서 일 킬로미터도 안 떨어진 곳이었다. 나는 생명의 위협을 느끼며 유료 고속도로의 갓길에 망연자실하게 서 있었다. 어떻게 타이어를 빼내야 할지 알 수가 없었다.

나는 짐칸에서 이것저것 꺼내 보기 시작했다. 커다란 하얀 액자, 보호소에 가져다 줘야 할 헌책이 가득 담긴 상자, 매니큐어와 이쑤시개와 여름용 원피스로 터질 듯한 트레이시의 여행 가방. 경찰은 내 뒤에 차를 세우다가 웃음을 터뜨렸다. 트레이시의 슬리퍼로 타이어 나사를 풀어 보려는 내 모습이 우스웠나 보다.

내가 울기 시작하자 그는 웃음을 멈췄다.

언젠가 거인 안드레는 호텔 로비의 바에서 맥주를 156캔이나 마시고 기절했다. 호텔 직원들이 개미떼처럼 몰려 들었지만 그를 방까지 옮기기에는 역부족이었다. 직원들은 안드레를 피아노 커버로 덮어 아무도 모르게 로비 바에서 자게 했다. 사람들은 그를 피아노로 착각했다.

나는 휴게소까지 차를 함께 밀고 가자고 경찰을 설득하려 했다. 아내와 내가 감당할 견인 비용이 두려워서였다. 그러나 경찰의 표정은 점점 더 험악해졌다. 그는 악의 괴수로 변신하는 중이었다. 타르같이 새까만 양 날개가 활짝 펼쳐져 경광등에 번쩍였다.

"펑크 난 차는 밀고 갈 수 없어요. 거리도 너무 멀고요.

제정신입니까?"

나는 불쑥 내뱉었다. "남자 네 명이 식당에서 못된 말로 거인 안드레를 괴롭혔어요. 드디어 안드레는 화가 났죠. 그래서 주차장까지 그들을 쫓아갔어요. 남자들은 차에 타고 문을 잠궈 버렸어요. 그러자 거인 안드레가 무슨 짓을 했는지 알아요?"

내 얼굴에 눈물이 흘러내리자 경찰은 총에 손을 뻗었다. 혹은 무전기였을지도 모른다. 아니면 그냥 다리를 긁었던 걸 수도 있다. "거인 안드레가 무슨 짓을 했든 궁금하지 않아요. 차에 타세요. 앉으세요. 가방은 내려놓고요. 슬리퍼도 그냥 두시고."

"거인 안드레가 차를 뒤집어 버렸다고요!" 나는 외쳤다. "그는 아널드 슈워제네거도 한 손으로 들어 올릴 수 있었어요!"

앰뷸런스가 날 데리러 왔다. 구조대원들이 나를 둘러싸고 내 소박했던 일상을 중단시켰다. 나는 그들의 그림자 속에 묻힌 채 양팔을 몸에 딱 붙이고 움직이지 않았다. 그들은 나를 나무에서 떨어진 연약한 아기 새처럼 다루었다. 조심스레 들어 올려 들것에 뉘였다.

레슬링에서 보디슬램을 당하면 온 몸을 활짝 펴야 한다. 그래야 충격이 분산되어 심각한 부상을 면한다. 그래서 나는 들것에 실릴 때 몸을 활짝 펼쳤다.

앰뷸런스가 움직이기 시작하는데 견인차가 내 차에 고리를 거는 것이 보였다. 잘못된 일은 아니었다. 하지만 전부 다 잘못됐다. 설명할 수 없을 정도로.

차와 나는 병든 존재들끼리 끙끙대도록 마련된 아득한 곳에 격리되었다.

차는 쉽게 고쳐졌다. 나도 고쳐졌다. 이틀 밤 동안 정신 병동

응급실에 입원했을 뿐이다. 트레이시가 와서 간호사와 의사들의 허락 하에 줄곧 내 곁에 머물렀다.

"무슨 일이 있었던 거야?" 나의 공포가 마침내 가라앉고 눈을 깜빡일 수 있게 됐을 때 그녀가 속삭였다.

그녀는 침대 가장자리에 앉아 있었다. 그녀의 정수리가 천장에 닿은 것처럼 보였다.

나는 점점 더 작아지고 있었다. 손가락이 너무 가늘어지자 반지가 빠져 병원 바닥 위로 굴러가다가 빗물 배수관에 쏙 들어갔다. 하지만 배수관은 존재하지도 않았다.

링아나운서가 메인이벤트를 소개하는 소리가 들렸다. 눈을 깜박여 보니 빈 휠체어를 밀고 가던 한 노인이 혼자 떠드는 말이었다. 아무도 그에게 관심을 주지 않았다.

트레이시의 거대한 손이 내 손을 잡고 있었다. 나는 그 손을 밀어 냈다.

"트레이시! 당신, 거인 안드레를 파멸시키려는 거지?"

"무슨 말이야, 자기야?" 트레이시는 팔을 뻗어 나를 잡으려 했다. 하지만 나는 몸을 돌려 나의 레슬링 링, 침대로 피했다.

한 시간 후, 그녀는 네 가지 물건을 들고 돌아왔다. 그날 날짜 2016년 5월 23일이 찍힌 신문과 1993년 1월 27일에 프랑스 파리에서 죽은 안드레 르네 루시모프의 부고 기사를 프린트 한 것. 짜고 말라 비틀어졌지만 베어 무니 안도감이 밀려왔던 칠면조 샌드위치. 마지막으로 트레이시가 우리의 집에서 직접 짜 온 오렌지 주스. 결혼 3주년 기념일에 우연히 레슬매니아 29회 경기가 열렸다. 그날 그녀가 오렌지 나무를 심었다. 주스는 과육이 너무 많아 씹어 먹다시피 했다.

그날 밤 파티를 시작하며, 거인 앙드레는 맥주 세 궤짝을 마시고 랍스터 두 마리를 먹고 – 당신 손가락으로 세어 보라 – 하나, 둘, 셋, 넷, 다섯 개의 스테이크를 먹었다. 그리고 잭 다니엘 한 병으로 그 모든 걸 씻어 내렸다.

야간 담당 간호사가 면회를 끝내야 한다고 했을 때 트레이시는 내 눈꺼풀에 입맞춤했다. 진정제 덕분에 나는 일주일 만에 처음으로 잠들 수 있었다.

내 신경 전체에 거대한 막이 쳐지는 것 같았다. 오늘 밤엔 음악이 없어요. 주말에 다시 오세요.

다음번에 아내를 만났을 때 그녀의 키는 다시 164센티미터로 돌아와 있었다. 나는 152센티미터에 54킬로그램이었다. 사과 하나를 먹는데도 추수감사절 잔칫상을 뱃속에 밀어 넣는 기분이었다. 내 위장은 많은 것을 감당할 수 없었다.

음식에 피넛 버터와 올리브 오일을 넣어 보라는 것이 영양사의 충고였다.

"정말 되고 싶은 존재가 있나요?" 주임 의사가 달래듯 물었다.

"저도 모르겠어요. 초인류가 되고 싶은 건지, 아니면 현재의 제 몸 그대로 인간이란 무엇인가 이해하고 싶은 건지."

"그래요." 의사가 말했다.

나는 무대가 아닌 세상으로 고분고분하게 돌아왔다.

며칠 후 우리는 고속도로 갓길을 걷고 있었다. 내가 응급 상황에서 버린 그녀의 물건들을 찾아 부들, 칡, 엉겅퀴 사이를 뒤졌다.

걸어서 찾을 수 있을 것 같지 않았다. 차들이 쌩쌩 옆을 달렸다. 습도가 높았다. 땀에 옷이 푹 젖었지만 우리는 손을 꼭 잡고 헤맸다.

"아, 저기!" 이렇게 외치며 트레이시는 쓰레기가 흩날린 풀밭으로 걸어 들어갔다. 그녀의 노란 원피스가 높이 자란 풀에 수직으로 걸려 있었다. 나는 그녀의 발이 가시에 찔릴까 봐 걱정이 됐다. 그러나 그녀는 무사히 빠져나왔다.

어깨 너머로 요란한 소리가 들려 돌아보니 경찰이 차에서 내리고 있었다.

"문제가 있나요?" 그는 말했다.

"잃어버린 것이 있어서 찾고 있어요." 트레이시가 말했다.

"그게 뭔가요?" 경찰이 말했다.

나는 입을 꼭 닫고 있었지만 그는 질문을 하지 않고도 날 알아보고 반가워했다. "안드레!"

나는 그와 악수를 했다. 그는 우리에게 순찰차로 다가오라는 손짓을 했다. 그가 손목을 까딱여 열쇠를 돌리자 경찰차의 짐칸이 휙 열렸다.

그는 트렁크에서 커다란 하얀 액자를 꺼내어 우리에게 넘겨주었다.

"미안하지만 슬리퍼는 우리 개가 먹어 버렸어요."

"고마워요, 보스." 나는 말했다.

덩치가 그렇게 큰데도 거인 안드레는 자기가 좋아하는 사람이면 누구나 보스로 모셨다. 나는 모든 방법을 다 동원해서 커지려고 하는 중이다. 세상 공기를 전부 흡수해서라도 납작해진 타이어를 다시 채울 것이다.

트레이시의 발이 페달을 밟았다. 우리는 그녀의 픽업트럭에 타고 있었고 비는 아까 멈췄다. 그녀는 내가 미안하다는 의미로 사준 빨간 슬리퍼를 신고 있었다.

파티에 가는 길에 우리는 리쿼샵에 들렀다. 그녀가 차에서 기다리는 동안 나는 조수석에서 내렸다. 운동화가 아스팔트에

철퍽거렸다. 나는 엄마에게 드릴 칵테일을 사려고 가게 안으로 들어갔다.

나는 양 팔꿈치를 벌리고 까치발을 한 채 카운터에 기대섰다. "술 좀 추천해 봐."

"다들 추천을 원하시죠." 점원이 말했다.

칼라가 달린 셔츠를 입은 그는 무척 취해 있었고 허약해 보였다. 복권 기계 위에 얹은 손이 덜덜 떨렸다.

나는 거만하게 말했다. "오늘 열일곱 병을 마시고 스물 한 명과 싸울 계획인데, 이런 밤에 가장 어울리는 와인은 뭐지?"

점원은 웃으며 말했다. "죄송하지만 그런 건 없어요."

나도 웃으며 대답했다. "사실 난 술을 입에 대지도 않지."

점원이 말했다. "어쨌든 손님, 잘 오셨어요."

여러 가지가 섞인 팩을 샀다. 클레멘타인, 라스베리, 블루베리, 블랙베리.

칵테일을 스캔하자 계산기의 결제음이 기분 좋게 울렸다. 잔돈을 받는 대신 나는 복권을 두 장 긁었고, 동전은 고양이들을 위한 모금통에 넣었다. 암이나 폐결핵에 걸린 불쌍한 고양이들, 점점 더 쪼그라들어 결국 허무로 돌아갈 뿐인 그 가여운 작은 것들을 위해서.

  명복을 빕니다. 버드 스미스, 35세. 빌어먹을 딸꾹질을
멈추려고 숨을 참다가 비극적인 죽음을 맞았습니다. 유족은 아내
래가 있고, 유산은 딸꾹질입니다. 장례식은 이번 주 금요일 3시와
6시, 뉴저지 주 저지 시티의 리오또 장례식장입니다.

  나의 조문객들을 위해 관은 열려 있었다. 요란스러운 조문이었다.
딸꾹. 딸꾹. 시체가 싸구려 소나무 상자 안에서 자꾸 튀어 올랐다.
누군가 경찰을 불렀다. 경찰들은 실실 웃으며 나타나 사망진단서를
내놓았다. 도장과 사인, 심지어 코팅까지 되어 있었다. 딸꾹.
검시관의 짧은 증언이 스피커를 통해 장내에 울렸다.

  작은 스크린에 내 인생의 파노라마가 재생되었다. 회색 눈밭에서
몸싸움하는 나와 내 동생. 필라델피아 동물원에서 햇볕에 그을리고
잔뜩 찌푸린 얼굴로 아빠 어깨에 앉아 있는 나. 한 폴라로이드
사진에서 엄마가 텁수룩한 내 머리에 물방울무늬 우산을 씌워
주는데 나는 비에 젖어 드는 엄마를 향해 소리 지른다. 왜? 나도
모른다.

  드디어 관 뚜껑이 쾅 닫히자 딸꾹질 소리는 작아졌고 목사님이
설교를 시작했다. 내가 친구와 가족들을 소중히 여겼다고(사실이
아님), 그리고 내가 자신보다 남을 더 생각하는 선한
사람이었다고(이것도 사실이 아님).

  두 번째 예배도 다를 바 없었다. 내가 딸꾹질 할 때마다 래가 점점
더 크게 울었다는 것 외에는. 두 예배의 사이 시간에 그녀는 조문객
한 사람 한 사람에게 소리를 질러 댔다. 아무도 웃지는 않았다.
엄마는 혀를 깨물었다. 아빠는 손을 꼬집었다. 동생은 의자 다리로

자기 발을 아프게 누르면서 참으려 했다. 나라면 웃었겠지만 나는 죽었다.

그들은 나를 다음날 오후에 묻었다. 바보 같은 날이었다. 관은 축축한 땅 속으로 내려갔다. 사람들은 레너드 스키너드의 곡 "프리버드"를 틀었다. 동생이 장난삼아 내가 가장 좋아하는 노래가 그 곡이라고 말해서 사람들이 믿은 것이다. 고맙기도 해라. 관 위에 흙이 던져질 때마다 내 딸꾹질 소리가 희미해졌다. 래는 돈을 지불하고 관에 마이크를 설치했다. 비석 위에 설치된 자그마한 방수 스피커로 선이 연결됐다.

그녀는 토요일마다 내 묘지에 와서 딸꾹질 소리를 들었다. 손을 가슴에 모으고 머리를 숙인 채. 그녀는 통화 버튼을 누르고 말했다. "버드, 내 말 들려? 나 왔어. 나 왔다고." 그러면 대답이 들렸다. 더 많은 딸꾹질이.

밤에는 동네 고등학교 아이들이 묘지 옆으로 몰려와 맥주를 마시며 내 소리를 들었다. 그 애들은 맥주 캔을 내 묘지 주위에 둥글게 늘어놓고 갔다. 나는 그게 좋았다. 멋진 일 같았다. 대담한 아이들은 내 묘지 위에서 섹스도 했다. 하하, 얼마나 아슬아슬하던지. 낮이 되면 래가 맥주 캔을 치웠다. 쓰고 버린 콘돔들도 줍고.

5년이 지나자 딸꾹질이 사라졌다. 래는 안심했다. 그녀는 인생의 다음 단계로 넘어가기로 하고 이듬 해 봄에 재혼했다. 그녀에게는 잘된 일이었다. 내 직계 가족 대부분은 그녀의 결혼식에 참석했다. 성 안토니오 교회에서 결혼식이 열렸고 피로연은 마스톤 크랩 하우스에서 있었다. 내가 정말 딸꾹질을 멈춘 건 아니었다. 게으른 묘지 관리인이 아이들을 쫓아내는데 질려서 땅을 파고 정원 가위로 스피커 선을 끊어 버린 것뿐이었다. 통화선은 단절되었다.

자초지종을 아는 건 그 관리인뿐이었다.

자연은 순리대로 흘렀다. 내 몸은 분해되어 갔다. 물이 관 속으로 흘러들었다. 벌레. 벌레. 벌레. 나는 노란 해골이 되어서도 비밀스럽게 딸꾹질을 했다. 오랫동안 사막이었던 곳에 새로운 전쟁이 벌어졌다. 래의 양아들이 전쟁에 나갔다가 휠체어를 타고 돌아왔다. 크리스마스 즈음에 그는 새로운 다리를 얻었고 다시 전장에 보내졌다. 래는 바닷가 방갈로에 살면서 가슴 깊이의 따뜻한 파도 속을 걸어 다녔다. 내 동생은 심장마비를 겪었지만 회복한 뒤 약을 먹고 저염식을 시작했다. 수염이 하얗게 셌어도 그는 행복했다. 그는 라디오에서 프리버드가 나올 때마다 여전히 웃었다. 옆집에 불이 나는 바람에 우리 부모님 댁 지붕 일부가 불에 탔다. 부모님은 실버타운으로 이사했다. 어느 날 새벽이 다 되었을 때 엄마는 럼주와 체리 주스를 마시고 아빠에게 말했다. "버드는 지금도 골칫덩이일 거야. 어디 있든지 간에." 아빠도 말했다. "당연하지. 나도 그렇게 생각해."

세월은 느릿느릿 흘렀다. 새로운 대통령. 팝송들. 여러 가지 맛의 음료수. 남과 여. 기쁨. 고통. 슬픔. 승리. 어떤 이들은 지구를 떠났고 다른 이들이 지구에 왔다. 내 두개골이 무너졌다. 축축한 흙은 생명력으로 충만했다. 스러져 가는 것은 나의 생명력뿐이었다. 내가 알던 사람들은 무덤에 묻혔거나, 화장되었거나, 기네스 북 최장수 항목에서 기록을 깨는 중이었다. 나는 모두를 응원했다. 죽은 후 50년이 되자 내 뼈의 마지막 조각들까지 남김없이 먹히고 분해되었다. 나는 완전히 사라졌다. 기분이 괜찮았다. 몸이 완전히 썩어 사라지자 나는 아무도 들을 수도 불평할 수도 즐길 수도 없는 음악이 되었다. 누군가의 불평을 안 듣게 된 것만으로도 어딘가. 절벽을 기어 올라와 마을에 자욱이 퍼지지만 아무도 끌어안을 수 없는 안개가 된 거다. 상관없었다. 어차피 내 스킨십을 원하는 사람은 이제 없었다. 어차피 내 소유는 아무 것도 없었다.

　새 묘지 관리인이 들어왔다. 이번 사람은 의욕이 넘쳤다. 그녀는 쇠갈고리와 마테체로 내 무덤의 덩굴들을 싹 치웠다. 그 작업 중에 흙에서 선이 끌려 나왔다. 그 선을 따라가자 풍화된 비석 위, 덩굴에 뒤덮여 보이지 않던 스피커가 드러났다. 한 발 자욱 아래에서 그녀는 전선의 다른 쪽 끝을 발견했다.

　코를 잡고 얼음처럼 찬물을 꿀꺽꿀꺽 끝까지 한 잔 마시기. 모퉁이에서 뛰어나와 놀라게 할 줄 아는 친구를 찾기. 피넛 버터를 한 스푼 가득 먹기. 제자리 뛰기를 백 번 하기. 종이봉투 속에 얼굴을 묻고 숨을 내쉬기. 혀 밑에 설탕을 조금 대 보기. 잠깐.

　잠깐.

　잠깐.

　선이 연결되었다. 그리고 스피커로 소리가 들렸다. 딸꾹 딸꾹 딸꾹.

옮긴이 안덕희
@mayobookchat

연세대학교 영어영문학과를 졸업하고
미국 조지타운 대학교 정책학과에서
석사 학위를 받았다. 현재 독립출판사
마요네즈를 운영 중이다.

디자이너 정나영
@warmbooks_

글이 좋아서 책의 모양을 만들고 있다.
미술과 디자인을 전공했지만, 무언가를
만들어 내는 일은 여전히 쉽지 않다.
후회 없는 삶을 위해 홀로서기를 택했다.

더블 버드

버드 스미스

1판 1쇄	2022년 7월 1일

지은이	버드 스미스
옮긴이	안덕희
편집	마요네즈
디자인	정나영
펴낸곳	마요네즈

주소	경기도 용인시 기흥구 죽현로 12
전자우편	mayo0fat@naver.com
SNS	www.instgram.com/mayonnaise_books

ISBN	979-11-971146-5-6 (03840)